读客 知识小说文库

读小说，学知识

王晓磊　著

相声神探

看似一本正经搞笑，其实正儿八经烧脑！

河南文艺出版社

· 郑州 ·

图书在版编目（CIP）数据

相声神探 / 王晓磊著. —— 郑州：河南文艺出版社，
2022.4
　　（读客知识小说文库）
　　ISBN 978-7-5559-1301-6

　　Ⅰ．①相… Ⅱ．①王… Ⅲ．①长篇小说 – 中国 – 当代
Ⅳ．①I247.5

中国版本图书馆CIP数据核字（2022）第009942号

著　　者	王晓磊	
责任编辑	李亚楠	
责任校对	王　宁	
特邀编辑	王心怡　高　旭	
策　　划	读客文化　021-33608320	
版　　权	读客文化	
封面设计	刘小梅	
出版发行	河南文艺出版社	
印　　刷	三河市龙大印装有限公司	
开　　本	680mm×990mm 1/16	
印　　张	17.5	
字　　数	210千	
版　　次	2022年4月第1版　2022年4月第1次印刷	
定　　价	49.90元	

如有印刷、装订质量问题，请致电010-87681002（免费更换，邮寄到付）

目　录

序 幕
"圆粘儿"

民国十六年，天津。

他站在这条街上，想努力让自己不那么碍眼，却失败了。

对一个十四岁的男孩而言，刘大栓的个儿头本就不高，不仅小鼻子小眼稚气未脱，又穿了件不合身的大坎肩，越发显得瘦弱。他系上腰带活像一捆麻秆，往街边一戳，似乎来阵风就会被吹倒。可即便是麻秆，立在这条街上也是大煞风景，因为这是维多利亚大道。

这条以英国女王命名的大街是租界区的一道亮丽风景，洁净的方砖路、优雅的路灯、怡人的花园绿地，最引人注目的是道路两旁那一座座姿态各异的洋楼——怡和洋行、太古洋行、汇丰银行、花旗银行、麦加利银行……刘大栓不懂什么是巴洛克建筑，也不晓得这些洋行的国际影响力，只觉得这里的每栋房子都不比鼓楼小，那一根根气势恢宏的石柱比庙里的佛像还高。当然，他更不知道维多利亚大道是北方最重要的商务中心，其繁华程度不逊于英国伦敦那条与之同名的大街。

熙熙攘攘，利来利往，无论中国人还是外国人，来这条街都抱着同一目的——赚钱！大栓自然也不例外，但他只是个拉洋车的伙计。

拉洋车这行业始于清末，据说是从日本传过来的，故而中国人称其为"东洋车"，后来叫着省事变成了"洋车"，天津市民又俗称其为

"胶皮"。近十年随着城市扩张,洋车越来越多,无论大街小巷总能看到它们的身影。不过刘大栓接触这种人力的交通工具才半年,这是头一天真正开始拉车。

和大多数在这座城市卖苦力气的人一样,他也不是天津人。大栓的家乡在直隶滦县,他爹是矿工。他没上过学,所认识的几个字是他爹拿皇历教他的,什么叫吉,什么叫凶,什么叫开仓,什么叫动土,什么叫诸事不宜……再多的字连他爹也不认识。或许这就足够了,不出意外的话,他将来也会当矿工,娶个矿工的女儿当老婆,生几个孩子未来接着当矿工。

可意外偏偏发生了,父亲失踪,母亲亡故,大栓只能带着弟弟跑到天津,投靠在天津拉洋车的二叔。其实他以前从未见过这位二叔,只是曾听父亲念叨过这门亲戚。功夫不负有心人,这位亲戚还真叫他找到了,而且二叔、二婶膝下无子,只有个女儿,于是很慷慨地收留了他们兄弟。

但是天意弄人,还不到半年,二叔就得了重病,不能再拉车养家,于是大栓接替二叔,开始了"二轮生涯"。在天津哪里拉车最挣钱?当然是租界。幸而二叔交的捐税多,有一件四条花纹的号坎[1],可以出入英、法、比、日四国地界。大栓也是初生牛犊不怕虎,趾高气扬地绰起车把,直奔维多利亚大道……

可真到了地方,目睹这里的景致,他肚里的底气又泄了。这简直是另一个世界。有人好几次从他的身边经过,大栓想招揽他们坐车,光张嘴却说不出话——咳!说出来也没用,那是一些金发碧眼的洋人。他连中国字还不认识几个,跟外国人说什么呢?

几次欲言又止之后他把车泊在路边,来个愿者上钩。可谁也不愿意坐孩子拉的车,耗到正午十二点,大栓更傻啦!伴着教堂传来的钟声,

---

[1] 号坎,人力车夫穿的服装,有编号、花纹,每条花纹象征一个租界的出入证明,通过向租界缴纳捐税获得。

大街喧闹起来，每栋建筑都拥出形形色色的人，有西装笔挺、叼着烟斗的"大班"，有歪戴软帽、说说笑笑的青年，有灰色制服、挂着勋章的军官，金发的、灰发的、棕发的……最引人注目的是一队洋兵，身穿红呢子军服，头顶着毛茸茸的黑帽子，扛着长筒步枪，下身竟穿着黑红格子的短裙，露着毛茸茸的小腿。大栓暗想——洋鬼子果真邪门，大老爷们儿穿裙子！

街上也不乏中国人，他们大多穿着光鲜耀眼的绸缎大褂，蓄着整齐的小胡子，拄着文明棍，拎着大皮包，一望便知非富即贵。街上时而还冒出几个西洋女人，穿着花里胡哨的百褶长裙，腰却束得紧紧的，活像大葫芦。见她们袒胸露背，大栓有点儿不好意思，忙把头扭开，却又忍不住斜眼偷瞄，心里纳闷儿道：她们穿的鞋后跟咋那么高？还有那帽子，真怪！干吗把葡萄顶在帽檐上？

大栓正瞧得出神，忽觉倚在旁边的洋车动了一下，顿时紧张起来——难道有人偷车？他赶忙回头，却见几个挎着布兜儿的小孩从街角跑来，连蹿带蹦地跃过车把，手里挥舞着报纸，乱哄哄地喊着："看报！看报！南方政府迁都，沈阳工人游行，白宗巍坠楼案又有新线索。快来买！《大公报》《益世报》《晨报》《商报》《泰晤士报》……"吵吵嚷嚷的，一溜烟儿窜入人群。大栓望着这群小孩，暗骂自己废物，连几个小娃娃都不如，于是也开始憋着脸皮招揽客人。

偏偏这时抢生意的来了，有些拉车的早掐准时间，钟声一响便奔到这条街上。他们轻车熟路反应机敏，眼观六路耳听八方，如果有人操着浓重的天津口音喊"胶皮！"他们立刻一边嚷着"上哪儿，您嘞？"一边点头哈腰地跑过去。若有人斯斯文文地叫"黄包车！"他们就装出一嘴南方腔调"来哉！来哉！"地凑过去。对付洋人他们也有一套，快步上前鞠躬行礼，"哈喽！（Hello!）""咕嘟阿福兔奴！（Good afternoon!）""喂哎哟狗，塞？（Where are you going, sir?）"没说几句，洋人就乖乖上车。大栓瞧得直眨眼——说什么呢？"喂哎哟狗，塞？"咋这么管用？"哎哟狗"是什么狗？这种狗怎么喂？为什么后面还有个"塞"？难道狗吃得太急，噎着了？

大栓像只没头苍蝇，左扎一头右撞一下，每次都叫别的拉车的抢了先，正急得抓耳挠腮，猛一抬头，发现了合适的目标。那是个穿黑制服的青年，明显是中国人，留着小平头，腋下夹着一顶黑色檐帽，还戴着白手套。大栓如获至宝，唯恐别人抢生意，三两步地奔到近前道："先生，您坐车吗？"

"啊？"那人扭过头，讶异地看着他。

"您坐车吗？"大栓竭力克制着家乡口音，又问一遍。

"我？！"那人仿佛听到一件不可思议的事。

大栓心里着急，结结巴巴道："大哥，您帮帮忙吧，照顾一下我的买卖。"

"我真想照顾你，可是……"那人抬手指向停在不远处的一辆黑色汽车，"我坐你的车，我的车谁开？"

原来他有私人的汽车司机！

"哈哈哈……"旁边几个拉车的发出嘲笑，显然他们看到了这尴尬的一幕。大栓脸上发烧，忙不迭地跑开，才发觉拐角的岔道上停着两列汽车。奔驰、福特、庞蒂克、雪铁龙，司机有的吸烟，有的看报，有的擦车，显然都在等候主家。毫无疑问，那些拥有汽车的商人和官员自然要比坐洋车的更阔绰。

半个钟头过去了，行人渐渐稀少，大栓依旧空着车。他根本抢不过那些有经验的同行，只能继续守株待兔，又把车停在西侧一座建筑前。这是一栋砖石结构的二层洋楼，虽然不高，却占地广阔，大门宽敞，二楼有阳台，八根雕刻精美的爱奥尼亚柱式直贯顶檐，最与众不同之处是楼顶上横挂着一块钟表。托皇历的福，大栓认识这座楼的字号，"白蜡金"的"金"、"城头土"的"城"——金城银行。

他之所以停在这里，是因为这栋楼走出来的中国人多，跟同胞招揽生意还简单些，不过运气差真是一点儿办法都没有。自他在门口一站，谁也不出来了。大栓离家时的勇气已消磨殆尽，抬头看看楼上的钟，已过了下午一点，天色略有些转阴，午饭还没吃呢！他越发蔫头耷脑提不起精神……就在这时，他听到一阵"嗒、嗒、嗒"的脚步声。大栓虽没见过什么世面，却也知道发出这种声响的绝非千层底，而是皮鞋。他朝声音来源望去——银行大门开着，但天色不太晴朗，昏暗的门厅又遮蔽了光线，由外向内看不清这个人的上半身。他只见一双脚踏在木地板上，伴着那清脆的声音款款而来，那是一双棕白两色的镶拼皮鞋，皮革接缝处似乎还有花纹。

大栓陡然想起，二叔曾经捡过一本《北洋画报》，里面有许多新奇的广告画，其中就有这种鞋。当时他笑这鞋样子古怪，二叔看了看价格咂舌道："把咱洋车卖了也买不起呀！""一双鞋这么贵？""傻小子，是一只！买一只都不够。"比两辆洋车还值钱的皮鞋，今天他竟亲眼见到有人穿在脚上，这位到底是何等身份？

错愕间，这双鞋的主人已从银行走出来——中等身材，不胖不瘦，穿一身白色的派力司西装，笔直的裤管没一丝褶皱，铜扣皮带系在腰间；敞着上衣，露出一条俏皮的斑点领带，又被金制的领带夹牢牢地夹在衬衣上，那衬衣左胸有个口袋，里面胡乱掖着一条淡蓝色的真丝手帕，手帕半截露在外边，显得随意而任性。因为戴着墨镜，瞧不清他的相貌，但是面庞清秀没有胡须，梳着油亮亮的小分头，年纪也就二十左右，肯定是个帅小伙。

大栓被此人的气质镇住了，好半天才意识到这是一个挣钱的机会，却又有点儿犹豫——是中国人吗？要不要"喂狗"？正盘算怎么开口时，小伙反倒率先打破沉默，朝他招手道："过来呀，洋车！"

哪知这声"洋车"一出口，立刻有好几个拉车的一窝蜂扑过来道："坐我的！坐我的！我伺候您……"大栓恨不得扇自己两耳光，明明近在咫尺，又叫别人抢了。

"别吵！"小伙不耐烦地摆了摆手，"我坐那位小兄弟的车。"他的嗓音又轻又亮，语气却很坚决。

大栓不敢相信自己的耳朵——坐我的车？

其他拉车的愤愤不平道："干吗非找他？瞧他那小身板，回头拉得不稳，摔您个跟头！"

小伙却充耳不闻，径自走到车前。大栓受宠若惊，明知坐垫是干净的，还是忍不住拍打一番，唯恐半点儿浮土沾到人家的白裤子上，还特意鞠躬说了声："请……"他的头低下半天，却见那双穿着名贵皮鞋的脚依旧站在原地。怎么回事？抬头一看，才发现小伙身后还跟着另一人，俩人正嘀嘀咕咕地说话。

跟来的人是位长者，五十岁左右，个头不高，身材瘦削，左额上有一道殷红的疤痕，头发胡须都梳理得很整齐，穿一身褐色的纺绸大褂，上面绣着篆字花纹，斜襟里塞着一块怀表，手里提着一只皮箱，足下蹬着蓝色的布鞋。此人有双犀利的三角眼，再加上眉头紧锁表情严肃，以及那道疤痕，令人望而生畏。

大栓知道偷听客人说话不礼貌，可距离实在太近，还是有几句话自然而然飘入他的耳中。

"你非去不可吗？"那位长者似乎很不高兴。

"是。"小伙态度坚定。

"闹出乱子怎么办？"

"不是说过吗？我会小心的。快把东西给我吧！"

"哼！"长者气哼哼把皮箱往前一递，"这样下去早晚惹出祸来，到时候我可不管，你自己担待。"

"好好好。"小伙的口气软下来，"一切后果我自己承担，绝不连累您，只求您替我保密。"说着接过皮箱——相较二人的衣饰，这只皮箱很寒酸，又脏又旧，满是斑驳的划痕。小伙匆忙上车，刚落座又想起一事道："司机若问起，您就说我和朋友吃饭去了，千万别提我到哪儿去了。"

"知道呀！"长者无奈地摇着头，"我还没老糊涂呢。"

他没老糊涂，大栓却是越听越糊涂——他们有汽车？既然有车，为什么还雇我？还没想明白，就听小伙吩咐道："往南走，到河边右拐。要快！我赶时间。"

闻听此言，大栓窃喜，第一天拉车，生怕不认识人家去的地方，现在指明怎么走，这就容易多了。他一时兴起也不觉得饿了，绰起车把健步如飞，顺着维多利亚大道往南奔去——说向南，其实是东南方。天津的街道大多是沿河铺设，极少有方向很正的路。

不多时大栓已跑到路的尽头，前方不远就是墙子河。这是一条人工开凿的河，原本是咸丰十年（1860）钦差大臣僧格林沁为抵御英法联军修建的壕墙，可惜区区一道土墙根本挡不住洋枪洋炮。英法联军攻入天津，继而又杀到北京，火烧圆明园，大清又是割地又是赔款。天津的土墙全部拆除，壕沟却没有填平，改造成了墙子河。经过几十年的逐渐修整，如今河畔栽着花木，倒也清静怡人。可大栓跑到此处心里又开始打鼓——要拐弯啦！

虽说他以前没少看二叔拉车，可真轮到自己干完全是另一回事。他没有带着客人拐弯的经验，只记得小伙说要快，于是加紧步伐，将两根车把紧紧攥住，大步一跃，使出浑身力气将车把往右一推，硬生生拐了过去。只听背后传来一声惨叫："哎哟！"大栓回头一看，那小伙身子一晃，磕在左侧扶手上了。

"怎么搞的？"小伙揉着肩膀埋怨，"你要再拐急点儿，就把我甩到河里去啦！"

"对不起……"大栓匆忙停下脚步。不料停得太仓促，小伙又前栽了一个跟头，差点儿摔下来。

大栓更慌了，常听说拉车的挨打受骂，这么高贵的客人如何开罪得起？忙转过身，松开车把作揖赔礼。小伙一见，吓得大叫道："别撒手！留神'打天秤'！"

"什么？"大栓还没明白过味儿来，忽觉松开的车把扬了起来，再想抓已经来不及了，只听稀里哗啦一通响——连洋车带小伙整个儿向后翻了过去！

娄子捅大了，大栓吓得呆若木鸡，愣了片刻后才绕到后面看了一下。只见小伙趴在地上，墨镜摔裂了，皮鞋丢了一只，白色西装沾满尘土。

大栓咽了口唾沫，试探着问道："您……没事儿吧？"

"你、你这浑小子……"小伙撑着地，颤巍巍地站起来，气得说不出话来。

"我不是故意的！"大栓吓得直哆嗦，眼泪都快掉下来了，"您大人有大量，打也打得，骂也骂得。"

"你、你……唉！"小伙终究没说出什么难听的话，长叹一声，把满是裂纹的墨镜摘下来往兜里一揣，"活该我倒霉，偏坐你的车！这回你明白什么是'打天秤'了吧？"出乎大栓意料，墨镜之下是一双和善的眼睛，同时这人脸上带着一缕苦笑。

"抱歉，抱歉。"大栓一脸惭愧，赶紧帮小伙拍打尘土，可是白衣服越抹越脏，颜色都要变成灰的了。

"算了，就这样吧。"小伙倒没介意，还帮他把洋车翻回来，"刚才你在银行门口站着，我一看你就是个'怯拉车'的。"

大栓一脸懵懂："什么是怯……"

"不懂什么叫'怯'？有段相声叫《怯拉车》，没听过吗？"

大栓知道京津一带有宗玩意儿叫相声，但这半年来无缘一见，只能傻乎乎赔笑道："我从乡下来，见识少，不晓得'相声'是啥东西。"

"到天津没听过相声？那还了得？"小伙眼睛都瞪圆了，仿佛没听过相声是多大罪过似的，"我告诉你吧。怯拉车，就是指外行拉车，就是你这样的！拉车不能光卖傻力气，得动脑子，我在后边坐着，你在前面握住车把，这才能平衡。你刚才将车把抬那么高，突然撒手，前轻后重，我还不翻过去？这在术语中叫'打天秤'。"

"是是是。"大栓头一遭听说拉车还有术语。

"还有，你姿势不对！不能攥得太死，而且双手不能一般平，应该一只手在前、一只手靠后。"说着小伙竟攥着车把做起示范，"这姿势叫'阴阳把'，胳膊低一点儿，这样容易掌握平衡，拐弯抹角也省劲儿。"

"忒好哩！"大栓佩服得五体投地，连家乡话都说出来了，"想不到您这么尊贵的人还会拉车。"

"我哪里会拉车？这都是听……"小伙话说到一半意识到不对，"咳！别耽误工夫了，快走吧！"这时他右脚还光着，俩人左顾右盼找了半天也没寻到那只鞋，最后小伙一拍大腿道："不要啦！可能掉河里了。"说着已蹿上车。

幸好洋车没摔坏，大栓二次绰起车把道："您究竟去哪儿？"

"三不管。"

"哦，我知道那儿……其实不用走河边，从租界穿过去就行，您指的这条路绕远啦！"大栓随口说着，跑出几步忽然心中一颤——不对！这太不正常啦！

"三不管"是天津一个大名鼎鼎的地方，却不是什么好名声的地方。大栓曾听二叔讲过，那里本是一片洼地，臭水坑、垃圾堆，直至庚子年以后才逐渐整修填平。那儿离法租界、日租界都很近，却不归他们管，而当地行政规划中原本没有这片洼地，这个地方填平后就成了无家无业者聚居之处，打架斗殴、坑蒙拐骗之类的事时有发生。因为国事不振，战争不断，衙门也懒得管太多，索性睁一眼闭一眼。法国人不管，日本人不管，衙门也不管，故而得名"三不管"。民国以后聚集在"三不管"的人越来越复杂，来了许多艺人和小贩，俨然成了露天市场。地价有很大提升，于是又引来不少投资者购买地产，他们盖起房屋对外出租，但租客经营的多是妓院、赌场、烟馆之类的害人买卖，街面甚是混乱，再加上民间艺人的表演大多难登大雅之堂，小偷骗子混迹其中，地痞流氓横行霸道，实在不是什么干净地方。莫说洁身自好的大户人家不会涉足，一般市民也不愿让孩子到那边玩。二叔就曾郑重其事地嘱咐大栓，不准去"三不管"闲逛。

然而今天，这么一位西装笔挺……至少几分钟前还西装笔挺的年轻人要去"三不管"，这是一件正常的事情吗？瞧他的模样，不是高官子弟就是某个大买卖的少东家，这种身份的人跑到卖艺的"杂八地"干什么？大栓脑筋不快，直到此刻才意识到，自己揽到这位客人绝不是凭运气——他明明有汽车，却不坐；明明赶时间，却故意绕远路，走河边人少的地方；而且今天太阳并不晒，他却戴墨镜。再联想到他和那位老者说的话，显然他是要故意隐藏行踪，怕半路上遇见熟人。那么多拉洋车的，为何偏偏挑我？因为那些拉车的老手都一肚子心眼儿，没几句话就能摸清他的底细，甚至有些常在维多利亚大道跑的车夫很可能都认识他。那会暴露他的秘密。所以他要找个年纪小的、没经验的、不多言多语的车夫，其实早在他走出银行时就看出自己是个"怯拉车"的了！

想明白这点，大栓反倒庆幸，既然他有见不得人的秘密，应该不会追究挨摔的事吧？至于车钱……糟糕！刚才没提车钱，哪有不说价就拉的？自己第一次干，他又赶时间，竟然谁都没提这码事。摔人家一跤，鞋都丢了，哪好意思再要钱？这趟肯定白干了。

大栓边想边跑，渐渐又到拐弯处，这次他放慢速度，学着小伙示范的样子，左臂在前，右臂在后，根本没费什么力，很顺滑地就把车转向右边。他不禁有些欢喜——白干就白干吧！这人教我拉车的技巧，该谢谢人家才对。

又跑了一会儿，遥遥可望"三不管"，大栓忽听小伙嚷道："行，就停这儿！"大栓再不敢轻易撒手。他缓缓停步，小心翼翼撂下车把，想转身搀扶小伙，却见他自己蹦下来——他不知何时换了一双脏兮兮的布鞋。大栓暗暗称奇，他怎么还有一双鞋？刚才怎么不见？难道装在皮箱里吗？

"不好意思，刚才摔着您了……"大栓红着脸支支吾吾地道歉。小伙根本不理睬，双手在身上摸来摸去，似乎在找钱。大栓忙推辞："不、不用……"

"哎呀！来不及啦！"小伙一跺脚，从前胸口袋里掏出两枚钱朝他一丢，提着皮箱就跑了。

大栓只觉眼前闪过两道白光，赶紧伸手接住，仔细一看，竟是两枚银圆。如今奉系军阀主政天津，市民对他们发行的钞票不信赖，更青睐于银圆。按最近的行市，一银圆能换一千五百个铜板——给得太多啦！大栓把两枚银圆紧紧攥在手里，感激地望着小伙，见他匆匆跑过大街，步伐一瘸一拐，显然刚刚摔得不轻。他去的方向有一家小旅店，门面简陋，牌匾脏得连字号都辨不出，门口有一架炉子，煤灰和煤球都乱糟糟地摊在地上，一看就不是什么讲究地方。

奇怪！他这样身份的人应该住大饭店，怎么在这种地方落脚？算了，反正钱已到手。大栓扭过头，又对另一侧的市场来了兴趣——天津人有句俗话："'三不管'里逛一逛，除了吃亏就上当。"人人都说那是个坏地方，可人人又都承认那里热闹好玩。这地方究竟是个什么样啊？

世上的事儿都是一个道理，越是不让做的就越想尝试，大栓忍不住想放纵一回。反正兜里已有两枚银圆，带回去足可让二叔高兴，何不趁这机会去"三不管"开开眼？回家不说这件事也就行了。他拉着车向街对面走去，又想起人们常说"三不管"小偷多，于是解开绑腿，将两枚银圆连同从家带来的铜子儿都掖进腿带子里，再牢牢扎起来——这下行啦！小偷再厉害，总不能连腿都偷了去吧？

刚一进露天市场，他的所见所闻与乡村集市没什么不同，都是各种做小买卖的，有卖篦梳的、卖刀剪的、卖雨伞的、卖针头线脑的、算卦的、剃头的、拔牙的、缝鞋的……多是一副挑子的买卖，支个布棚、摆张桌子就算讲究的了。唯独有宗买卖乡下没有，那是个大棚子，四条板凳架起两块木板，堆着花花绿绿的布头，有长有短，有大有小，卖货的有五六位，都穿长袍，撸着袖子，后领里插着竹尺，各自手里攥着块布头，连摇晃带吆喝道："快来瞧！快来看！棉布、麻布、纺绸、莨绸、花洋绉，还有麦尔登、凡立丁……阴丹士林、德国青，怎么洗都不掉色啊……一庹五尺、两庹一丈！裁大褂儿、做被面儿，余下尺寸还够做条裤衩……只要两块钱，别忙！我再让点儿价……"听着挺热闹，其实摊前一个客人都没有，光看他们自己嚷。大栓从没见过这种卖布头的，感觉怪有意思的，还想多看一会儿，却被一阵更响亮的声音吸引，那是一阵锣鼓声。

循着声响往深处走，绕过几座布棚，霎时豁然开朗——市场中心是一大片空地，在那空场上有各种卖艺的。锣鼓声来自一座戏棚，花脸、丑婆、老生，各种行当皆有，连舞带唱甚是热闹。大栓只在村里祭庙时看过皮影，别的剧种没见过，听不大懂，但是瞧这群做戏的人穿的行头都破烂溜丢。有个武生的铠甲竟是纸糊的，甚是滑稽。那戏棚后面还有耍坛子的、顶碗的、变戏法的、踩鸡蛋的、耍流星的、胸口碎大石的……五花八门，千奇百怪。也有不少看热闹的人，有的鼓掌，有的叫好，喝彩声此起彼伏，更有铜钱扔进笸箩，钱钱相碰发出的叮叮声。

大栓生平从没见过这等热闹场景，瞧得眼花缭乱，觉得哪样玩意儿都有趣。他傻傻地拖着洋车，顺着人流往前走，又嗅到阵阵香味，扭头望去，原来周遭还有数不清的小吃摊，馄饨、包子、炸糕、爆肚、馓子、麻花、驴肉火烧、煎饼馃子……忽而走过一个挑担的小贩，引起了他的注意，那是个卖草帽的人。拉洋车风吹日晒，二叔的帽子他戴着大，所以只好光着脑袋，现在正缺一顶合适的草帽。可他没来得及叫住小贩，小贩就已走远。大栓在后面赶，无奈市场里的人多，拖着洋车很不方便，乱哄哄的，他怎么叫，小贩也听不见，半天都没追上。他也不知走了多远，气氛安静了许多，人们左一堆、右一伙的，有不少茶棚和板凳围成的圈，里面传出悠扬的声音，尽是唱曲的、弹弦的。大栓边走边听：

> 为取真经度怨鬼，三藏西天把善事来为。一路上碰见些妖魔和邪祟，结伙成堆，一个个要吃唐僧，为免去那轮回……
>
> 二八的，那位俏佳人儿，懒梳妆啊！崔莺莺得了那不大点儿的病呀！躺在了牙床，她是半斜半卧……
>
> 姻缘那个有份天意该当，说书讲古啊都是劝人方。按下了闲言咱们不把别的唱，唱一段独占花魁卖油郎……
>
> 哎哪大观园！滴溜溜溜，起了那一阵秋风……

文场不似杂耍那么吸引小孩，再加上刚过中午，看客并不多。大栓听了几句觉得跟家乡赶集唱的不是一个味儿，便没再听下去，继续找那卖草帽的人，早没了踪影，却意外发现了另外一个人——刚才的那个西装小伙！

是他吗？怎么变了模样？穿着肮脏的灰大褂，肘上还有补丁，那只皮箱也不见了；看五官相貌知道是刚才那个小伙，但这时他脸色灰惨惨的，头发也变得乱糟糟的。难道是乔装改扮过了？再仔细看，走路一瘸一拐。没错！就是他！刚才摔那跤还没缓过来呢。

为什么他把自己弄成这样？大栓百思不得其解。他按捺不住好奇，在后面悄悄跟随，想看看小伙要干什么。没跟出多远，只见小伙放慢脚步，朝斜前方一棵大槐树走去。

那棵树非常繁茂，树荫底下有七八个闲人，或站或蹲似是乘凉。在树根底下有张桌子，桌后站着一人——那也是个年轻人，似乎不到二十岁，留着很短的小平头，五官端正，浓眉大眼，皮肤略有些黝黑，却越发显得牙齿洁白笑容可掬；这个人穿一身半旧的粗布蓝大褂，手里摇着折扇，正乐呵呵地向众人念叨着什么。

大栓心想——说书的？不像！说书先生起码也得三十岁，那才显得有学问，这么年轻的人讲古论今，谁听啊？不知这人是干什么的。

正思忖间，小伙猛然朝那人打招呼："才来呀，先生？"

这句问候来得太突然，站在桌子后面的蓝大褂年轻人一怔，以惊异的目光盯着这位不速之客，脸上隐隐泛起一丝怒意，然而，在瞬息之间又露出假惺惺的笑容，将扇子往桌上一摆，抱拳道："是啊，刚来，承您惦记着。"

小伙又往前凑几步，挤眉弄眼地问道："发财了吧？"

那人泰然应对道："发什么财呀？您取笑。"

"这儿还混得住？"

"凑合吧。"

"您就混着呗。"

"是啊！"那人低头苦笑，"不在这儿混营生，我还能干啥？"

"混了一年还照旧，时光更改，胜似先前。"

"这话不假，是比过去强点儿。"

这时小伙快走到桌子跟前了，却突然停住脚步道："我还有事，咱们闲时再聊，晚上我请您喝茶。"

"您太客气了。"

"我走啦！"

那人似乎松了口气，从桌子后面绕出来，又拱手道："您慢走。"

大栓冷眼旁观，觉得这番对话很诡异，小伙拿腔作调，神态语气与坐洋车时判若两人。难道他乔装打扮跑到"三不管"，就为跟人闲聊？他俩真的是朋友吗？

穿蓝大褂的年轻人又回到桌后，大栓还想看下去，却听有人嚷道："拉车的小子！别挡道。"扭头一看，有个扛着一摞板凳的男人正凶巴巴地瞪着他。这家伙又高又壮，穿着一件小褂，两臂皆有刺青，一看就不好惹。大栓吓一跳，紧跟着后面几个看热闹的人也都埋怨道："洋车怎么拉到市场里来了？""添什么乱？快出去！""闪开闪开，你挡着，我看不见啦！"

不知不觉身边已围了不少人，大栓连声道歉，费老大劲儿才将洋车掉头，可一瞥之间又瞅见那个乔装改扮的小伙——他明明说有事要忙，却根本没离开，就站在对面人群中，脸上带着诡异的笑容……

午后的"三不管"越发拥挤，人群中又添了许多穿短褂甚至打赤膊的汉子。天津是码头城市，也是商业集散地，各种货物装来卸去少不了搬运工，俗称"扛大个儿的"。这行人纯是卖苦力气，清早起来就到车站、码头以及商铺卸货，有时一上午要扛几千斤的东西，一直累得双腿打战，腰都直不起来，可到了中午就能拿到一小笔现钱。他们大多无家无业，散了工来到"三不管"，喝碗馄饨、吃碗面，然后就在卖艺场子闲逛，看喜欢谁就扔几个钱，以此消磨时光。今天也不例外，大栓足足花了半个钟头才从水泄不通的市场里把车拖出来，不知挨了多少埋怨，弄得一身臭汗。

这时他肚子咕咕地直叫，便从绑腿里拿出钱，在街对面一个小摊买了仨烧饼，蹲在街角吃起来——真香！这似乎是他出生以来吃过的最好吃的东西，是真正用自己挣的钱买来的。

离烧饼炉不远处有家粮店，此时买面的人很多，都是贫苦之人。他们拿的都是小口袋，买的仅仅是当天吃的棒子面。明天呢？今天的钱只够今天吃，明天怎么填饱肚子就等明天再说吧！

虽然大栓来到这座城市已经半年多，但他还是搞不懂许多事情，为什么只有几条街之隔，却有这么大差别？为什么一边是洋楼别墅，一边是野店窝棚？为什么有人西服革履，有人破衣烂衫？为什么有的人顿顿饭都在窗明几净的餐馆里吃着洋点心，有的人最大享受却是在乱哄哄的露天小摊上吃碗羊肠子？无论维多利亚大道还是"三不管"，似乎都不真实，却又真真切切就在眼前。

当然，最令大栓疑惑不解的还是那位特殊的客人，他的出现把两个最不可能有关系的地方联系起来，他究竟有什么秘密？

狼吞虎咽之下，三个烧饼很快吃完，大栓又噎又渴，蹲在地上一边舔着沾在嘴唇上的芝麻，一边举目四顾，看哪里有井，可以弄点水喝。突然，他发现洋车的横轴和座椅之间有个白花花的东西，因为卡在座椅底下，不蹲下根本看不见。垃圾吗？大栓钻到车底下把它拔出来——竟是那只丢失的镶拼皮鞋。

第一章
才来呀，先生？

　　相声起源于北京，创始者是清朝晚期的汉军旗人朱绍文。此人幼读诗书却无心仕宦，投身梨园界，专攻京剧丑角。同治十三年皇帝驾崩，国丧期间禁止娱乐，戏班被迫解散。朱绍文生计苦难，只好在正阳门外摆摊说笑话，向观众求财，没想到无心插柳柳成荫，仅凭一把扇子、一块醒木、两块竹板、一口袋白沙竟然响名京城。他就此别开天地另创乾坤，自立一家门户。因他使用的竹板刻有"满腹文章穷不怕，五车史书落地贫"两行字，得了个绰号叫"穷不怕"，是为相声的开山祖师。

　　时人有词赞曰："信口诙谐一老翁，招财进宝写尤工。频敲竹板蹲身唱，谁道斯人不怕穷？日日街头撒白沙，不需笔墨也涂鸦，文章扫地寻常事，求得钱来为养家。"朱绍文不仅养了自己家，更招纳弟子传授技艺，从此相声代代相传，使无数贫苦艺人有了饭吃。

　　至光绪三十二年，大清朝内忧外患风雨飘摇，肃亲王善耆担任九门提督，恼恨相声艺人讽刺权贵、评论时事，斥其"排街卖嘴，制造事端；乱俗惑世，谤圣毁贤"，严禁在北京说相声。怎料此举非但没能断绝这门技艺，反而使其发扬光大。许多艺人落脚天津，在"三不管"等地卖艺，大受民众欢迎，又逐渐推广到全国。民国以后思想开化，相继涌现出李德钖、焦德海、张寿臣等名家，相声登堂入室成为艺术。

李德钖幽默滑稽又能创新，不但被观众誉为"万人迷"，还颇受政客商贾垂青，曾被百代公司邀请录制唱片。焦德海表演稳健、戏路宽广，曾被召入紫禁城为逊帝溥仪演出。焦德海弟子张寿臣，技艺精湛、学养深厚，且人品端方、性情耿直，有"笑话大王"之美誉，是天津各大剧场争相聘请的明星艺人。然而能在剧场、堂会献艺的名家只是凤毛麟角，大多数艺人仍然地位低下，在茶馆或是露天卖艺，俗称"撂地"。

　　且说如今的"三不管"，有好几拨"撂地"说相声的，有众有寡，有老有少，有本地人，也有外埠来津的。有的收入不菲，有的仅是勉强糊口。其实"撂地"与农家耕作相似，日出而作日入而息，都仰赖老天爷照顾。正所谓"刮风减半，下雨全无"，若赶上天气不佳，再忠实的观众也不可能顶风冒雨看玩意儿。

　　今天的天气就不好，始终半阴不晴，刚下午四点多，"三不管"已游客渐少，小贩们都挑着担子回家了，艺人们也不得不散场。在"三不管"靠南的一个角落，有个仅有两张桌子的小茶摊，此刻桌旁坐着个年轻的相声艺人。没人知道他的姓名，也没人知道他是哪里人，无论同行还是观众都称呼他的艺名——小苦瓜。如果问他年岁，小苦瓜准会用一句评戏唱词回答："十七八九，二十郎当岁。"这并非戏谑，他真不知道自己的准确年龄，他是无父无母的孤儿。

　　或许正是出于这个原因，小苦瓜虽诙谐幽默，性情却有些孤僻，喜欢独来独往。他一直没有固定搭档，同行中谁落了单就和他演几天。好在他口齿伶俐、功底扎实，又相貌端正招人喜欢，收入也还过得去。但最近几日小苦瓜心情不太好，不是因为生意差，而是因为有块"黏糕"粘在身上甩不掉。

　　常言道"没有君子不养艺人"，大伙捧场给钱，艺人才活得下去，可若是有人太热衷也很麻烦。苦瓜就遇到这么一位仁兄，似乎与他年龄相仿。这个人刚开始只是来听相声，往场子里扔钱，后来没事儿就找他闲聊，还越说越近乎，今天要请他吃饭，明天又要给他买鞋，苦瓜觉得此人另有图谋，一直竭力推辞。这位仁兄却百折不挠，最后干脆把话挑明，非要跟他学说相声。苦瓜婉言拒绝，无奈这家伙不死心，还是纠缠不休，以至于苦瓜"摆地"说到半截，这家伙竟闯进场子插话，强行参与表演；散了买卖也不走，连喝碗茶都不叫他耳根清净，在旁边絮絮叨叨地软磨硬泡。

小苦瓜被这家伙搅得心烦意乱，却束手无策。想甩开这家伙唯有不出来"摆地"，可是手头没钱，不"摆地"吃什么？换个地方卖艺也不成，好歹他在"三不管"混了五六年，也算小有名气，换场子又要从头开始，更何况换了地方那家伙也未尝不会追过去，还是甩不掉他。

思来想去，苦瓜把心一横——就这样吧！反正我是死活不教，你若有工夫咱就一天天耗着。你还能磨得过我这个天天靠厚脸皮挣钱的？看最后谁耗得过谁！

要说这位求艺的仁兄也真有耐心，明明苦瓜已经对他爱搭不理，他一点儿也不尴尬，乐滋滋地嘬着茶水，不住地没话找话："这倒霉天气，下场雨倒还痛快，偏这么不阴不晴的，把人活活闷死……今天散得早，你置的'杵'够吗？"

小苦瓜不禁皱眉——"杵"是钱的意思，"置杵"就是挣钱。这是艺人之间的暗语，行内叫作"春点"，就是江湖黑话。按照江湖规矩，"春点"是不能泄露给外行的，可能是自己跟其他艺人聊天，不留神被这家伙听见，学会了。

苦瓜还不能跟他计较，这家伙蹬鼻子上脸，越计较越啰唆，于是冷冰冰回话道："还行。"

可无论如何冷淡，那位仁兄总是兴致勃勃："咱俩天天见面，也算老熟人了，你究竟叫什么名字？可以告诉我了吧？"其实这个问题他已问过无数遍了。

小苦瓜的回答还是照旧："我也不知道，叫苦瓜不是挺好吗？"

"你总得有个姓吧？"

"姓苦。"

"这个姓罕见，我听过《八扇屏》，里面有个苦人儿，你跟他一个姓，也算名门之后……对啦，你还从没问过我叫什么呢！"

"交浅不可言深，我高攀不起。"

"你不问我也要告诉你，我叫海青。"

"咳、咳……"小苦瓜刚喝了口水，闻听此言差点儿呛着，"再说一遍，你叫什么？"

"海青。"

苦瓜一脸怀疑地望着他道："你跟我开玩笑，是不是？"

"没有啊！我姓沈，叫沈海青，如假包换。"

苦瓜直勾勾地审视这位海青，见他眨着眼睛，一脸无辜表情，似乎真叫这个名字——唯此才愈加滑稽！苦瓜忍不住捂嘴窃笑。

"你笑什么？"

"没有。"

"你明明笑了，为什么？"

苦瓜不想告诉他原因，随口敷衍道："没什么，我突然想起一桩有趣的事儿……天不早了，我该走了。"

"别急嘛。"沈海青不想让他走，"你住的地方远吗？"

干什么？还想到我住的地方继续"泡蘑菇"？苦瓜一边心里这么想，一边含含糊糊回答："不远也不近。"

"是你自己的房子吗？"

"不是，但算是我的也差不多。"

"宽敞吗？"

"不大也不小。"

"环境好吗？"

"不好也不坏。"

"是南房还是北房？"

"北房，但是靠南边。"

"北房怎么可能靠南边？"

"从南边看是北房，从北边看是南房。"

"难道前后都有门？"

"是啊，这样进进出出的方便。"

海青问了一串问题，苦瓜一句准话都没有，海青索性开门见山道："你究竟住哪条街？"

"我不识字，不认得路牌。"

"那条街有什么特征？"

"街上有人。"

"废话！所有的街上都有人……具体住多少号？"

"门牌号倒有，可是有一天下冰雹，把门牌砸掉了，时间一长我就忘记多少号了。"

"真有你的！"海青不死心，继续追问，"怎么走呢？"

"迈腿走。"

"是啊！没有倒立着走路的。我是问你住的地方怎么走。"

"出了'三不管'往东。"

"然后呢？总不能一直往东走到海里吧？"

"往东走，过两个路口往南边拐，走一阵子向西转，再往北一溜达就到了。"

"这好像是个圈，又绕回来啦！"

"是吗？"苦瓜露出一丝坏笑，"我曾听一个有学问的人说，咱们这个地球就是个圈。"

"那你家房子可真不小……"海青感觉这话题聊不下去了，可又想留住他，于是扬手招呼卖茶的，"再给我们续两碗。"

"不喝啦！"苦瓜摆摆手。

"这就不喝了？再来两碗。"

"灌耗子洞呀？"

"你今天连说了两大段，还捧了四段，一定很渴，多喝点儿。"

"我觉得你比我话还多……"

卖茶的人过来了，将烧水的大铜壶往桌上一摆道："快累死我了，想喝多少你们自己倒吧。"她是个十六七岁的姑娘，个子不高，穿着毛蓝布的罩褂、葱绿的裤子、蓝布鞋，整身衣服都很旧，有些褪色了，却洗得很干净，腰上围一条白围裙。瓜子脸，尖下巴颏儿，梳着一条乌黑的大辫子，几缕刘海儿罩住额头。虽然谈不上很漂亮，但两只杏眼皂白分明，通观鼻梁，樱桃小嘴，笑起来还有俩酒窝，倒也可爱——她姓田，"三不管"的人都叫她"甜姐儿"。苦瓜每天散了买卖都来她摊上喝茶。

这会儿见她提着壶过来，苦瓜有些诧异道："怎么烧水、沏茶都是你自己？你爹呢？"虽是小茶摊，一人也应付不来。平常是田家父女一起干，甜姐儿照管炉火，田大叔挑水沏茶。

甜姐儿一脸无奈地道："我爹又犯病了，连咳嗽带喘，起不来炕。"说着指了指海青："刚才忙不过来，多亏他帮我挑了两桶水。"

"哦？"苦瓜酸溜溜地瞥了海青一眼，"你管的事儿还真不少！"

"是啊！"海青丝毫未察觉苦瓜眼神中的醋意，洋洋自夸，"我天生就是个好心人，不但帮她挑水，还帮你说相声呢！你还不好好感谢我？"

"别找骂啦！"苦瓜方才的沉稳全然不见，"什么好心人？我看你是故意捣乱，有那么帮场子的吗？我演到半截你过来插话……"

"那你不也挺配合的吗？"

"废话！当着观众的面我怎么跟你翻脸？买卖还干不干了？你根本不是说相声的料，趁早死心。整天在这儿瞎转悠什么？我瞧见你就冒火，给我滚！"

"'三不管'不是你开的，凭什么轰我走？"海青憨皮赖脸地道，"再说我见过你跟别人演这段，就是你说一半，他突然打断。我没演错，你生什么气呀？"

扬手不打笑脸人，更何况海青来捧场也没少扔钱，再不喜欢也不能轰人家走啊！苦瓜意识到自己失态了，却又不便告诉他自己吃醋，只好搪塞道："唉！没错，开场那段确实这么演，可'圆粘儿'都是事先商量好的，你也不打个招呼，突然就……"

"等等！"海青匆忙打断，"什么叫'圆粘儿'？"

苦瓜暗叫糟糕，一不留神又说出句"春点"。还没来得及编个瞎话对付过去，甜姐儿插嘴道："'圆粘儿'是招揽观众，用各种办法把人引过来。"她虽是个卖茶的，但天天在"三不管"与江湖人打交道，当然懂得"春点"。

"原来如此。"海青将这个词牢记在心。

"你告诉他干吗？"苦瓜埋怨甜姐儿，"难怪他学会好几句，连'置杵'都懂，原来是你教的。"

甜姐儿笑道："我教他怎么了？他整天捧着你、哄着你，就差给你揉肩捶腿了，你却对他爱搭不理，我瞧他可怜。"

"对对对！"海青见藤就爬，"我是可怜人，家里穷极了，一直想说相声养家，你就教教我吧。"

苦瓜上上下下打量着海青，见他虽衣服寒酸、脸色凄惨，可总觉得不是那么回事儿，摇头道："你别装模作样，骗不了我。"

"你究竟为什么不肯教我？"

"我自己才出艺几年？有什么资格教别人？再说你我年纪相仿，我当不了你师父。"

"我也没说拜你为师啊！教教我就行。"

"那更不行啦！不合规矩。"

"破破规矩不行吗？"海青终于有点儿不耐烦了，"你瞧我哪儿不好，我改还不成吗？"

"你到底觉得我哪点好，我改行不行？"

甜姐儿瞧得直乐道："看你们俩拌嘴比看相声还有意思……"

一语未完，忽听有个声音喊："甜姐儿！"

三人循声望去——茶摊在露天市场的边缘，再往南是一排房屋，其中有座瓦房，虽说不怎么讲究，占地倒还宽绰。房屋是坐南朝北一明两暗的格局，木质窗框，没糊窗户纸，正中是三层台阶的大门，门楣上有块匾，写着"逊德堂"三个颜体大字，旁边还挂着葫芦形状的幌旗，写着斗大的"药"字。此时门口站着个穿蓝马褂、戴瓜皮帽的胖子。他留着两撇小胡，大概四十岁，正朝他们这边招手。

甜姐儿一见赶忙答应："贾掌柜，什么事儿？"

胖子嚷道："我店里来了两位贵客，你沏壶'高的'来！"

"好嘞！"

"快点儿。"胖子又催促一声，扭身进屋了。

一见此景，苦瓜愤愤不平地道："贾胖子天天要茶，没给过一个钱，哪有这么欺负人的？"

甜姐儿却说："他也没白喝我家的茶。每天收了摊，这两张桌子连同壶、碗、炉子、水筲不都寄存在他店里吗？省了我不少事儿。"

"话虽如此，他也不能占便宜没够啊！不就借点儿地方吗？又是在晚上，不耽误他买卖。他倒真好意思，后头有灶都不烧水了，成天白喝你们的……"

"少说两句吧。"甜姐儿示意他闭嘴，"要叫他听见，一赌气不让我放了，难道叫我们父女天天把这些东西背来背去吗？"

"怕什么？我帮你背！"

"别！你不怕累，我还嫌麻烦呢，将就将就算了。再说即便他店里烧水也不是他自己干，还不是支使伙计？你瞧他店里那仨伙计过的什么日子！扛麻包、压药捻、扫店面，天天受累，还动不动挨骂，多可怜！就算不看贾胖子的面子，也疼疼那仨伙计吧！"说着甜姐儿已擦干净一只茶壶，要抓茶叶——野茶摊能有什么好茶叶？所谓"高的"也只是高碎，从茶庄蒇来的好茶碎末，沏一水还挺香的，沏第二次就没味道了。

苦瓜见甜姐儿要沏高碎，伸手挡住她道："不给他喝这个，我有更好的茶。"说着往水筲扁担上一抓——那扁担头上挂着一顶草帽，是平时田大叔戴的。因为用的年头很久，帽檐烂了。苦瓜抓过草帽，顺着帽檐一捋，薅下一把碎席草，往壶里一扔："沏水！"

海青看了直笑："这叫什么茶？"

苦瓜理直气壮地道："他不是说要'高的'吗？帽子顶在头上，还有比这更高的吗？"

甜姐儿哪敢沏？指着他的鼻子埋怨道："你真胡来，这能喝吗？要是叫他尝出来……"

"没事儿！别看胖子人模狗样的，其实没见过多少世面。他喝过什么好茶？若是喝出来，你就说是我跟他玩笑，叫他找我算账。"说着苦瓜已夺过壶，把水沏满。

甜姐儿到底也有几分调皮，半推半就的，端着这壶"高的"送药铺去了。海青打趣道："这茶是给客人的，你拿胖子开涮，俩客人也跟着倒霉。"

"你懂什么？迈进贾胖子的药铺就快倒霉了。"

"怎么？他卖假药？"

苦瓜一脸不屑："'三不管'里逛一逛，不是吃亏就上当！这儿的买卖有几家是卖真货的？他这家逊德堂，我们背后都叫'损德堂'，人参、鹿茸、牛黄、麝香没一味是真的。丸药是切糕做的，能吃出枣核来。贾胖子的底细我尽知，他原本摆地摊儿，无冬历夏穿件皮袄，假装是关外挖人参的。后来不知走的什么贼运，在北京碰见个冤大头，买他好几棵萝卜根子。他赚了一大笔，怕人家发现是假货打折他腿，就跑到天津改头换面干这买卖。说是掌柜的，其实他就是东家！你想想，明明自己出钱开店，却自称是雇来的掌柜，住在铺子里，这就没憋什么好屁。"

海青不解地道："他是有店面的坐商，这么干不怕有人找上门吗？"

"贾胖子干的虽是假买卖，药性倒还精通。抓药时看方子，若是不要紧的小病就抓假药；若重症垂危，断不敢拿假的，吃出人命还了得？他就说您来得不巧，今天盘货，有几味药不全，您去别家买吧。而且他店里有一种药半点儿不掺假，还很管用。"

"什么药？"

"金疮药，胖子还颇有点儿治骨折外伤的手段。"

"为什么？"

"'三不管'地方乱，混混流氓三天两头打架，还有这么多卖艺的也保不齐受伤，就近找他买药，敢给假的吗？金疮药若也是假的，大伙早掏了他的兔子窝啦！他这买卖纯粹守株待兔，平常小骗几笔只为维持开销，等哪天钓到大鱼，卖出十斤八斤的假人参，保准撇下店铺连夜就跑。姓名是假的，房子是租的，满屋假药也不值几个钱，他又没个准住处，到时候哪儿逮他去？"

海青不禁咂舌："为何不检举他？"

"检举？比贾胖子更缺德的生意不知有多少，检举得过来吗？再说'三不管'的事儿谁管呀？反正井水不犯河水，各做各的买卖。"苦瓜说到这儿又有点儿后悔——咳！自己一时快意又没管住嘴，跟这个海青念叨这些江湖门道干什么？见甜姐儿送茶回来，他赶紧迎上去道："天也不早了，我帮你收摊吧。"

"不忙，炉火还没灭呢，等药铺客人走了再说。"

苦瓜从兜里摸出几个铜子儿道："给你茶钱。"虽说他跟田家父女很熟，还经常帮他们干活，却从没白喝过一碗茶。

"不用，"甜姐儿又指指海青，"他付过了。"

苦瓜脸上又有些挂霜，扭头瞪了海青一眼道："这是最后一次，以后不要你请客了。"

甜姐儿微微一笑道："实不相瞒，他一口气给了三个月茶资，以后你们天天坐这儿喝都不用给钱。"

"你、你、你……"苦瓜瞅了海青半天却无话可说，转而朝甜姐儿嚷道，"你凭什么收他那么多钱？"

"我爹病了，急着用钱呀！"

"那我给你。"

"呸！"甜姐儿小嘴一噘，"你有那么多现钱吗？"

苦瓜气得红头涨脸道："我是没有，但从明天起我'撂地'挣的钱全归你，也不用你给我沏茶，不喝茶照样给钱！"

"哦？那咱得细说说了。"甜姐儿解开围裙往桌上一摔，向前几步紧紧盯着苦瓜的眼睛，"我收他钱是因为他喝茶，有买有卖天经地义；你不喝茶也给钱，为什么？我一个女儿家，平白无故拿你的钱，传扬出去不好听，为什么拿你的钱，你总得给我个光明正大的理由吧？"

两人的脸近得都快贴上了，就这么直勾勾地对视着，过了片刻，苦瓜的脸色由红转白，似乎有点儿怯懦，缓缓低下头道："好好好，你就用他的钱吧……"说这话时全然不见他平时的幽默，透着伤感。

"唉！"甜姐儿也满脸惆怅，"你就是胡说八道有本事，一谈到正经事儿……"她没再说下去，拿起抹布擦着明明已经很干净的茶桌。

海青在旁看着很尴尬，隔了良久才挤出一丝笑容，拍着苦瓜的肩膀道："反正钱给了，以后咱天天在这儿喝茶，挺好的。"

"好什么？以后你自己来，我不来。"

"没你不热闹。"

"您太客气啦！"苦瓜假模假式地朝海青作了个揖，"我看有您才热闹哪！甭管什么事儿，只要您掺和进来，准保搅得乱七八糟。"说罢转身便走。

"别……"海青赶忙拽他胳膊，"我还有东西给你呢。"

"不要！"

"别固执，你看了准喜欢。"海青解开大褂衣襟，从怀里取出个薄薄的小包裹，"这东西是从欧洲弄来的，洋人演喜剧戴的，跟京剧丑角差不多，特别招人发笑，你看看。"

"拿走！我没工夫……"话未说完，海青已解开包裹，苦瓜只轻轻地瞟了一眼，竟被这东西吸引了。这是一张白色面具，用黑漆勾勒出一双笑眯眯的眼睛，长长的睫毛，眼眸处有孔洞；一张猩红的大嘴，嘴角笑盈盈上翘，十分夸张；还有一对弯弯的细眉，鼻子是个圆圆的红球，便如一颗杨梅；尤其惹人注意的是右边眼角下有个水珠形状的刻痕，涂着红漆，宛如一滴眼泪，又像一滴鲜血。

"这叫小丑面具。"海青解释道。

"小丑……小丑……"苦瓜觉得这张面具似乎有魔力，无形中吸引着他，不禁伸出食指抚摸着那滴血泪——逗人发笑是容易的事吗？扮演丑角真的快乐吗？整天戴着面具，以笑脸待人，其实有无尽的痛苦藏在心里……

"苦瓜！"这时西边来了几人，都剃光头、穿大褂，年纪大的二十岁出头，小的才十六七岁，隔着老远就嚷，"苦瓜！哥儿几个'抿山'，你去不去呀？"海青识得，这几个小子全是说相声的，真实姓名一个也不晓得。他们的绰号分别叫大头、傻子、小麻子、和尚、大眼儿。可海青不明白,他们说的"抿山"是什么意思。

苦瓜头都没回道:"'溜杵格念'。"

陈大头年纪最长,是这群说相声的老大哥,听到苦瓜的回答,仰面而笑道:"就数你小子精,铁公鸡,一毛不拔呀!放心,今天我请客。"说着话,他渐渐走到近前,看见海青在旁站着,连忙抱拳:"哟!这不是连着三天来帮场子的海青吗?多谢多谢,我们哥儿几个有点事儿,撇您了。"

沈海青一愣——他怎么知道我的名字?顾不得多想,他赶紧抱拳还礼道:"不谢不谢,忙你们的,我也该走了。"

苦瓜盯着那张小丑面具,犹豫半晌,还是把它揣到怀里道:"我收下了,算我欠你个人情,改天请你……请你喝羊汤。"在他看来这已经是很奢侈的食品了。

海青抿嘴一笑道:"不必了,教我两段相声就成。"

"那不行,一码归一码。"说罢,苦瓜跟着大头他们去了。

甜姐儿似乎已忘了刚才的不悦,扔下抹布,朝他背影喊道:"别闹得太晚,早休息!注意身体!"

"知道啦!"苦瓜回头挥了挥手。

海青也跟着嚷:"明天我还来,咱不见不散。"

"你来吧,我不一定来。"

"你不来可得提前告诉我。"

"好!我托梦告诉你……"

海青望着这群无拘无束的艺人,眼中充盈着渴望,竟恨不得跑过去跟他们一起走……直到苦瓜他们融入人群,再也寻不见了,他才回头问甜姐儿:"刚才他们说些什么?"

甜姐儿边收拾壶碗边解释道:"大头说'抿山',是喝酒的意思。苦瓜说'溜杵格念',这句原本是满语,后来也成了'春点',就是兜里没钱,大头只好说他请客。"

"明白了。"海青又暗记在心,"哎!大头怎么知道我的名字?"

"嗯？"甜姐儿不信，"他知道你名字？不会吧？"

"刚才他明明叫我海青。"

甜姐儿一愣："你叫什么名字？"

"海青呀。"

"哈哈哈……"甜姐儿捂着嘴笑得前仰后合，"原来是这样……他不知道呀！这都怪你，偏偏叫海青。"

"海青怎么了？"

甜姐儿笑道："这'海青'二字也是'春点'，指业余说相声的，说得刻薄点儿就是外行。你闲着没事儿帮场子，既没门户又不懂规矩，一分钱都不挣，不叫你'海青'叫什么？"

"原来如此！"沈海青恍然大悟，难怪苦瓜听到自己名字时忍不住发笑，原来这么巧。想至此，自己也笑了，自嘲道："瞧我这倒霉名字，恐怕一辈子也成不了专业说相声的。"

"我看也是。"甜姐儿倏然收敛笑容，"说心里话，你真的不适合干这行。"

"为什么？"

甜姐儿不慌不忙地熄灭炉火，将炉灰掏干净，又擦了擦手，这才郑重其事地坐在海青对面，开了口道："你根本不缺钱，对吧？"

"谁说的？我家特别穷，就是想……"

"别开玩笑啦！哪个穷人能预付仨月的茶钱？你家要真是穷得揭不开锅，早另谋生计去了，哪有工夫天天来这儿'泡蘑菇'？还有你今天帮我挑水，晃晃悠悠的，挑过来洒了大半桶。你那双手油光水滑，比我的手还细嫩，根本不是干粗活儿的人。"

"唉……"海青低头苦笑，"这些话你没跟苦瓜提过吧？"

"哼！我都瞧得出来，苦瓜岂会看不出？他早就私下跟我说过，你准是故意穿得破衣烂衫，其实是有钱人。"

"有钱没钱要看跟谁比，其实这有什么相干？我喜欢相声。"

"我知道，若不是真心喜欢相声，也不可能天天来这儿。但你必须明白，这行不是光喜欢就能干。你见过相声艺人收徒弟时写的字据吗？

马踏车压、投河溺井、死走逃亡各安天命，打死与师父无干。"

海青倒吸一口凉气——这简直是卖身契！

"学徒一般是三年，其实这三年里师父真正传艺也就一年，剩下的全靠徒弟自己领悟，这叫'师父领进门，修行在个人'。学徒期间还得给师父干活，洗衣、做饭、挑水、扫地，帮师娘哄孩子，跟当长工差不多，更是免不了挨打受骂。许多孩子受不了苦，偷偷逃回家，又被爹妈含着眼泪拿扫帚赶出来，半途辍学就要包赔师父三年的伙食钱啊！等到艺满出师，第一年挣的钱都归师父，这叫'谢师'，将来师父死了还要像孝子一样摔丧驾灵，棺材钱也要跟着出。莫说你这富贵人家的子弟，寻常百姓也不愿把孩子往这火坑里推。干这行的除了曲艺世家，就是最穷苦的人，不卖艺就得活活饿死呀！"

海青半晌无言，扭头环顾这座露天市场——此时天色渐晚，没有了游客，艺人们都在收拾东西。有几个练把式、耍流星的蹲在地上，累得呼呼直喘；有个拉洋片的，收了买卖还要挑着几十斤的大木箱回住处；还有几个人满脸失落，低头数着掌中仅有的几个铜板；更有甚者已经把大布棚拆开，围成小圈，似是要在这里露宿。白天的繁华热闹全然不见，"三不管"成了一片野地窝棚。

"瞧见了吧？天天晚上如此。"甜姐儿接着往下说，"即便学成，你以为就好了？津京两地说相声的何止百人，出了几个'万人迷'？出类拔萃的少之又少。三分天赋，六分刻苦，还不能缺那一分运气。有多少艺人命运不济，一生混迹街头？即便艺业贯通成名成家，这碗饭就吃着顺心吗？到头来也是只富不贵，难登大雅之堂，在许多人眼中说相声的都是下三烂、下九流……"

"我可不这么认为。"海青连忙打断。

"真的吗？你若真觉得混迹'三不管'没什么不光彩，还至于故意穿成这样吗？"

"我有我的苦衷。"

"好吧，就算你不这么看，别人呢？就拿你的亲人来说，他们瞧得起街头艺人吗？"

"这……"海青无言可对。

"莫说你们家，我家穷得叮当响，娘亲死得早，我和爹爹相依为命靠卖茶糊口，起早贪黑也挣不来仨瓜俩枣。但凡日子好过，我爹也不能叫我一个女儿家整天抛头露面。就这样我爹见了苦瓜还不给他好脸色，整日念叨'臭说相声的'没脸没皮没出息，死活瞧不上……"说到这儿，甜姐儿眼中流露出一丝忧愁，沉默片刻才接着道，"艺人过的什么日子你根本想象不到。装男装女发托卖像也罢了，动不动的还要受地痞无赖欺压，被官面的人勒索，谁管他们死活？就在这个月，'三不管'接连死了俩人，一个变戏法的，一个练把式的，没招谁没惹谁，也不知什么缘故半夜三更就被人杀了，脑袋被砸得粉碎！"

"真的？"海青很吃惊，"出了人命案？我怎么没听说？"

"听说？真是笑话！艺人的贱命算什么？你还指望报纸刊登、电台广播吗？来两个巡警瞅一眼，填完尸格[1]就扔脖子后面了，这样的案子谁会用心查？'三不管'，自打有皇上的年头到如今，谁搭理过这地方？我奉劝你两句，'三不管'不是你混的地方，闲着没事儿逛逛也罢。只要你来，我拿最好的茶招待你，但是我们这些穷人的日子你过不了。"

"唉！"海青一声慨叹，"天底下哪个卖茶的把客人往外轰？就冲这番话，你是真心为我好，我谢谢你。"说着他起身，恭恭敬敬地向甜姐儿作个揖，"不过话说回来，我是绝不会放弃的，我就是有说相声的瘾！就算干不了这行，学点儿东西没什么不妥吧？我又不跟他们抢买卖，还主动来帮忙，苦瓜怎么就不理解呢？这半个月我是怎么央求他的，你是亲眼所见，能不能帮我说说情？"

甜姐儿笑了，一个劲儿地摇头道："平地不走走阴沟，真不晓得你们这路人中的什么邪，偏喜好这路玩意儿！艺人们有句话常挂在嘴边，叫作'宁赠一锭金，不赠一句春'，养家糊口的技艺岂能轻传？为什么那些当师父的对徒弟那么狠？常言道'教会徒弟，饿死师父'，看家本事传出去就不稀罕了。内行人尚且彼此提防，何况你这'海青'？即便

---

1 尸格，指验尸单。

苦瓜答应教你，别的说相声的人还不干呢！他若教会你，就算你不以此为业，难免到处卖弄告诉旁人，要是人人都会几段相声，谁还来'三不管'扔钱？遇见苦瓜算你好运，莫看他嘴上花哨，其实是厚道人，说不教便不教。要是换了别的坏小子，你说学艺他马上就答应，今天叫你请客吃饭，明天找你做件大褂，非但不教东西还想方设法找你要钱。远的不提，北边就有位'撂地'的老前辈，专收'大皮袄徒弟'。"

"什么叫'大皮袄徒弟'？"

"就是天冷时你送他一件皮袄，他立刻就收你为徒。名义上比苦瓜他们还长一辈，可他什么真本事都不教，顶多拿两段八百年用不上的小贯口搪塞，就为吃你、喝你，总之就是花你的钱。等哪天你明白过来，不给他钱了，他立刻宣布清理门户，这码事儿就算一风吹了。"

"这主意真够绝的。"海青哭笑不得。

"依我说，别为难苦瓜了，只要他来你就在一旁听着，他总不能赶你走吧？想让他一句句教你是不可能的，听会多少算多少吧。"

海青撇嘴摇头道："这办法真够苦的。"

"这就苦？你知道苦瓜的艺名从何而来吗？"

"不知道，你快说说。"海青来了兴致——说相声的艺名大多与相貌有关，"大头"的脑袋大，"傻子"的相貌呆，"山药"长得又瘦又高，"大眼儿"当然眼睛大，"小麻子"自然是满脸麻子，又因为相声前辈中有位张德泉，绰号叫张麻子，他便在名字前加个"小"字。唯独苦瓜的艺名匪夷所思，他相貌端正，一点儿也不像坑坑洼洼的苦瓜呀！

"唉！"甜姐儿未开言先叹气，"苦瓜自幼无父无母，直到六年前他师父把他捡回家去，才算有依靠。其实他师父也不是什么正经人，而且有毒瘾，挣的钱还不够抽大烟呢！年过半百无妻室，收留他就为让他洗衣做饭。苦瓜辛辛苦苦伺候老头，熬了两年，眼看该学真本事了，谁料那老头一场暴病呜呼哀哉！他真东西没学到就死了师父，白遭二年罪，还得摔丧驾灵，你说苦不苦？幸亏有位德高望重的前辈发话，说这孩子可怜，以后无论去哪个场子学艺，大伙都不能欺负他，这才给他一条活路。那时他跟乞丐差不多，拿的是人家分剩下的零钱，吃的是人家的残羹剩饭，也就最近两年日子才渐渐好起来。他的境遇在同行里最苦，所以大伙叫他'小苦瓜'，天长日久这名字越叫越响，连观众也这么称呼他。"

听了苦瓜的身世，海青心里也很酸楚，却心生疑惑地道："你从小就和他认识？"

"不，我也是差不多五年前开始帮爹爹卖茶，才和他认识的。至于以前他过的什么日子、从什么地方来，没人知道，他自己也不提。其实不说我也能猜到，无父无母的孤儿，还不是到处流浪？或许正因为往事不堪回首，他才不想说……所以你别总缠着他刨根问底儿，别再给他添烦恼啦！"

海青故意坏笑道："你这丫头可真怪，当面不说好话，背后还挺替他着想。"

"那当然！毕竟我们都是穷人。"

"没别的原因吗？哦！我明白了，你甜他苦，你们俩……"

"呸！"甜姐儿脸一红，抓起围裙照他脸上便打，"你也不是什么好东西！没学会相声，先学会油嘴滑舌，以后别指望我帮你。"

"别别别……"

两人正说笑，又见逊德堂的贾掌柜送客人出来。那两位客人手里提着小竹篓，似乎刚从店里买的。贾掌柜说了几句客套话，紧接着有两个十二三岁的小伙计跟出来，摘幌旗，搬门板——药铺该关门了。

"哎呀！不知不觉这么晚了。"海青才意识到天色渐黑，但还是帮甜姐儿把茶桌、炉子都搬进药铺，临走还絮絮叨叨，"明天我没事儿，一早就过来，咱们接着聊。"

甜姐儿扑哧一笑："我是无所谓，反正收了你茶钱，只怕苦瓜又要皱眉了。"

沈海青笑呵呵去了，甜姐儿数数钱，揣到怀里也要回家，却被贾掌柜叫住："等一下！刚才你那壶茶……"

糟糕！忘了那壶"高的"茶。贾胖子要跟我算账啦！甜姐儿的心怦怦直跳。

怎料贾胖子非但不怒，还一脸欢喜地道："不错嘛。"

"好……好喝？"

"好喝！"胖子连连点头，似乎还在咂巴嘴里的滋味，"这次你们从哪儿趸的茶叶？味道厚重，明儿还给我沏这个。"

甜姐儿瞥了一眼扁担头上的破草帽，想笑又不敢笑，强忍着支支吾吾道："行，估计还够沏半个月的。"

"好……"贾胖子满面欢喜，可他哪承想到，这是他有生之年喝的最后一壶茶！

第二章
您买卖好?

翌日清晨，沈海青依然穿着他那身旧衣服，迈着欢快的步伐走进"三不管"露天市场。

无论相声、评书、戏法、杂耍，只要是"撂地"都分上午与下午两场，观众略有不同。上午看玩意儿的多是没有固定工作的闲人，偶尔也有逛街的士绅；下午则有大量底层劳动者，相较而言下午比上午热闹，赚钱也更多，所以艺人称上午为"早儿"，下午为"正地"，两场之间的时段叫作"板凳头"。到"板凳头"的时候多数看客要回家吃饭，若没有独特技艺是留不住观众的，受累不讨好。有些艺人中午索性不演了，养足精神干下午的买卖。

若在剧场、茶馆演出，晚上还有一场，艺人称之为"灯晚儿"，顾名思义有灯光才能演，露天的买卖自然没这待遇。不过"撂地"的买卖有时在早晨七点以前也表演，名为"早上早"。这一时段观者寥寥，收入少之又少，一般是新学艺的弟子唱个太平歌词、说俩小段，主要为了磨炼技艺，挣钱倒在其次。还有一些没有固定卖艺场地的艺人会在清晨"画锅"。

所谓"画锅"就是用白沙在地上画个圈，圈定演出地点。对艺人而言，有卖艺的地方才能挣钱吃饭，就好比有了饭锅。画圈之后还要用白沙写点儿"招财进宝""日进斗金"之类的吉祥话，同时唱太平歌词招揽观众。白沙写字看似没什么特殊，其实很困难。细碎的沙粒攥在手里，说是写，其实是撒，不但要撒得均匀，还要有笔锋顿挫，必须勤学苦练才能掌握这门手艺。这门手艺也是祖师爷留下的，相传朱绍文曾被恭亲王奕䜣召进王府，专门表演白沙撒字，后世艺人沿袭不绝。

苦瓜虽然常年在同一地点卖艺，却依然保留"画锅"的习惯，用他自己的话说，这叫"拳不离手，曲不离口"。每当这时他会用白沙撒出"一"到"十"这十个数字，然后增添笔画，唱太平歌词《十字锦》。苦瓜曾向观众坦言，他斗大的字不认识一筐，唯独对十个数字下足了功夫，不知写过几万遍。由于看得次数太多，连海青也会唱《十字锦》了，闲着没事儿就哼哼：

> 一字儿写出来一架房梁，
> 二字儿写出来上短下横长。
> 三字儿写出来横看是"川"字模样，
> 四字儿写出来四角又四方，"八"字在里边藏。
> 五字儿写出来半边翘，
> 六字儿写出来一点儿、两点儿、三点儿，当间儿一横长。
> 七字儿写出来好似那凤凰单展翅，
> 八字儿写出来一撇儿一捺儿分阴分阳。
> 九字儿写出来它是金钩倒挂，
> 十字儿写出来一横一竖立在中央……

海青边走边唱，心里想象着苦瓜"画锅"的情景，猜测今早他会演哪段节目。他不知不觉已走到市场深处，这才发觉不对劲——平日里打把式、练杂技的场子都没摆上，许多布棚还没支起来。艺人们三个一群五个一伙，都在交头接耳议论着什么。

海青加快脚步，不多时来到苦瓜卖艺的地方，也是一片空地不见人影，再向南一望——也不见甜姐儿的茶摊。逊德堂周遭围满了人，挤得水泄不通。

"劳驾……行个方便……"海青也挤入人群，费老大劲儿才蹭到前面，但见半座药铺已成焦炭瓦砾！右边那间房尚好，左边的房顶却已经塌了，窗户成了黑窟窿，还往外冒着余烬的黑烟，旁边饭馆的墙也燎黑了。正堂更是一片狼藉，栏柜倒了，丸散膏丹滚得满地都是，整面墙的抽屉药柜被烟熏得焦黄。有几麻袋药材被从里面抢出来，堆在台阶上，却又被水浸湿。逊德堂的匾也掉了，躺在砖头瓦块间，被人踩来踩去尽是脚印。药铺的三名伙计衣衫不整、满脸灰黑，正肩并肩坐在台阶上，六只眼睛直勾勾发愣——都吓傻啦！

"怎么回事？"海青问身边的人。

"这还瞧不出？着火了呗。幸亏发现得早，隔壁又是家清真馆。有几个堂倌住店里，大伙跟着一块儿救火，忙活半宿总算扑灭了，若不然半个'三不管'都烧没啦！"

"贾掌柜呢？"

"早烧成炭啦！"

"死了？"虽说海青跟贾胖子没交情，但昨天下午还见过面，一夜之隔这么个大活人就烧死了，不免有些怆然，"怎么没跑出来？"

"火就是从他屋里起的，八成叫烟呛晕了。"

"怎么着的火？"

"那谁知道？反正这事儿够蹊跷的……"

"这是命里该着！"不远处有个五十岁的老汉接过话茬儿。此人膀阔腰圆胡子拉碴，穿着粗布衫，手巾包头，系着板带，扎着绑腿，腰里掖着一把二尺多长的弹弓，似是练把式的。他说起话来撇唇咧嘴，口气甚是不屑，道："天作有雨，人作有祸。贾胖子贩卖假药伤天害理，这是人容天不容！为什么只烧他住的半边房，三个伙计没事儿？可见这场火就是冲他来的，火神爷就要他一个人的命。"

有些人思想迷信，很在意神神鬼鬼的事儿，闻听此言纷纷点头，却也有喜欢抬杠的人与那练把式的打趣道："陈爷！瞧您这话说的。老鸹落在猪身上，看得见别人黑，看不见自己黑。贾胖子的药是假的，您卖的膏药就是真的吗？"

"怎么不真？正宗狗皮膏药，祖传八辈半的手艺，再说我练的功夫也是真的呀！"

"哟哟哟！亏您说得出口，打个弹弓、翻个跟头、学个猫蹿狗闪就叫功夫？"

"我的真本事你没见识过，我有一招流星赶月，那才叫……"

海青没再往下听，猛然想起甜姐儿卖茶的家伙都在药铺里，该不会也毁了吧？说着低头查看，见台阶上有摔碎的壶碗，断了两条腿的茶桌撇在窗下。倒霉！甜姐儿做不成买卖了。想至此，他左右张望——果见甜姐儿也在人群边上，正呆呆出神，小苦瓜就站在她身边。

"你们在这儿呀！"海青挤过去。

两人浑似没听见，甜姐儿一脸愁苦地道："完了，全完了……桌子板凳毁了，壶碗摔了，那两包茶叶也不知哪儿去了……我可怎么办啊？爹爹还病着，叫我父女怎么活啊……"说着已潸然落泪。

"别哭，有我呢。"苦瓜安慰着，"你先忍几天，我赚钱买新的。"

岂知他越劝，甜姐儿哭得越厉害："我怎能拖累你？你得节衣缩食多少日子才能省出来？"

海青想说我掏钱帮你买，话未出口，忽见围观者一阵骚动。有几人扭头朝外张望，也不知谁喊了一声："翅子入窑！"

说来也怪，随着这句话，方才还叽叽喳喳的人群顿时散了，片刻工夫已不剩几人。海青还纳闷儿呢！苦瓜一把抓住他肩膀道："快走吧，没听说'翅子入窑'吗？"海青一头雾水，却也顾不得多打听，糊里糊涂跟着苦瓜他们离开。

三人走到苦瓜"撂地"处，远远张望，见几个巡警快步而来，直奔逊德堂药铺。海青恍然大悟："原来'翅子'是警察，这也是'春点'？"

这会儿苦瓜也没心情跟他计较，解释道："其实我们一般把办案的叫'鹰爪孙'，'翅子'泛指官面的人，官面的人涉足江湖人的地盘就叫'翅子入窑'。"

"瞧见警察躲什么？"

"哎哟！真不知你是什么人，竟不怕经官动府。你没看过我跟大头他们演的那段《大审案》[1]吗？衙门破不了案，随便抓个艺人顶罪是常有的事儿！"

"那不是前清的事儿吗？现在还这么干？"

"现在比有皇帝的年头更厉害！如今兵荒马乱，天下没个准主儿，今儿姓曹的打姓段的，明儿姓张的打姓吴的，南方还有个政府，外国人也老跟着瞎掺和。别说我们作艺的，连官小的还常被官大的拿去顶缸呢！这又着火又死人的，能不调查火头吗？从来都是有错抓的没错放的，没见大伙都躲了吗？"

"唉！"提起时局海青不免叹息，但想起众人一哄而散的情景又忍不住发笑——只一句"翅子入窑"就散个干净，都是老江湖啊！

三人一时无言，翘首望着那边。只见警察进了药铺，不多时又出来了，里里外外到处察看，继而呵斥三名伙计也跟进去，似是问话。约莫过了半个钟头，又有几个警察走出来，苦瓜突然上前两步嚷道："小杨！你个王八蛋，滚过来！欠我的钱什么时候还？"

"胡说八道，谁欠你钱呀？"随着这声呼喊，匆匆忙忙走过来一人——这家伙模样很怪，矮矮瘦瘦，头上戴着大檐警帽，身上却没穿警服，穿一件破破烂烂的小褂、打补丁的裤子，脚下趿拉一双旧布鞋，混在一堆警察中不伦不类。等他渐渐走近，海青才看清，原来这是个半大小子，顶多十五六岁，脸上脏兮兮的，一双小眯缝眼，腋下还夹着一只打更用的木梆子。

苦瓜见他走近立刻变脸，讪笑道："我跟你开玩笑，其实……"

"跟警察也敢玩笑，不打算混了？"

"好好好，我错了。小杨啊，跟你打听一下……"

"别叫我小杨。"那小子将手里的木梆子一晃，"警所交给我一项新差事——巡夜，这可是吉兆啊！从今以后你们都叫我'小梆子'，将来一定官运亨通。"

---

1 《大审案》，传统相声节目，模仿旧年间抓差办案的人诓骗艺人顶罪。

海青听了掩口而笑——"小梆子"这名号乍听俗气，其实大有来历。十年前天津有位大名鼎鼎的人物，直隶警察厅厅长杨以德。此人心思缜密、精明能干，曾捉拿江湖飞贼，解救被拐儿童，甚得当局赏识。民国六年滦州出了一桩杀妻案，凶犯买通县长仗势欺人，死者娘家控诉无门，三审不得申冤。无奈之下死者年仅十六岁的妹妹跑到天津上告，杨以德接状重查，开棺验尸推翻原判，将凶犯枪毙正法。此事影响极大，甚至被评剧艺人编成剧本搬上舞台，名为《杨三姐告状》。杨以德也声名大噪，一直掌控天津警界，直至二次直奉战争才被迫下台。只因杨以德早年贫苦，未得志时曾在一户杨姓盐商家中为仆，敲打梆子巡宅护院，故而绰号叫"杨梆子"。眼前这小子以"小梆子"自居，自然也是立志当官，不过就凭他这副邋邋遢遢的样儿，实在看不出今后能有什么出息。

"行行行！"苦瓜有点儿不耐烦，"反正是你的名字，别说梆子，叫木鱼我也由着你。说正经的吧，你跟着警察忙活半天，'损德堂'到底怎么回事？"

"烧了呗。"

"废话！怎么起的火？"

"不知道呀！"小梆子的警帽有点儿大，动不动就往下滑，他每说几句话就要把帽子往上推一推，"伙计们说半夜被烟呛醒，火已经烧起来了。不是炉灶起火，我猜可能是油灯倒了吧。贾胖子屋里存着许多药，还不烧个噼里啪啦？刚才我进去瞅了一眼，惨哪！胖子躺在床上，烧得都没人样儿啦！"

苦瓜微一蹙眉道："他始终躺在床上？"

"是啊！床板都塌了，他还在上面躺着。被褥也烧化了，粘在他身上，五官头发都烧没了，四肢抽筋一样蜷缩着，跟炸煳了的馃子似的，黑乎乎血糊糊，还往外流脓……"

"别说啦！"甜姐儿吓得直哆嗦，躲到树后不敢再听。

苦瓜追问："检验吏[1]来了没有？"

---

1 检验吏，民国时负责验尸的人，相当于后来的法医。

"没有，警所得信儿时不知死了人，没派检验吏。咳！左不过就是烧死的，有什么可验的？"小梆子微微冷笑，"一个卖假药的，平素又没个好人缘，死就死呗。只可惜顺子、宝子、长福，都要跟着倒霉啦！"他说的是贾胖子的那三个伙计。

"要抓他们？"

"是啊！你想想，贾胖子是光棍一条，连家眷都没有。他死了不要紧，房是租来的，房东能罢休吗？再说最近'三不管'总出事儿，算上贾胖子接连死了三个人。据说上月还有位下野的陈督军向上头反映，说有一天在这儿叫人把钱包偷了，还带着人到警所大闹一场，搞得所长很狼狈。"

"下野的军阀算得了什么？"

"咳！兵头们都是互相勾结的，即便下野也认识上头的人，再不济还有钱呢！拔根汗毛照样比一般人腰粗，谁招惹得起？前前后后连着出这么多乱子，老是没个下文怎么交代？总得应付应付，先抓俩填坑的，预备上头查问，就算不定罪也得关上十天半月，还有……"

刚说到这儿，忽然有个警察扯着脖子朝这边喊："你小子干吗呢？过来抬死尸！快点儿！"

"是是是。"小梆子一脸谄笑，答应着跑过去。

见他走远，海青才问道："这小子也是警察？"

"什么警察呀！去年他还在街上拾破烂呢，赶上巡警抓一个拦路抢首饰的，据说被抢的是某大官的姨太太，局里催得紧，警所都急疯了。查来查去正好在南市撞见，劫匪前头跑，警察后面追。他正在路边坐着，伸腿一绊，那劫匪摔一跤，就被警察追上逮住了。警察随口夸他几句，说他是办案的材料，他就当真了，以为这是个好营生，自此三天两头到警所'泡蘑菇'，哭着嚷着要当警察。所里嫌他烦，就给他顶帽子，让他巡察'三不管'，每月给点儿零钱。其实'三不管'一向是地痞流氓称霸，莫说他，真警察能管多少？纯粹是看他年纪小，拿他当个通风报信的。"

海青苦笑："原来跟我一样，他这警察也是'海青'。"

"你就学这个学得快！"苦瓜白了他一眼，"其实这小子人不错，遇事儿总向着我们这些艺人，就是有些官儿迷。这次警所让他巡夜，似乎真有点儿重视'三不管'的治安了。"

"管管也好，省得再出乱子。"

苦瓜却连连摇头道："有些事不管虽乱，只怕管了更乱，管来管去就把穷人的饭碗管没啦！"

此时已过上午十点，"三不管"又恢复往日的喧嚣。小贩们挑着担子来了，艺人也开始表演，却有两名巡警领着一驾骡子大车停到药铺门前，车上放着几筐萝卜。车老板儿一脸的无可奈何，显然是进城送菜被警察抓来帮忙。紧接着逊德堂的三个伙计连同小梆子，四人搭着一个大麻包走出来，里面装的什么不言而喻。

甜姐儿躲在树后，虽然害怕，还是壮着胆子望了一眼，喃喃地道："贾掌柜，一路走好。不管您是好人还是坏人，多谢您这两年对我们父女的照顾。"说着深深鞠了一躬。

苦瓜瞟她一眼，叹道："你心眼儿太善，留神吃亏。"

贾胖子死了，就堆在萝卜旁边，被骡车拉走。宝子和顺子，两个十二三岁的小伙计跨坐在车沿上；小梆子忽然猛一转身，像受惊的兔子一样，捂着警帽，快步朝苦瓜他们奔来！

"怎么了？"苦瓜预感有不祥之事。

小梆子跑到近前，顾不得缓口气儿："甜姐儿呢？坏啦！刚才我听警察说要逮你！"

"我?！"甜姐儿不明所以。

"是啊！你烧水的那只炉子是不是寄存在药铺？"

说到这儿，苦瓜已经明白了，不禁破口大骂道："他奶奶的！他们寻不到火源，扣到甜姐儿头上了。"

"不是我呀！"甜姐儿叫着，"我一直很小心，灭炉掏灰，还要浇几瓢凉水。"

海青也说："昨儿是我帮着搬进去的，炉子已经凉了。"

"我知道！"苦瓜一脸激愤，"肯定不是她的错，可谁叫她把炉子放那儿呢？这帮大老爷哪管子午卯酉，只要有顶罪的人就行！"

小梆子提醒道："快些吧！宝子、顺子年纪太小，暂时不抓。警察叫他们料理贾胖子的后事，我也得跟着挖坑下葬去。长福年纪大，肯定会被带走，一会儿他们就过来抓甜姐儿。我得走了，你们快想办法吧！"说罢追赶骡车而去。

苦瓜定了定神，对甜姐儿道："跑！赶紧跑！"

"往哪儿跑？"甜姐儿早吓蒙了。

"甭管去哪儿，先找个僻静的地方藏几天。你一个卖茶的，他们还能像抓江洋大盗似的满处逮你？躲几天风头就没事儿了。"

"我能跑，我爹呢？'三不管'打听打听不就找着我家了？我跑了，他们肯定抓我爹呀！"

"那就和你爹一起跑。现在就回家收拾东西，赶紧走。他们一时半会儿寻不到你家。"

"不行！我爹还病在床上呢，动不了，匆匆忙忙硬带他走，别再把他的老命搭进去。"

"那怎么办？"

"唉……"甜姐儿叹口气，渐渐镇定下来，也不再颤抖，"让他们抓我吧。"

"什么？！"

"我娘死得早，爹把我拉扯大不容易。既然出了这事儿，也是命中注定，只要我老老实实地跟警察走，也未必不能解释清楚……"

"别傻啦！你去了肯定有罪！你是火头，长福看管不周，有你们俩，这一案就齐了，他们就能向上头交差啦！"

"就算定了罪，天大的祸由我担待，绝不连累我爹。"

"你以为这样就不连累你爹吗？到时候别说要你小命，就算判你个徒刑，你爹急火攻心照样好不了。"

"那也只能走一步看一步。"甜姐儿抓住苦瓜的手，"我从没求过你什么，今天破天荒求你一次，替我照顾我爹……"

"我算哪根葱？"苦瓜急得直跺脚，"傻丫头，快跑吧。"

"我不能跑呀！"

海青也急得团团转："若不然，到我家里躲躲……"无奈甜姐儿和苦瓜兀自争执，谁也没把他当回事儿。正在这时，所有警察都从药铺里出来了，最年长的那名伙计李长福已被绳子捆住双手，垂头耷脑跟在后面，又有两个警察径直朝这边而来——晚啦！已经逃不掉了。

"丫头！你姓田，是摆茶摊儿的，对不对？"警察阴森森地问。

"对。"甜姐儿毫不否认。

"你的炉子起火，烧了房，死了人，跟我们走一趟。"

"是……"

"嗯，还挺老实的。那就不用捆了，跟着走吧。"说着推了甜姐儿一把，便要带她走。

海青实在看不下去了，两步蹿到前面道："不能抓她！"

"嘿！"警察把脸一沉，"哪儿来的浑小子？还敢出来挡横儿。我们这是执行公务，留神连你一块儿抓。让开！"

海青也不知哪儿来的底气，硬是张开双臂拦住去路道："不！有本事你们就抓我好啦！"

"他妈的！"警察眼里冒火，"我看你小子皮肉痒痒！"说着话便撸胳膊挽袖子，其他警察也围过来，一个个解下皮带就要打。

"你们……"海青还要再说什么，忽觉脚底下一滑——苦瓜紧紧抱住他的腰，把他拖到一旁，继而上前朝几个警察作个罗圈揖："各位巡警老爷，息怒息怒！这是我兄弟，刚上'跳板儿的'[1]，不懂规矩，各位多包涵。"

"放屁！警察办案也敢拦，还有王法吗？"话虽这么说，他们却把皮带撂下了，"你俩是干吗的？"

"放债的。"苦瓜仿佛变了个人，一改方才的愤怒，和颜悦色满脸谄笑，"各位老爷有所不知，这丫头的爹借了我们二十块钱，利加利、利滚利，至今没还清。"

"嘿嘿嘿……"警察幸灾乐祸道，"东西都烧了，这笔账甭指望她

1　跳板儿的，江湖春点，指刚入行的人。

还了。"

苦瓜一脸坏笑:"东西是没了,还有人呢!可以拿人抵债。这丫头还算有几分姿色,卖到窑子里也值点儿钱吧?所以一听说着火,我们立刻赶来,就怕她跑了。"

"哼!"警察满脸不屑,"你们这些放阎王债的,缺德主意都研究透了,下辈子还不知托生成什么呢!有借据吗?"

"有啊。"苦瓜假模假式往怀里掏。

"甭拿了,趁早撕了吧。实话告诉你,这丫头放出来还指不定猴年马月呢!你们这笔钱没了,别瞎耽误工夫……走吧。"

甜姐儿与苦瓜对视一眼,虽有千言万语却无法出口,随即被警察领走了。长福也被警察押着,踉踉跄跄跟在后面。苦瓜凝视着甜姐儿渐渐远去的背影,忽然放声大呼:"姓田的丫头!你以为这笔账完了?休想!你到警所躲清静,还有你爹呢!我现在就去找你爹,我不会放过你的!你听见没有?我不会放过你!永远不会……"

海青还是头一次看到苦瓜怒不可遏的样子,只见他攥拳跺脚、声嘶力竭,脑门儿青筋暴起,浑身不住颤抖,喘着粗气,显然怨愤到了极点,引得附近的人纷纷张望。海青赶忙凑过去道:"怎么办?"

"凉拌!"苦瓜怒意未消,顶他一句。

"得想办法救……"

"怎么救?妻舅、娘舅还是大表舅?"

"还是先去告她爹……"

"告她爹什么?老头犯什么罪了?"

"别耍贫嘴啦!赶紧去告诉甜姐儿她爹,我跟你一起……"

"够了!"苦瓜一把薅住海青的脖领,怒吼道,"别给我添乱啦!你以为你是谁?是我哥们儿?是'三不管'的人?你不过是瞧热闹的看客。现在都看到了吧?满足好奇心了吧?知道我们这些下等人过的什么日子了吧?别再假惺惺充好人,我用不着你多管闲事。无论你是什么身份,给我滚!"说着使劲一推海青。

海青仰面朝天栽倒在地,摔得屁股生疼,哼唧半天才坐起来,苦瓜却已奔入人群不见了踪影。

今天的"三不管"依旧热闹，艺人们"圆粘儿"的"圆粘儿"、"打杆"[1]的"打杆"，所有人似乎都忘了逊德堂失火，忘了甜姐儿被抓，忘了一切风波。或者说他们是不得不忘，因为还得养家糊口，还得活着！

沈海青坐在地上，环顾混迹多日的这个市场，恍惚觉得一切都很陌生，或许正如甜姐儿所说，他根本不了解这地方，终究只是个"海青"。他满心无奈，不住叹息，偏偏不远处还有个唱大鼓的，嗓音沙哑词句悲凉："壮怀不可与天争，泪洒重衾透枕红。江左仇深空切齿，桃园义重苦伤情……"

一轮明月依偎云间，朦胧的月光透过铁窗照在甜姐儿脸上……

事态发展果如苦瓜所料，她和长福被带到警所时还不到中午。办案的真干脆，一句没问，直接把他们拘押起来——若详加审问还有辩白余地，现在问都懒得问，明摆着要拿他们完案交差。只等案卷报上去，再把他俩往审判庭一送，这桩火案就算万事大吉。这年头，虎狼当道，两个无钱无势的老百姓，冤沉海底又有谁管？

甜姐儿毕竟是柔弱女子，年纪又轻，哪领教过拘禁的滋味？警所的监室虽不及监狱森严，却也阴森森的，一大群人关在一起。同监的其他女犯大多是被抓的暗娼，等着送往感化院。她们一个个脸蛋抹得雪白，嘴唇涂得猩红，徐娘半老大加涂抹，自以为娇羞妩媚，其实更显粗俗。这些人在监室里混了两天越发蓬头垢面，跟庙里泥塑的小鬼一样。这些暗娼或是生活所迫，或有不良嗜好，或被恶霸逼迫，都是对这世道彻底绝望的人，破罐破摔，自暴自弃，即便身在监牢仍说说笑笑不以为耻。还有个抽大烟的，毒瘾发作就在地上打滚，又哭又闹，那声音简直像狼嚎鬼叫。甜姐儿哪敢跟这些女人交谈，独自缩在一个角落，双手抱膝，瑟瑟发抖。

---

1 打杆，指敛钱。

恐惧还在其次，更难熬的是忧虑——爹爹现在怎么样？苦瓜告诉他消息没有？他老人家是何反应？会不会一惊之下……即便安然无恙，今后的日子怎么过？这一案要是落实，逊德堂的房东会不会要他赔钱？

明知身陷囹圄想什么都没用，甜姐儿还是忍不住思绪万千。就这么胡思乱想了大半日，监室的铁门轰然打开，警察把她提出来，又单独关进另一间较为整洁的囚室，还送来晚饭。甜姐儿曾经风闻，说战乱期间政府缺钱，警所苛待犯人，经常两天才管一顿饭，能给碗粥喝就不错，可这次给她送的却是窝窝头、熬白菜，甚至还有一碗漂着几片蛋花的汤。但此时就算山珍海味又怎么吃得下去？她连筷子都没碰，反而更添忧愁——住单间、吃小灶，这恐怕不是优待，而是案由甚大，警察怕她有闪失，将来缺了替罪羊。

她开始后悔没听苦瓜的话了，若是背着爹爹逃跑，兴许也不会比这更糟。"我不会放过你！永远不会……"苦瓜的呐喊声犹在心头回荡，谁知今生还有没有重逢之期？甜姐儿再也抑制不住眼泪，哭得撕心裂肺天昏地暗。也不知哭了多久，嗓子都哑了，终于昏昏沉沉睡过去——担惊受怕实在太累啦！

又不知睡了多久，一个粗重的声音将她唤醒："姓田的丫头，起来！快起来！"她恍恍惚惚地睁开眼，只觉一片漆黑，显然已入夜。紧接着，有个警察点燃了煤油灯，打开铁门走进来。

一霎时甜姐儿疑心这人要不利于自己，吓得不住往后缩，却见警察一脸不耐烦，阴沉沉地道："跟我走……快点儿！别磨蹭。"甜姐儿如堕五里雾中，却只能战战兢兢跟着走。哪知这一去，警察竟直接把她领出牢房，带到另一幢房子。

这是一座孤零零的瓦房，跟办公楼、监押房皆不相连，独自矗立在警所后院。这里也有一扇铁门，窗上装着铁栅栏，与监室不同的是屋内摆着一张长桌、几把椅子，桌上有壶和碗，墙上挂着五色旗，似乎是接待室。警察把甜姐儿带进去，在桌上留了盏油灯，没说一个字就转身出去了。当然，走时又从外面把门锁上。

干什么？难道要审讯？这才第一天，以后的日子该怎么熬？听天由命吧。甜姐已欲哭无泪，索性搬了把椅子放到窗边，坐下来，隔着铁窗向外张望……

此刻应是夜里两三点，警所的院子一片黑暗，唯独远处办公楼有几点零星的灯光，万籁俱寂。月亮已渐渐转西，或许再熬一两个小时就天亮了，可她这辈子何时才能沉冤昭雪得见青天？甜姐儿已不抱任何奢望，只想打发这无尽的痛苦。她忽而忆起平日在"三不管"听的鼓曲，倒是很合此情此景，于是随口哼唱：

> 丑末寅初日转扶桑。我猛抬头，见天上星，星共斗，斗和辰，渺渺茫茫、恍恍惚惚、密密匝匝、直冲霄汉，减去了辉煌。一轮明月朝西坠，我听也听不见，在那花鼓谯楼上，梆儿听不见敲，钟儿听不见撞，锣儿听不见筛，铃儿听不见晃，那值更的人儿沉睡如雷，已梦入了黄粱……

突然，隐隐约约传来一阵说话声："好啊，没想到你不光会烧水卖茶，唱京韵大鼓也有滋有味的。若不是嗓子哑了，简直赛过林红玉。"

甜姐儿一惊——苦瓜？！

她扭头查看，屋里四角空空，除了自己再无一人，又抓着铁栏杆朝外张望，黑漆漆也无人影，不禁怅然——怎么可能呢？再和他见面恐怕要等下辈子啦！

正想到此，又一阵细微的声音传来："怎么不唱了？忘词了？下句是'架上金鸡不住地连声唱，千门开，万户放'。等你把这句唱完，兴许牢门也能开放，你就溜达出去了。"

甜姐儿一猛子蹦起来——不是幻觉！贫嘴寡舌的，肯定是他！他是怎么来的？在哪儿呢？甜姐儿又兴奋又紧张，在房里到处寻找，甚至钻到桌底下，却仍不见他的人影，急得满头大汗。又听苦瓜笑呵呵地说："我又不是痰盂，干吗到桌子底下找？你往上瞧啊。"

甜姐儿这才醒悟，抬头看。这座房高约三米，没糊顶棚，露着房梁和檩条；不知何时房脊上几片瓦已被揭去，露出一张脸。借着油灯，甜姐儿看得分明，那不是苦瓜的脸，是一张雪白的面孔，红红的圆鼻子、弯弯的细眉、笑盈盈的红嘴唇——是海青送给苦瓜的面具！

有那么一瞬间，甜姐儿心中萌生出一个怪念头，莫非小丑面具成精了，幻化成人形？

"怎么？我戴着这玩意儿，你不敢认了？"苦瓜趴在房顶上，边说边把手伸进窟窿，将一根又细又长的钢丝绕在檩条上。

"真是你！"甜姐儿忍不住叫出声，"你怎么……"

"别嚷！我可不想陪你蹲监狱。"

甜姐儿捂住嘴，哆嗦着蹭到窗边，朝外看看，不见有什么动静，这才回到窟窿底下哑着嗓子问："你怎么跑到房上去了？"

"做贼呀，我在上面趴半宿了。"

"做贼？偷什么？"

"偷人！"苦瓜嗔怪道，"傻丫头，我来救你呀！"

甜姐儿呆若木鸡，眼前的事太出乎意料，整天嘻嘻哈哈的苦瓜竟然来劫牢，还神不知鬼不觉地爬到房上，这不是做梦吧？错愕间，忽觉木屑落在脸上，揉揉眼仔细观瞧。有两条房檩已被苦瓜用钢丝锯断一截，中间空隙能钻过一人，紧接着垂下条绳子。

"别愣着！快抓住绳子，我拉你上来。"

"这……"甜姐儿有些犹豫，"我要是跑了，岂不成了逃犯？"

"当逃犯怎么了？难道你想留在这儿接着唱曲？"

"只怕逃不掉，要是再被抓回来……"

"放心吧，深更半夜的，我一定能带你出去。"

"可是我爹……"

"我早把你爹送到安全的地方了，这就带你过去。别耽误工夫，一会儿警察回来，想跑都跑不了。错过这村再没这店儿，错过这饺子再没这馅儿！"

事已至此，甜姐没别的选择，就算不逃，警察回来发现房顶上有个窟窿，怎能不问？弄不好要动刑逼她招出同伙，那时岂不更糟？想至此，她把牙一咬，就冒这次险吧！也不枉费苦瓜的情义。但她一天没吃东西，心里又害怕，哆哆嗦嗦的，怎么也抓不紧绳子，试了三次，只要双脚离地就立刻掉下来。

"别管我了，你走吧。"

"放屁！我说过，永远不会放弃你……听我的，你把油灯放到窗台上去。"

甜姐儿不明白是何用意，颤巍巍拿起油灯走到窗边。她忽然领悟，灯放在桌上会照出屋里情形，突然吹灭又引人注意，而放在窗边照的是外边，即便有人从外经过也会被灯光晃住眼睛，瞧不清屋里。

她刚放下灯，转过身来只觉黑影一闪，苦瓜已顺着绳子滑下来。那姿势很特殊，头朝下，脚朝上，乍一看很滑稽，甜姐儿却笑不出。她在"三不管"摆茶摊，耳濡目染听过不少评书，像什么《三侠剑》《剑侠图》，凡提到江湖飞贼行窃，揭瓦进屋时都是头下脚上，便于观察敌情见机行事。这手功夫叫"天鹅下蛋"。可她没料到这并非说书人信口开河，更想不到与自己相知已久的苦瓜就会这手功夫。

苦瓜的动作迅捷至极，只见他身子一翻，已稳稳当当地站在地上。甜姐儿这才看清，除了小丑面具，苦瓜浑身穿戴皆是黑色，这就是江湖人说的"夜行衣"吧？

甜姐儿满腹疑窦未及询问，苦瓜已攥住她手道："快抱住我肩膀，我背你上去。"

"这……这行吗？"

"别磨蹭啦！抓紧，别掉下去。"

仓促之际顾不得害羞，甜姐儿糊里糊涂就抱在他身上了。苦瓜攥住绳子手脚并用，奋力往上爬。背着人攀绳子自然快不了，还荡悠悠的，甜姐儿更害怕了，浑身哆嗦，双臂紧紧缠在苦瓜脖子上。

"我的小姑奶奶，放松点儿，别勒我脖子。"苦瓜憋红了脸，"我喘不上气儿了。"

"我害怕，这要是掉下去……"

"别往下看！闭眼，接着唱大鼓。"

"唱不出来，词全忘了。"

"唱单弦也行，来段《高老庄》，猪八戒背媳妇，多应景啊！"

"呸！谁是你媳妇？这时候还耍贫嘴。"

这么一闹还真就不害怕了，渐渐已近屋顶。甜姐儿见檩条瓦片间的空隙不够大，又发愁俩人怎么能钻过去，忽觉苦瓜猛然挣开她双臂，身子一蹿，已跃上屋顶，而她竟没摔下去！她低头一看——原来苦瓜边爬边捯绳子，也不知用的什么手法，早把绳子在她腰上缠了好几圈，这时踏上屋顶，一手拉绳子，一手拽她胳膊，没费什么力气就把她拖了上去。

甜姐儿一屁股坐到屋脊上，满头冷汗直喘大气，却见苦瓜还趴在窟窿处，手里攥着两块木头——竟是那两截锯断的房檩。他干这种事儿仍不失诙谐，锯檩条时故意锯成上宽下窄的梯形，这时对准茬口摆上去，若站在屋里抬头看，根本察觉不出房檩断了。接着他又把揭开的瓦一片片地插回去，恢复原样，笑嘻嘻地道："咱和警察开个玩笑，叫他们想破脑袋也想不出你是怎么逃的。"

"原来你……"甜姐儿没好意思说出口。她看明白了，多年的疑惑也就此解开——苦瓜锯檩条、爬绳子乃至把盗洞恢复原样的手段这般熟练，肯定不是第一次干。想必他在学说相声之前是贼，而且是燕子李三那样的飞贼！可是他怎会改行说相声呢？

苦瓜将钢丝卷好揣进怀里，又把绳索系在腰上道："这可不是歇着的地方，快跟我走。"

"等等。长福还在牢里，他怎么办？能不能把他也救出来？"

"唉！"苦瓜叹口气，"你以为我是大罗金仙呀？救人谈何容易？能找到你已是侥幸，哪还顾得上长福？以后再想办法吧。"这并非虚言，其实天一黑苦瓜就来了，在房上窜来窜去，始终觅不到甜姐儿在何处，耗到两点多已经灰心丧气了。他偶然瞅见警察把甜姐儿从监押处带出来，关进这间独立的瓦房，才得以施救。倘若甜姐儿还关在监室里，莫说他搞不清具体在哪间屋，即便找到也救不出。可警察为什么深更半夜把甜姐儿单独提出来？这实在蹊跷。

此时来不及多想，脱身要紧，苦瓜搀着甜姐儿慢慢蹭到后房坡。到檐边他纵身一跳，已稳稳落地，没半点儿声响，随即招手示意甜姐儿往下跳，他在下边接着。有方才的经历，甜姐儿也不怎么怕了，闭上眼往前一跃，正落到苦瓜怀里，双脚着地才睁眼——借着月色正瞅见一条大狗趴在不远处！

甜姐儿吓得差点儿叫出声来，苦瓜捂住她嘴道："别怕，我给它喂了'打狗饼'，不碍事的。"

所谓"打狗饼"，原本是一种丧葬用的点心，传说黄泉路上有个恶狗村，村里有许多恶犬，凡有亡魂经过必定追赶撕咬。于是人们专门制作喂它们的点心，死者入殓时给他塞在衣袖里，好搪塞恶犬。也不知哪代的江湖高人受此启发，竟研究出一种对付看家狗的点心。这种"打狗饼"用棒子面和鸡肝制作，和面时掺入许多头发。偷盗时发觉院里有狗，隔着墙头扔两个，狗被肝的气味吸引，自然扑过去咬，便连头发一起吃进嘴。头发韧劲儿极大，尤其长发，一大团塞进嘴里，把牙齿都挂住了，咽不下，吐不出，咬不断，想叫都叫不出声。狗被这饼噎得难受，光顾着抠嗓子眼儿，小偷进来行窃就懒得管了，更有一些谨慎的窃贼还在饼中添加麻药甚至毒药。

甜姐儿仔细观瞧，果见那条狗缩作一团，把嘴往地上蹭，自顾自地发出呜呜之声，根本没理他们俩，终于放下心来。她抬头一看，不远处就是围墙——胜利在望！

其实以苦瓜的身手大可直接从房檐跃到墙头，警所不是监狱，围墙没有铁蒺藜网，跳上去也不会受伤，但此时带着甜姐儿只能力求稳妥。他蹑足走到墙根下，又把系在腰间的绳索解开，原来绳子头上有飞爪，刚才就是用它钩在房脊上的。

突然，传来一阵脚步声，同时隐约有灯光闪耀——警察来啦！

夜里静悄悄的，脚步声格外明显，虽然他俩在房后，还是听得清清楚楚。显然不止一两个人，而且在相互交谈："那丫头带到探视房了吗？""带过去了，我提的。""送饭了吗？""送了，没吃。这小丫头没经过事，吓得不轻……到了。""嗯？灯怎么放在窗台上？"

快暴露啦！苦瓜不再犹豫，荡开绳子甩了两甩，向上一抛，飞爪正钩在墙头。恰在这时警察"咔"的一声打开了铁门，房里顿时闹翻天：

"怎么回事？""难道她、她逃了？""蠢货！你们怎么搞的？""奇啦！她怎么跑的？""没多大工夫，跑不远，在附近找找……"

苦瓜再想背着甜姐儿爬绳子只怕来不及了，又恐警察从后赶来伤到甜姐儿，便叫她先爬，自己紧随其后。到这会儿甜姐儿只能知难而上，一来这次可以用脚蹬墙，二来苦瓜在下托着，她咬紧牙关，吃奶的劲儿都使出来了。

已到墙头，明亮的灯光从后射来，有人大喊道："在这儿！有人帮她越狱！"杂乱的脚步声渐渐逼近，少说也有七八人。

"怎么办？"甜姐儿慌了。

"快爬啊……"苦瓜怕她松手，大叫一声，双脚紧紧踏在墙上，用肩膀抵住她后腰，铆足力气往上顶，总算将甜姐儿顶上去。他紧跟着也伸手攀住墙头。

"下来！"有个警察吼道，"听见没有？再动我开枪啦！"

苦瓜把心一横——我无亲无故贱命一条，死活算得了什么？纵然挨枪子儿，也得把甜姐儿救出去！苦瓜这时也顾不得甜姐儿会不会跌伤，猛地用力一推，竟将她推出墙外。

"浑蛋！"警察恼怒，"老子非毙了你不可。"

就在这时，有个苍老的声音喊道："别开枪！不准伤人！"

苦瓜颇感意外，回头瞥了一眼——大约两丈开外，又是油灯又是手电筒，三四个光晕耀眼刺目，根本瞧不清情形，只隐约感觉有十来个人。而这一刻警察也愣住了，无人怒斥呐喊，似乎谁也没料到他戴着面具，都被小丑的诡异模样惊呆了。

此时不走，更待何时？苦瓜拔起飞爪纵身一跃，也跳到墙外。甜姐儿从地上爬起来，虽说掉下来摔了一跤，但没受多大伤。苦瓜还是不由分说地将她背起，快步奔过大街，钻进黑黢黢的胡同……

第三章
发财?

苦瓜再出来"撂地",已是三天之后。

这三天里，他将田家父女藏好，又到警所附近观察动静，确认没什么异常才回来卖艺。因连续四日没做买卖，熟客少了，他索性找陈大头、小麻子等人搭伙。大头等人久在"三不管"，本事都不赖，加上苦瓜是如虎添翼，好节目一段接一段，还没到中午就打了两笸箩钱。眼看观众越围越多，哥儿几个亮出了《大保镖》这段相声。

《大保镖》是祖师爷朱绍文留下的节目，讲的是一对习武的兄弟自吹自擂，被镖局请去押镖，结果半路遭贼人抢劫，骑牛上阵大败而归的笑话。其实保镖这个行业已经绝迹，北京最后一家镖局——会友镖局，于民国十年关门散伙。昔日会友镖局名震天下，历代镖师本领高强，练的是三皇门的真功夫，曾为李鸿章看宅护院，之所以衰败不是因为没本事，而是客户越来越少。随着时代发展，火车、轮船成了运输主力，银行业、保险业也蓬勃发展。镖师押着骡车翻山越岭，不但耗时而且成本高，自然要被淘汰。况且如今的绿林匪徒不再舞枪弄棒，改玩洋枪了。神仙难躲一溜烟，再快的拳脚能快得过枪子儿吗？会友镖局的大镖头李尧臣虽有一身惊世骇俗的武功，也只能顺应时代，改行开武馆。

然而相声《大保镖》的演出完全不受影响，照样上演，持续火爆，足见祖师爷的创作水准，也可见历代艺人的继承改良。苦瓜也会说这段，但自认没小麻子出彩，于是麻子逗哏，苦瓜捧哏，临时组合当众献艺。麻子拿折扇当兵刃，连说带比画，虽是做比成样，但招招式式皆有讲究，动作灵巧甚是好看。苦瓜见缝插针、起承转合，捧的都在节骨眼儿上。观众听得津津有味，喝彩声不断，眼看这段相声已临近结尾：

　　"贼人抡起大棍，要取我性命，我骑的这头牛也缺德！"
　　"怎么呢？"
　　"非但不跑，还往贼跟前儿凑合。"
　　"嘿！牛也吃里扒外。"
　　"完了完了，吾命休矣！我一抱脑袋——哈哈，我又乐了。"
　　"都快死了，怎么还乐？"
　　"死不了啦！我身后还背着一把双刀呢！这下行了，我的功夫全在刀上呢。我一摸着刀把，唰唰！两把刀全抽出来了。左手刀拨开贼的铁棍，右手刀使了个'海底捞月'。就听砰哧一声，红光迸溅，鲜血直流，斗大的脑袋掉在地下叽里咕噜乱滚……"

　　就在这时围观人群中有个声音高喊道："他把牛宰了！"
　　"把牛宰了"是这段相声最后的包袱，提前说破就不好笑了，内行把这种行为叫"刨底"，尤其《大保镖》这段相声，底包袱至关重要，说出来可就没法演了，这叫"砍牛头"，是最忌讳的。
　　时间紧迫来不及多想，小麻子急中生智，嘿嘿一笑道："没错！搭茬儿那位就是我那头牛，转世投胎找我报仇来啦！"虽然竭力挽救，毕竟最响的包袱泄了，众人只是呵呵一笑。陈大头拿着"打杵"的笸箩绕场一周，敛来的钱并不多。
　　挺好的买卖被人搅了，小麻子火往上撞，把扇子往桌上一拍，扯开嗓门道："刚才哪位插嘴？您出来，咱聊聊。这段相声不容易，我连说带比画，累得满头大汗，就差最后的底，您给我刨啦！这就好比我饿了一天，好不容易做熟一锅饭，正要吃呢，你往锅里撒了一把沙子，于心何忍？莫非在下得罪过您？站出来说说，若是在下不对，我给您赔礼道歉，就算跪地下给您磕仨响头都没关系，您不能躲在人堆里毁我。出来！再不出来别怪说相声的嘴损。"麻子卖开了"纲口"，苦瓜却站在旁边一语不发，脸色甚是难看，他听出来了——刚才是沈海青的声音！

这么一闹，围观之人也来了精神，瞧热闹的不嫌事儿大，众人跟着起哄道："刚才谁嚷的？出来呀……说相声的骂你呢！有胆子惹祸就得有胆子扛，快出来吧……"

果不其然，沈海青从人群中走出来，迈着不紧不慢的四方步，脸上还带着微笑道："催什么？这不是来了？"他一开口，众人立时鸦雀无声，都盯着这场热闹。

小麻子一见是他，先扭过头瞪了苦瓜一眼，继而挤出笑容，拱了拱手道："原来是您呀！您可是老照顾主儿，平时也没少给我们扔钱，按理说不该捣乱啊！今儿怎么了？我勾搭您媳妇了？我把您儿子扔井里了？我刨了您家祖坟还是抢了您的孝帽子？"

众人听他骂人不带脏字儿，一片哄笑，海青却镇定自若："别这么说呀！咱们远日无冤近日无仇，我搅你是因为刚才那段相声说得不对，我不吐不快。"

这回答出乎小麻子的意料——听相声挑毛病也是有的，倘若挑得入情入理，非但不能责怪，还得谢谢人家呢！麻子顿时收敛了些，再次拱手作揖，说话不像方才那么阴阳怪气："没有三把神沙，不敢倒反西岐。既然您说不对，还请当面指教，我和我这位伙伴洗耳恭听。"

"当然要指出来。"海青往前凑了几步，神秘兮兮地道，"刚才你说有贼，这倒没错。但那贼劫的不是镖，而是牢。他是劫牢救人！"

"劫牢救人"？听到这四字，小苦瓜惊得一哆嗦。

麻子却越听越糊涂地道："这跟保镖不挨边吧？你到底想说什么？"

"我就说这段相声啊！贼人半夜劫牢，不是一群贼，就一个！穿着夜行衣，戴着面具。那面具可不一般，是外国货……"

麻子哪晓得怎么回事，听他说得漫无边际，跟《大保镖》一点儿关系都没有，实在忍无可忍："不但外国货，我瞧你还一嘴外国话呢！吃饱了撑的没事干，故意跑我这儿找碴儿来了，是不是？"

"没有啊。"海青呵呵一笑，"我诚心诚意给你提意见，至于挑的对不对……你问你那个捧哏的。"

苦瓜心中暗骂——好小子，算你狠！

麻子越发糊涂，扭头盯着苦瓜道："到底怎么回事？"

饶是苦瓜聪明机变，已被海青掐住短处，不敢出言指责，只得讪讪赔笑："兄弟，你别介意，这位朋友跟我开玩笑呢。"

"呸！"麻子一口浓痰唾在他脸上，"你跟人开玩笑，咱这买卖还干不干了？就算你是熊瞎子托生，半年不吃饭，老子我还饿呢！照这么干赚不下钱来，你叫哥儿几个喝西北风呀？你还乐，气死我啦！"说着他照苦瓜胸口就是一拳，"我忍你不是一两天了，早瞧你小子不地道！不但不地道，还不憨厚、不认账、不妥靠、不识交、不明理儿、不容份儿、不认错儿、不顾面儿。你是不守规矩、不懂好歹、不伦不类、不管不顾、不三不四，实在不是东西！"

"哈哈哈……"众看客见小麻子骂得这么花哨，纷纷大笑。

海青见此情形又有些过意不去，快步冲到桌前道："你别骂他，捣乱的是我。"

"知道是你！"麻子扭过脸，又朝海青发作，"成天到晚瞎溜达，这儿也有你，那儿也有你，就没你不掺和的事儿！一个人拜把兄弟——你算老几呀？我跟你熟吗？咱俩有交情吗？我吃过你的饭？喝过你的酒？咱俩有一丝一毫关系吗？你凭什么跟我开玩笑？没轻没重的。不但没轻没重，还没良心、没厚诚、没材料、没准性、没真章儿、没人味儿、没碴儿找碴儿、没事儿找事儿、没缝儿下蛆、没理儿搅理儿，你简直是没羞没臊！"

"我、我……"海青哪吵得过说相声的，根本插不进话，急得脸红脖子粗，众人瞧他这副窘态更加哄笑起来。

"怎么？说你还不服气？还跟我抻脖儿瞪眼儿？"小麻子得理不饶人，"反正闹成这样，咱比画比画吧！别看你们俩跟我一个，老子照样不怕！"说着就解纽襻、脱大褂，要跟海青打架。

"别动手！"陈大头原本举着笸箩敛钱，见此情形一猛子冲过来，拦腰抱住麻子，"好兄弟，消消气儿。跟个'海青'计较什么！"

"放手！今天我非管管他不可。"麻子不依不饶，紧跟着山药、和尚、傻子等一帮说相声的全跑过来，七手八脚制住他。

小麻子兀自不饶，胳膊动不了，还一个劲儿嚷嚷："哼！你们做事不公！一个一个这么纵着他，买卖全砸了。今儿一定得把话说清楚，到底是他们不对，还是我不对，不说清楚咱谁都别干啦！"说着一抬脚，把桌子踢翻了。场面顿时大乱，好几个说相声的扭作一团，有拉的，有劝的，有骂的，有说风凉话的。

这一闹动静太大，把周围听大鼓、看戏法的观众都引了过来。大伙不知道出了什么事儿，围了里三层外三层，离得远的都踮着脚朝里张望。看热闹的人里也有讲面子的，跟着解劝："别闹！别闹！大伙挣钱都不容易，何必呢！好好说相声，我们还等着看呢。"

还有俩观众趁乱拉住小苦瓜，数落道："祸从你身上起，还愣着干什么？真等着打架呀？还不快走？"

苦瓜正没台阶下，闻听此言赶紧抽身，顺手抓住海青的腕子，拉他一块儿往外走。看热闹的人太多，他们挤了半天才出去，却仍能听见小麻子扯着嗓门儿大骂："苦瓜！你别跑！好啊，你小子若有志气就死在外边！永远别回来……"

苦瓜也不理睬，死死攥着海青手腕，一句话也不说，拉着他快步往外走，直出了露天市场，拐弯进了僻静的小巷才撒开他，然后道："你又来找我做什么？"

"谁找你呀？"海青故意赌气，"我只是来'三不管'随便逛逛，碰巧遇到你，不行吗？"

"那你为什么搅场子？"

"我天生爱搭茬儿，谁说相声我都掺和，不行吗？"

"行行行……"苦瓜搔搔头皮，很谨慎地问，"你知道些什么？"

"你指什么？"

"别跟我装蒜，就是你刚才提的那件事。"

"哼！我不明白你说的是什么。"海青冷冰冰地道，"我既不配当你哥们儿，也不是'三不管'的人，用你的话说，我只不过是瞧热闹的看客，满足一下好奇心。你有必要跟我打听事儿吗？"

苦瓜见他把自己说过的话原封不动端回来，终于低了头道："那天我太着急，话说得有点儿重……"

"有点儿重？"海青爆发了，"你有自尊，我同样有自尊！你拍着胸口想一想，自从咱俩认识，我亏待过你吗？我是真心实意想帮你们，你却把好心当成驴肝肺！"

"我不想让你卷进这场麻烦……"

"那不仅是你的麻烦，被抓的是甜姐儿。虽然我和甜姐儿认识时间不长，可她心地善良乐于助人，我跟你一样，也想救她。"

"对不起……"苦瓜眼中终于闪过一丝愧疚，"或许是我经历的坎坷太多，已经不相信人心了……错怪你，很不好意思。"

"这还差不多。"海青倒是通情达理，见他这副凄苦的表情，心中渐渐释然，"甜姐儿在哪儿？"

闻听此言，苦瓜立刻警觉起来，刚流露出的那点儿歉意消失得无影无踪："我怎么知道？"

"是你从警所把她救走的，你会不知道？"

"你怎知道是我？"苦瓜抵赖，"不是我干的。"

"面具！那个飞贼戴着我送给你的小丑面具。"

"只是同样的面具。这就好比扇子，说相声的都拿扇子，许多人的扇子图案相似，但是……"

"那不一样！面具是我朋友从威尼斯带回来的。"

"或许那贼也去过威……威什么玩意儿？"

"威尼斯。"

"对，那贼也去过威尼斯。巧合的事情有很多，比如竹板书和太平歌词都唱《鹬蚌相争》，唱词也差不多，但它们不是……"

"别转移话题！那个面具是在一家手工作坊定制的，这世上绝没有跟它一模一样的。"

"对不起。"苦瓜眨了眨眼睛，一脸认真地说，"你送我的面具让我一不留神弄丢了，可能恰好被那个贼捡到。"

海青气乐了，道："然后呢？他无缘无故就去救甜姐儿了？你觉得这说得通吗？"

苦瓜耸耸肩："这世上解释不通的事儿有很多，兴许还有别人与甜姐儿相熟，偷了你给我的面具去救她，毕竟'三不管'的奇人不少。"

"不可能！"海青很坚定地说，"那个飞贼就是你。"

"你为何这么肯定？"

"因为……"海青话说一半却顿住了，"好吧，我不跟你争论。是你也罢，不是你也罢，反正你嫌疑很大。我作为一个安分守己的良民有义务向警方提供线索，我现在就去……"

"等一下。"苦瓜把他拦住，"你不是也想帮甜姐儿吗？既然有行侠仗义的人把她救走，何必再追究？"

"行侠仗义，哈哈。"海青笑了，"既然不是你干的，你怎么认定他救甜姐儿是行侠仗义？那人要是采花贼呢？要是人贩子呢？甜姐儿岂不更危险？"

苦瓜已辩无可辩，咽了口唾沫，缓缓地道："我只能告诉你，甜姐儿和她爹在安全的地方。至于具体在哪儿，你别打听。"

"这么说……你承认是你救的喽？"

苦瓜没说话，默认了。

"哈！你给我的惊喜可真不少。"海青精神一振，很兴奋地拍了拍他肩膀，"你不光嘴上功夫好，身上功夫也不错嘛！我可知道你学相声之前以何为生了，原来你当过贼。"

"没爹没娘的孩子也得活着呀！"苦瓜不愿意提起往事，"这件事除了我死去的师父，同行中再没人知道，你可别声张。"

"放心放心，我一定替你保密。"

"好啦，你问我这么多，该我问你了吧？只有一个问题——你怎么知道警所里发生的事儿？"

"我……在报纸上看到的。"

"报纸?!"

"你不识字，从不看报，对吧？"海青的笑容中透着一丝得意。

苦瓜无可奈何地点点头，沉默了好一会儿突然说："你饿吗？咱们吃饭去吧。我请客。"

"太阳打西边出来了？你终于肯跟我吃顿饭了。"

苦瓜边走边说："我答应过，你送我面具，我请你喝羊汤。但今天我兜里钱不多，不够买羊汤，先吃面条吧。"

"行啊！"

"那个小丑面具一定很贵吧？恐怕能买五十碗羊汤。"

"五十碗？您再涨涨价吧。一百碗的钱也不够。"

"嚯！你小子吃定我了。"

"当然，就凭我知道你的底细，已经吃定你啦！不过我很高兴，有个飞贼戴着我送的面具，这事儿想想都觉得刺激。"

"我也是化装时心血来潮，现在很后悔，早知如此还不如往脸上抹煤灰呢……就像你一样。"

"你这话什么意思？"

"没什么，开个玩笑。其实我很喜欢那个面具……"

　　两人边走边聊，说的都是些不着边际的话，不多时来到饭馆。这是一家简陋的馆子，占地狭窄，上下两层，几乎没什么装潢可言，楼上有两张八仙桌，卖炒菜和烧黄二酒。楼下除了有一张栏柜，其余地方都摆着长桌、板凳，卖的是面条、烩饼之类的食品。墙上倒是挂满了写着各种菜名的竹牌子，真正能做出来的不知有几道。这样的饭馆既照顾到兜里有富余钱的人，又考虑到辛苦奔波的穷人，看似面面俱到，其实是上下够不着，天津人戏称这种地方为"狗食馆儿"。

"就这儿吧。离'三不管'近，我经常来。"苦瓜边说边往里走——离正午还有一段时间，吃饭的人很少。苦瓜却一直往里走，把海青领到墙旮旯儿的一张桌子。

海青举目四顾，觉得很新鲜，又伸手摆弄着饭桌上的筷笼。他把筷子一根根抽出来看，似乎想凑一双最干净的。

"你没在这种地方吃过饭吧？"

"不……"海青先摇头后点头，"只是没来过这家而已。"

不等伙计问，苦瓜回头嚷了声："来两碗打卤面。"说罢又到栏柜那儿去了。海青心中苦笑——还不如到小摊上喝碗馄饨呢！他去栏柜干什么？大中午的还要买酒喝？

片刻工夫，苦瓜回来了，手里捧着一摞报纸，往桌上一摞道："你给我念念吧。"

"嘿！真有你的！"海青这才明白苦瓜请客的真正用意，"把我堵墙角里给你读报。"

"既然这事儿上了报纸，我当然得听听是怎么写的。这家饭馆订的报挺全，这三天的我全拿来了，究竟哪份报登着？你可别骗我。"

"我忘了，肯定能找到。"海青将这些报纸一份份摊开，翻来覆去地找。

"是头版吗？"

"不是，头版除了政务要闻就是白宗巍那桩案子。"

"跳楼的那个白宗巍？"

"是啊。"海青颇感意外，"你也对这事儿感兴趣？"

"不是我，有位师叔很关心这件事，我听他叨过。"

"这一案又有新发现，我给你念念……"

白宗巍原籍北京，是旗人，幼学书画，精通音律。据说他祖上也曾显赫，因大清灭亡家道中落，流落至天津，住在南市福星客栈，以卖字画为生。有个叫金铎的舞女见过白宗巍的画，被他的才情触动，与之结为夫妻，但天长日久生活贫困，二人感情渐渐冷淡。恰一日白宗巍的画被两位富商看中，这两人一姓杜，一姓褚，因到福星客栈取画与金铎相见。褚姓商人觊觎金铎美色，遂与杜姓商人合谋，将白宗巍调离客栈，趁机调戏其妻。金铎见财起意，又惧怕褚姓之人势力，竟与其勾搭成奸，以致离家外居。白宗巍得知内情前去理论，遭责打撵出，于是一气之下写了封控诉书，详述褚、杜二人霸占其妻的经过，随后登上中原公司楼顶，怀揣状书跳楼自尽。中原公司坐落在日租界，是一座刚竣工的高达六层的百货大楼，也是迄今天津规模最大的商店，不料还未开业便有人在此自杀，于是此案引起各界关注。蹊跷的是，警方虽然掌握了绝命书，却对其内容秘而不宣，几乎所有内情都是报界一点点挖出来的……

"现在那两个商人身份已明。"海青指着报纸，"姓褚的是直隶督办褚玉璞的哥哥褚玉凤。"

褚玉璞是奉系军的干将，如今担任直隶军务督办兼直隶省长，公署就设在天津，是名副其实的"天津王"。苦瓜听了似乎并不意外："难怪白宗巍走上死路，原来干这缺德事的是督办的亲哥哥，这帮军阀打仗未见得如何，欺负老百姓倒有本事。""不用问，褚玉凤结交金铎的一切花费都是姓杜的掏腰包。把督办的哥哥伺候好，将来督办在生意上稍微照顾他一下，赚的就比平常多十倍。这世上哪有好心人！"

"怎么没有？"海青指着自己的鼻子，"我对你就很好。"

"知道了，我的大善人！"苦瓜夺过那份报，抛到一边，"别再耽误工夫了，赶紧找我那条新闻。自家祖坟都哭不过来，哪顾得上乱葬岗子的事儿？"

海青将这堆报纸翻过来倒过去，折腾老半天，最后拿起一份《益世报》说道："在这儿。"

苦瓜朝海青手指的地方瞧，只是一段豆腐干大小的文字，标题也不醒目，他把眼睛瞪得大大的，仔细看，无奈就认识一个"火"字，只能气馁道："你给我念念。"

"火案罪犯脱逃。"

"接着往下念啊，别光念标题。"

"咳咳……"海青清了清喉咙，"南市药铺失火案，火头女犯暂押警所，适夜穿窬之盗助其脱逃。呃……头戴异国戏剧面具，扰乱执法猖狂如斯，特此通告严查缉拿。"

"这就完了？"

"是啊。你以为你是谁，还能写一整版？"

苦瓜看看报纸，又看看海青，看看海青，又看看报纸，最后一拍大腿，惨笑道："这下我可'响蔓儿'[1]了。"

"恭喜你！你现在是相声、飞贼两门抱的'大蔓儿'……"

"别嚷！"

"是是是。不过话说回来，逊德堂失火的事确实闹得不小，好几家报纸都报道了，还有各界的评论，都说'三不管'治安乱、不安全，甚至有人建议取缔市场、驱逐艺人，重新规划盖房。你看看，这里都是这些内容。"海青把好几份报纸摆到苦瓜面前。

苦瓜虽不认识几个字，成天打交道的"三不管"总还认得。"逊德堂"三字因为经常看见也不陌生，果见这些报纸都有与之相关的消息。他越看越心惊，额头渐渐渗出冷汗道："糟糕，这可麻烦了。"

"怎么？"

"我本想神不知鬼不觉把甜姐儿救走，让她避避风头。毕竟警所内丢了犯人，他们也不好意思声张，为个卖假药的也不至于劳师动众到处搜捕。不料被人撞见，竟然登在报上。这倒也罢，反正我早就洗手不干了，今后也不会再偷，可是各家报纸都登失火这码事儿，舆论这么坏，看来警方不会轻易放过火头……"

"两碗打卤面，来啦！"伙计吆喝着，把面端过来。

苦瓜赶紧闭嘴，等伙计放下面条转身离开才接着说："甜姐儿已通缉在册，今后不能露面了。"

"也不见得这么严重吧？或许……"海青话到嘴边又停住了，低下头拿起筷子在碗里搅了搅，所谓的打卤其实只是酱油芡汁，有几星肉末儿。

---

1 响蔓儿，江湖春点，出名的意思。

"不严重？你刚才念得清楚'特此通告严查缉拿'，连我这救人的都被通缉，何况她这个火头？唉……先填饱肚子再说吧。"苦瓜拿起筷子，狼吞虎咽地吃起来。

海青心事重重，夹起两根面条塞到嘴里，没滋没味地嚼了几下。或许这碗面并不难吃，但他此时嘴里干巴巴的，根本吃不下东西，于是又放下筷子道："你究竟把甜姐儿藏哪儿了？"

"嗯……安全的地方。"苦瓜一边往嘴里塞面条，一边敷衍道。

"带我去见见她，或许能商量出办法。"

"不行。"

"为什么？"

苦瓜不理他，直到把面吃得精光才说："他们父女藏身何处，知道的人越少越好，若是走漏消息……"

"你信不过我？"

"不是。"

"那就告诉我。"

"不行！"苦瓜收起玩世不恭的笑容，态度坚决，没有丝毫商量的余地，"哪怕你现在去报官，把我抓起来活活打死我也不说。"

"你呀……"海青无奈地摇着头，他看得出来，苦瓜实在太想保护甜姐儿了，已经胜过自己的安危，这件事是不会让步的，"那你说现在应该怎么办？"

"办法只有一个。"苦瓜把筷子往桌上一拍，宛如说单口相声前拍醒木一般，"把逊德堂失火的真相查清，将真正的火头找到，还甜姐儿一个清白！"

海青瞠目结舌："你、你是说……咱们私下调查此案？"

"咱们？"苦瓜连忙摆手，"没有你，是我自己。"

"不不不！当然得有我！两个人总比一个人强。"

"你帮不上忙……"

"可以的！我读过许多侦探故事，知道怎么破案。福尔摩斯离不开华生，霍桑离不开包朗[1]，你也需要一个搭档。"

苦瓜不晓得他说的是些什么人，不过听着像逗哏和捧哏的关系，便道："我不管福什么、祸什么的在哪儿，反正我不跟你这样的'海青'搭伙。在'三不管'查事情是很难的，我要打交道的都是江湖艺人。他们一个个都是老油条，不能指望他们主动开口，有时候必须要点儿手段，甚至还会遇到危险。你不懂我们的规矩，也不会我们的'春点'，只会惹更多麻烦。"

"你教给我我不就懂了？"

"不行不行，这不合规矩……"

"忘了那些老套的规矩吧！"海青身子一倾，额头顶着额头，死死盯着苦瓜的眼睛，"说相声的规矩里是否有不准做贼这一条？别忘了我知道你底细。你不想这个秘密泄露出去，对吧？"

苦瓜霎时无言，眉头皱成大疙瘩。

"只要你让我参与，我保证严守秘密，怎么样？"

"你这是讹诈。"

"你见过哪个讹诈的上赶着要帮被讹诈者？再说……"海青把自己那碗几乎没吃的面往前一推，"像这样的面条，你兜里的钱够买几碗？你总得先赚钱填饱肚子吧？一边卖艺一边调查，拖拖拉拉的，这件事得耗到何时？从今天开始我负责开销，你暂时别'摆地'了，咱们尽早把事情解决，甜姐儿也能早得自由。你说对不对？"

苦瓜憋了半晌，叹道："看来我很难反驳了。"

海青一脸得意："这就应了你们常说的话，没有君子不养艺人。"

"你是君子？怎么瞅着不像啊！不过幸好我也不是君子……好吧，我答应你。"

"这就对啦！"海青很高兴，握住苦瓜的手，苦瓜想甩开，却被他攥得紧紧的，"合作愉快。"

"但愿吧。"苦瓜一脸不情愿，"丑话说在前头，你得听我的。"

1　霍桑、包朗是"霍桑探案"系列小说的主人公，该系列作者是程小青。

"一切都听你的，或许我还能给你意想不到的帮助。"

"我怎么右眼皮直跳呢？"

"放心放心，那是着急上火。"海青乐呵呵地奔栏柜付了钱，转回来催促，"走吧！咱现在就去逊德堂找线索。"

"等一下，别糟蹋东西。"苦瓜把剩下的那碗面端起来，又狼吞虎咽吃起来，片刻工夫吃个干干净净。

两人刚出饭馆，见小麻子迎面而来。海青的心怦怦猛跳，唯恐又打起来，想躲开，麻子却主动凑过来："'安根'了？"一脸和颜悦色，完全不像要打架的样子。海青知道这句"春点"，"安根"是吃饭的意思，填饱肚子才能安身立命、扎住根基，这"安根"二字真是再贴切不过。见人家态度和蔼，海青也忍着尴尬抱拳客套："添过了，您请自便。"麻子又笑着朝苦瓜点点头，没说什么，一错身进了饭馆。

海青这才松口气："阴得快，晴得也快，这人倒也不坏。我刚才搅他买卖，是不是该向他道个歉？"

"你向他道歉？该他向你道谢才对啊！"

"为什么？"海青蒙了。

"你怎么还不明白？刚才他是'腥夯'……"

"等等！"海青抬手打断，"这'腥夯'是什么意思？"

"唉！"苦瓜又说溜了嘴，不想解释，可事到如今无法拒绝海青的要求，不禁感叹，"你算是攥住我的把柄啦！告诉你吧，江湖里凡是真的东西叫'尖'，假的东西叫'腥'，'夯'是发怒大叫。'腥夯'的意思是……"

"小麻子是假装发怒？"海青终于醒悟，"不像啊！他骂咱们骂得那么凶。"

"咳！那是贯口。有个段子叫《洋药方》，你没听过。那里面有一大堆训斥人的话，都是没什么、不什么的，他全用在咱俩身上了。你刚出来搅场时他确实生气，还瞪了我两眼。但他灵机一动，顺水推舟故意要横，坏事反倒成了好事。你这么一搅，他这么一闹，大头他们过来一拉架，吵吵嚷嚷，引过去多少人？都抻着脖子往里瞧！别看那段《大保镖》没挣钱，后边再演挣得更多！"

"这么说……刚才你们都是做戏？"

"全是'腥'的！就你一人蒙在鼓里。"

海青讶异半晌，又摇了摇头道："那麻子可有些过分了，骂你几句无所谓，不该啐你、打你。"

"说相声的在街面上混，遇见不讲理的多了，挨啐挨打还少呀？这都不算什么，做戏就要逼真，所谓'不疯魔，不成戏'。再说我也不是白挨啐，分账时还多给我钱呢。"

"他还叫你死在外边，永远别回来。"

"你听错了。"苦瓜嘻嘻一笑，"他说的不是'死在外边'，是'屎在外边'。你在外边拉完屎还带回家呀？"

"咳！你们这路人啊……"海青哭笑不得，实在不知说什么好。

"快走吧，赶紧把贾胖子的事儿查清楚。"

"慢着。"海青很认真地说，"咱俩一起查案，要相互信任。你这么多花花肠子，可不能再跟我玩'腥'的啊！"

"知道呀！"苦瓜一脸不耐烦，"跟你都是'尖'的！行了吧？"

海青默然望着苦瓜，心里一点儿也不踏实——或许这不仅是合作，也是他们二人之间的较量！

逊德堂依旧门窗大敞，匾也擦干净挂回去了，但只剩半边铺面怎么做买卖？两个小伙计宝子、顺子还真有主意，在门口摆了块床板，把没损坏的药材一股脑儿堆在上边。一人一张小板凳，坐在旁边胡乱吆喝着——成卖野药的啦！

"恭喜恭喜。"苦瓜领着海青笑呵呵凑过去，"常说'士别三日当刮目相看'，今天我算见识了。这才几天没见，二位自己当上老板了，一定发大财了吧？"

宝子愁眉苦脸地道："苦瓜哥，我们都混成这样了，你还拿我们寻开心。铺子烧了，掌柜的死了，长福也被逮走了，这买卖就算吹啦！前天又来了个要账的，把柜上十几块钱都抢走了，连我们身上的铜板都掏光了，如今我们兜里比脸还干净，不卖野药喝西北风呀？"

"可恶！"苦瓜一跺脚，"你们傻呀？贾胖子的药大多是假的，能欠多少账？八成不是债主，是趁火打劫的！听说胖子死了，胡乱写张借条来讹钱。"

"知道呀。"顺子把嘴一撇，"可他领着一帮人，堵着门骂大街，还都拿着棍子、镐头，我俩怎么对付？稍有怠慢还不把我们打成烂酸梨？明知是假也得当真的。你以为我们不想走？没地方去呀！而且房东至今没露面，烧了人家的房能算完吗？掌柜的又没个三亲六故，可不就得找我们算账？警所的人也说，案子没结不能走，叫小梆子看着我们，若是跑了连他都受连累。"

海青见此情形心中凄然——刚才在路上听苦瓜说了，宝子和顺子都不是天津人，也不是亲兄弟，但境遇相同，都是家乡闹洪水逃出来的。因贫困饥馑，爹娘在逃难路上把他们托付给贾胖子，说是学徒，其实是把儿子卖啦！并非爹娘心狠，实在因为养活不了，与其看着孩子饿死还不如给别人。爹娘继续逃难，如今莫说落脚何方，是死是活都不清楚。可怜宝子、顺子命运不济，偏偏落到贾胖子手里，两年来做牛做马，不但干铺子里的活，还要伺候胖子吃喝拉撒。现在贾胖子烧死了，药行真正的本事他俩没学到，造假的能耐也一知半解。十二三岁的孩子，无依无靠怎么生活？

海青越想越难受，正叹息间，来了一个买主，有个中年人蹲到摊儿边，抓起一把何首乌问："怎么卖呀？"

宝子回答："五十铜子儿。"

"五十个子儿一两？贵啦！"

"不。"宝子把称药的戥子一举，"一戥子。"

"啊?！"中年人一愣——这是卖药还是卖花生米呀？

顺子倒干脆，实话实说："铺子着火，掌柜的死了，如今就剩我们俩，也不会坐堂看方。这些药放着也没用，将来还指不定归谁呢！您好歹给点儿，我们只为挣个吃喝。"

"好，给我来一戥子的。"

宝子真实在，拿起戥盘子往药口袋里一铲，上尖儿的满满一盘，连分量都不称，往桑皮纸上一倒。他打包裹倒是得心应手，快得跟变戏法一样，眨眼间已将药包得严严实实，又抽出草绳拴好，推到客人面前。

中年人瞧出便宜来了，又问道："别的药呢？"

顺子大大咧咧朝摊上一指道："都一个价儿。"

"好好好，桂圆！我要两盘。"

宝子拿起戥盘子又要铲，站在旁边的苦瓜突然抬腿一脚，把戥子踹飞。宝子蒙了道："你干什么？"

"别卖啦！"苦瓜就势抓住宝子的衣襟，"你们掌柜的欠我钱，还没还清就吹灯拔蜡了，这些药材都该抵给我，岂容你们私售？"

顺子一听就急了道："你怎么也……"

"少废话！欠债还钱天经地义，闹到哪儿我也有理。"苦瓜一扭脸又朝买药的中年人说，"他们私卖抵债的药，您老就是见证！劳您的驾，咱一块儿去趟警所，把这事儿说清楚。"

谁愿意蹚这浑水？中年人把那包何首乌往地上一丢道："不要了。"头也不回地走远。

煮熟的鸭子飞了，宝子气得眼泪汪汪，顺子怒不可遏，伸手把板凳抄起来，指着苦瓜破口大骂："王八蛋！你也欺负我们，真是没活路啦！反正都是死，我跟你拼了……"

海青见状赶紧阻拦，苦瓜早换了一副和蔼的笑脸："好兄弟，别着急，放下放下！听我说……"他压低声音："你们这路买卖我多少也懂点儿，这些药大半是假，若是真东西，别的药铺早过来兜底了，还用得着摆摊儿卖？刚才那人贪小便宜，买何首乌倒也罢了，烤煳的红薯冒充何首乌，他吃了再不管用还解饿呢！可他又买桂圆，这假桂圆是龙荔，绰号'疯人果'，是有毒的东西。二三两也不打紧，你这两戥子下去，岂不要他老命？贾胖子活着也不敢这么卖啊！依我看，你们的铺子也就黑红药还算地道，其他东西都别卖了。这缺德的买卖不能再传辈儿啦！"

闻听此言，顺子把板凳扔了，也蹲在地上哭起来："大哥说得对，可我们没办法啊！从昨天中午到现在还饿着肚子呢。"

　　"别哭别哭，我有办法。"苦瓜回过头，笑嘻嘻地瞅着海青。

　　"嘿！这时候想起我了。"

　　"谁叫你非跟着我不可？别废话，买吃的去。"

　　"欸！"海青也确实心疼这俩孩子，立刻在市场里转一圈，什么煎饼、包子、烧饼、炸糕买来一大堆；回来时，苦瓜已经帮他们把药材搬进屋里了。

　　宝子、顺子饿坏了，瞅见吃的眼珠子发红，两手抓着往嘴里塞。趁他们吃饭的工夫，苦瓜领着海青开始调查——逊德堂既是药铺，也是贾胖子和伙计住的地方。中间是厅堂，摆着栏柜、药柜以及待客的桌椅，东西两边各有一间屋。东边那间采光较好，贾胖子住，如今已烧成断垣残壁。西边那间是加工药材的作坊，晚上搭上铺板就是三个伙计睡觉的地方。正堂后面还有一间小屋，是堆放杂物的，水缸也在那儿，后墙有一道狭窄的木门，高处有扇小窗。出了后门是胡同，左手边有简易灶台，铺面房没有火炕，这个灶只是用来烧水做饭的。

　　苦瓜绕来绕去东看西瞧，始终不发一语。海青忍不住问："有什么发现？"

　　"我发现贾胖子是个傻子。"

　　"此话怎讲？"

　　"幸亏我洗手不干了，若是想偷他，一百次也进来了。后面那扇窗看着挺高挺安全，但是爬到外面的灶台上就能钻进来。那扇窗户是支木头棍换气的，从外面一掀就开。"

　　"咳！没问你这个，发现火源没有？"

　　"火源？"苦瓜淡淡一笑，"你比贾胖子还傻！"

　　"你这话什么意思？"海青有点儿不高兴。

　　苦瓜却没答复，溜溜达达地到了东屋门口。其实说"门口"有些言过其实，门框早烧没了，就是个大窟窿。他站在堂屋往里看，满目尽是乌黑焦炭，只能从残骸中辨别哪是桌子、哪是橱柜、哪是脸盆架子。烧坏的房梁塌下来，斜插在地上。左侧窗棂也烧没了，可以清楚地看到外面。房顶上还掉了一大片瓦，能望见天空。

"右边是床铺，也烧塌了。"

海青顺着苦瓜手指的方向看——那是一块烧焦的木板，两头已经断裂成灰，只剩中间一段，兀自斜戳在那儿。海青忆起那日小梆子所述贾胖子的惨状，不禁脊背发凉。

苦瓜回头嚷道："你们动过这屋里的东西吗？"

"没、没有……警察……不让动……"宝子边吃边回答。

苦瓜挽了挽衣袖和裤腿，迈步走了进去，侧身躲过断梁，来到铺板边。海青也好奇地跟了过去，只见苦瓜蹲下身，小心翼翼地掀起木板，里面露出许多陶片，像是只夜壶，被铺板塌下来砸碎了。而在碎陶旁边还有个两尺长、四寸宽的木头匣子，做工精致四角包铜，虽然表面红漆烤焦了，却未烧坏。

"我就猜到床底下一定有东西。"苦瓜掀开匣盖，"快瞧！这里面可是稀罕物。"

海青俯身仔细观瞧，见匣子里放着一块粗大的动物骨头，油亮油亮的，末端的爪子格外锋利。他对苦瓜道："这是虎骨吧？名贵药材。"

苦瓜不住咂舌："贾胖子真了不起！"

"这虎骨是真货？"

"不！也是假的，但胖子造假的本事是真的。"

"造假的本事还分真假？"

"不错。"苦瓜微微一笑，"索性告诉你吧，我们江湖人大体分十二门，蜂、马、燕、雀、金、皮、彩、挂、评、团、调、柳。"

海青立时来了兴趣："都是什么呢？"

"蜂、马、燕、雀号称四大门，都是做大生意的。"

"大生意？银行、地产之类的吗？"

"不是，江湖人口中的'生意'和'买卖'是两回事。'买卖'是正正经经有买有卖，'生意'则是生出主意骗钱，所谓'做大生意的'，其实就是大骗子。大骗局一两个人干不来，要有伙计、有班底，还得先垫进去一些钱当诱饵，专骗达官贵人、富商大贾甚至外国人，三年五载未必得手，但只要得手就够吃半辈子。这种做'大生意'的人不常见，即便见了你也瞧不出来，除非犯了案你才知道他是骗子。街面上常见的是金、皮、彩、挂、评、团、调、柳这八门。"

"'三不管'都有吗？"

"那当然。"苦瓜如数家珍，"金是相面、算卦的，皮是行医、卖药的，彩是变戏法、练杂技的，挂是打把式卖艺的，评是说评书的，团就是我们说相声的，调是小蒙小骗，柳是唱大鼓、小曲的。这八行的'春点'相通，但各有各的门道，各有各的专长，都有许多不外传的本事。皮行做的是行医卖药的生意，又称'挑汉儿'，有真材实料。也有贾胖子这样的，终归'腥'的比'尖'的多。具体讲，卖眼药的叫'挑招汉儿'，卖膏药的叫'挑炉啃'，卖牙疼药的叫'挑柴吊汉儿'，卖大力丸的叫'挑将汉儿'，卖药糖的叫'挑罕子'，似贾胖子这样有自己铺面的，用行话讲叫'安座子'，必定有过人之处。我看这造假虎骨就是他的看家本事。"

"这有什么稀奇？"

"你不懂，天下之物多有相似，药材也一样。白及近似三七，龙荔近似桂圆，黄花菜近似藏红花，只要加工染色便可以假乱真，唯独造假虎骨是最难的，没手艺做不来。猪、牛、羊的腿骨都是两截，只有骆驼的后腿骨是三截，可以冒充虎骨。但是光有腿骨还远远不够，得有爪，这用的是雕爪。你看这块，多么大的爪子，这得找多大一只雕？虽说从死雕身上把爪子剁下来就成，但也得找得着啊！可遇不可求。另外还有筋，假虎骨用的是牛筋，不能用胶粘，那样有痕迹有气味。得用刚割的新鲜牛筋把骆驼骨、鹰爪缚住，慢慢晾干，等牛筋脱水紧缩，就形成一体了。最后还要加工，放在火上烤，不能用一般柴火，那样有污渍，还会染上烟熏的味道，这得用炭烤，还得是上好的炭。一点儿一点儿地烤，把骨头里的油脂烤出来，这才逼真。你想想，找齐这几样东西就不容易，晾干成型也要技巧，最后若是烤不好或者散了架，前面的功夫全白费，这得花多大心思才能做出这么一大块？江湖中管这种生意叫'老烤'，也是有师父传授的，学来不易。"

"花这么多功夫，还不如上山打虎呢。"

"你说得真轻巧，打虎哪儿这么容易？弄不好老虎没猎着，先搭进去几条人命。再说一条真虎腿值多少钱？你去同仁堂问问。卖假的却是几乎没本儿的买卖。"

"归根结底还不是骗人？"

"那也分骗谁。"苦瓜有自己的论调，"药是救人性命的。可这年头为富不仁又惜命的主儿有的是，更有甚者专拿名贵补药巴结权贵，为的是往上爬。似这类人莫说骗他们钱财，毒死几个有什么打紧？贾胖子虽德行不好，毕竟不害重症垂危之人，这便是他这行的底线。"说着他将匣子盖好，依旧放在原地压上铺板，"出去吧。"

"这就查完了？发现什么没有？"

苦瓜只淡淡敷衍一句道："该看到的都看到了。"

两个人出了东屋，见宝子、顺子已吃完。海青买来不少东西，原以为够他们吃两天的，哪知一顿全填进去了，又灌了好几瓢水。两个人小肚子鼓鼓的，倚在栏柜上撑得动不了，脸上却带着幸福的笑容。苦瓜直埋怨海青道："干吗买这么多？再多几块炸糕，就把他们撑死啦！留神你也被警所抓走。"

宝子却摆手道："不碍的。别说跟着贾掌柜这两年，我们从小到大都没吃过这样的饱饭，撑死也心甘。两位哥哥真是积大德啦！"

苦瓜和海青各拿一张凳子，也坐到栏柜边。苦瓜不跟这俩孩子绕弯，直言想洗清甜姐儿的罪名，兴许连长福也能保出来，当然乔装救人之事隐而不言。顺子吃饱了更爽快地道："行！甜姐儿待我们不错，长福更是自己人，只要帮得上忙，任凭哥哥差遣。"

"倒不需要你们做什么，只想问几个问题。那天晚上是谁先发现起火的？"

"长福。"顺子脱口而出，"是他把我俩叫醒的。"

宝子解释道："西屋杂物太多，又只有两张铺，只能横着放，头朝窗，脚朝墙。我和顺子睡一张铺，在里边。长福自己睡一张，靠外边，紧挨着门，有动静都是他先知道。”

苦瓜有些好奇：“你们一直这么睡？”

“不是。”顺子说，“我们俩开店前就跟着贾掌柜，这你也知道。长福是后来的，至今还不到三个月。原先我和宝子各睡各的，他来之后我俩才挤到一起睡，将就呗。”

宝子又补充道：“一开始还觉得有点儿不方便，但长福主动提出睡外侧，晚上若有人叫门都是他照应。每天早晨也是他先起，有时他扫完地、擦完栏柜、打好洗脸水才叫我们，也真难为他，处处照顾我们这俩小的。偏偏好人没好命，一想起来就难受……”话说一半他突然顿住，眼睛瞪着大门的方向：“老天爷！这不是做梦吧？”

诸人扭头望去——此刻长福就站在药铺门口。

看到长福的那一刻，苦瓜的脸色愈加凝重——长福不可能像甜姐儿一样逃出来，必是被释放的。既然警所肯放他，意味着失火的所有罪责都扣到了甜姐儿头上。甚至因为逃跑之事，失火很可能被改断为纵火，甜姐儿的处境将越来越糟。

宝子、顺子哪知内情，一猛子扑过去，又搂脖子又抱腰地道：“没想到咱们还能重聚。你没事儿吧？”

长福灰头土脸精神萎靡，脚底下像踩棉花一样，晃悠悠进了屋，一屁股瘫坐在凳子上，僵着身子长叹一声：“唉！两世为人啊……跟做梦似的。”

宝子赶紧捧来一碗水道：“你饿不饿？”

“不，我心慌，吃不下东西。”他一仰脖，把水灌下去，嘬得茶碗滋滋响，双腿却渐渐舒展开，似是轻松了些。

海青从上到下打量长福——他个头原本不矮，却有点儿驼背。瓜条子脸，细眉毛、小眼睛、鹰钩鼻、薄嘴唇，有两撇枯黄的小胡子，一对耳朵倒挺大，可配在这张瘦脸上很不协调。他原本穿一身粗布蓝大褂，如今却在牢里滚得跟地皮一个颜色，常戴在脑袋上的瓜皮帽也不知哪儿去了。脚下趿着双破布鞋，左脚那只开绽了。甜姐儿毕竟是女流，又是本本分分的良家女子，关进号子也不至于受太多苦，像长福这样的男人则不然，而且他还一嘴外乡口音，进了警所能不受罪吗？

苦瓜也盯着长福暗自出神——不得不承认，他对长福并不了解，只知道他姓李，不是本地人，口音很杂，辨不出家乡，不爱说话，粗通文墨，会写几笔歪歪扭扭的字，有时帮贾胖子记账。看年纪，长福已不小，至少三十五岁，按理说这等年纪的人早该成家立业，起码该有份稳定工作，为何跟着贾胖子混？

苦瓜满心疑窦却不便立刻询问，坐在一旁耐心等候，待宝子他们与长福说够了贴心话，才解释自己和海青的来意，说要查清火灾救甜姐儿出狱。长福深信不疑地点着头，似乎完全不知甜姐儿已经被救走了，这倒令苦瓜大感意外。

"警所放你的时候没说什么原因？"

"不知道。"长福又有点儿激动，"抓的时候糊里糊涂，放时也昏天黑地。我还以为出不来了呢。"

"你出来时看见甜姐儿了吗？"苦瓜明知道这是不可能的事，依然这么问。

"没有啊！我在男号，她在女号，怎么见得着？这三天里警察一句话都没问，今儿中午突然把我从号子里揪出来，我还以为过堂呢！哪知一直带到警所门口，照屁股一脚就把我踢出来了。瞧他们横眉立目的，我也不敢问，现在屁股还疼呢。"长福站起身来，果见他大褂后面有个清晰的脚印。

海青凑到苦瓜耳畔，低声提醒道："小心！警所释放长福可能是顺藤摸瓜，想跟踪他查出救甜姐儿的人。"

"有可能。"苦瓜立刻起身，走到药铺门口张望了一番。他继而又去后面堆房，拉开后门朝胡同左右看了看，确认没有可疑人物，这才回到栏柜旁重新落座。

"李大哥。"苦瓜再次开口改了称呼，"咱俩照面好几个月，我这人嘻嘻哈哈不正经，您也不爱说话，至今我还没领教。您仙乡何处？为何来天津？"

长福竟然慌张起来，说话支支吾吾："我、我是……其实……"

"咳！都是穷哥们儿，你害什么臊？"顺子接过话茬儿，"他不好意思说，我替他讲吧！他是安徽合肥的，原本在当地贩菜。他媳妇不贤良，背着他跟村里一个地主家的侄子勾勾搭搭。他受不了那个气，找人家打一架，结果让人揍了，媳妇也跑了。他觉得没脸在村里混了，背井离乡到外面闯，赶上打仗抓壮丁，稀里糊涂就把他抓了。他跟着军队到直隶，后来队伍被奉军打散，当官的逃走，他就流落天津了。因为他爹是赤脚医生，他也懂几味药，就投到我们铺子。其实贾掌柜收留他主要考虑工钱低，没家没业无亲无故，只要管吃管住就行。"

"原来如此。"苦瓜嘴上这么说，心里却不十分相信。

长福的脸涨得通红，似乎觉得难堪，却又不能反驳顺子，只咕哝道："我不是合肥的，是临泉的。"

"好啊！"苦瓜故意打个哈哈，"人都说天津是明朝时英王扫北才兴旺的，三岔河口原本没几户人家，是朱棣把安徽人迁来，建了天津城。李大哥来天津也算到了第二故乡。"说到这儿他话锋一转，"可小弟有些不明白，您即便觉得没脸见人，毕竟还有产业吧？您爹既是大夫，想必在村里也有点儿威望，安身立命的办法多的是，论理您不至于落到这步田地。"

"我、我……"李长福的脸抽动几下，忽然大放悲声，"这事儿我跟谁都没说过……其实我、我是犯了罪逃出来的……"

"什么？"宝子、顺子也一愣。

长福双手捂住脸，抽噎道："我媳妇跟人私通，可人家有势我惹不起。有一天我瞧见那奸夫独自在河边站着，我手里正好拿着镰刀，就从后面照他脖子……好多血！我杀了人，不逃不行啊……临走连爹娘都没敢再见一面，当晚就跑了。后来被抓了壮丁……到哪儿我都战战兢兢的，多干活少说话……这几天可吓坏我了，吃不下睡不着，生怕把旧案勾出来，杀人偿命啊……"

"好了好了。"顺子抚着他的背，"我竟不知你还有这么一段，反正是仗势欺人的奸夫，杀就杀了，我们不会张扬出去。"显然三个月的共处已使顺子全然接受了他，即便知道是逃犯也不介意。

海青叹道："说出去也没什么大不了，各路军阀各管各地儿。奉军政府才不管安徽那边的案呢，你就把心装肚里吧。"

或许因为秘密在心里憋得太久，号啕之后长福舒畅许多，渐渐坐直身子，显然如释重负。苦瓜也不再追问往事，转而道："失火那晚是李大哥先发觉的？当时什么情况？"

"大概两三点，我睡的地方离门近，恍惚有烧东西的气味，就起来了，拉开门一看……"长福抬手漫指厅堂，"大屋一片浓烟，肯定着火了，我赶紧把他俩叫醒。"

"那时你瞧见掌柜的或者别的什么人了吗？"

"没有。当时就算有人也瞧不清呀！"

"是的，烟很大。"宝子补充道，"都是从东屋门缝冒出来的，顺子胆大，顶着烟跑过去，一脚踹开东屋门，就见里面一片火光，照得人睁不开眼，门也烧着了……"

苦瓜突然插嘴："你们听到贾掌柜呼救了吗？"

"没有。"宝子摇了摇头，"可能那时他已经……我们三个人谁也没救过火，都吓迷糊了。摸到水筲……对！就是甜姐儿存在我们这儿的水筲，到后面缸里舀水，泼几下不顶用，最后还是长福先醒过味儿来，提议赶紧喊人。"

甜姐儿的水筲、扁担现在还在墙角扔着，苦瓜走过去，拿起来瞧了瞧道："当时是隔壁饭馆儿的伙计最先过来帮忙的？"

"对。"顺子说，"我们三个人从后头出去，砸他们家后门，把伙计都叫起来，又回来开正门。我抄起脸盆，又拿了一把药杵，在外面边敲边喊'着火啦！着火啦！'，整个'三不管'都惊动了。"东边饭馆紧邻胖子的屋，有几个没结婚的年轻堂倌，都住在后面，从后门叫醒他们确实更容易。

宝子一脸感慨道："这场火能侥幸救下，多亏旁边那帮伙计，若只靠我们几个人，早烧光了。其实旁边跟我们关系不好，他们掌柜的沙二爸从不跟贾掌柜说话，一直瞧不起我们这买卖。没想到这次连累烧坏他们两扇窗户，墙也熏黑了，沙二爸竟丝毫没计较。前天我们被抢，多亏他给我们碗面吃，还说若不是回汉有别就收留我们了……唉！日久见人心。"

苦瓜放下摆弄半天的扁担，回过头问了个谁都没料到的问题："你们掌柜的睡觉时怎么躺？头朝哪边？"

三人很诧异，愣了片刻，宝子才回答："东屋里宽敞，床横着放，他睡觉头朝厅堂，脚朝东墙。问这干什么？"

"没什么。"苦瓜又回到刚才的话题，"你们出后门喊人的时候没发觉什么异常吗？"

"异常？"三个伙计面面相觑。

"比如后面的门窗，"苦瓜提示，"后门锁得严实吗？"

顺子大大咧咧道："那当然……"

"不对！"宝子那双小眼睛又瞪圆了，"我想起来了，后门非但没上闩，而且是开着的！"口气非常肯定。

"是。"长福很坚定地点头附和，"确实开着。"

只有顺子一脸迷惑："是吗？我没注意到，既然你们都这么说，那可能是开着吧。"

苦瓜的脸色霎时变得格外阴沉："也就是说，发现起火的时候后门已经打开了，不会是你们睡觉前忘了关吧？"

"不可能！"这次抢先发言的是长福，"掌柜的很小心，就算我们把门锁得很好，他也要再检查一遍。"

"那么发现起火之前你们是否感觉异常？有说话声吗？"

"没有。"宝子很谨慎地说，"也许我们都睡着了，谁也没听见。"

"那有没有听到什么响动？门窗、柜子之类的。"

顺子嘿嘿一笑道："有动静很正常呀。"

海青冷眼旁观，觉得顺子这笑容很诡异，忍不住插嘴："你笑什么？难道你们掌柜的有什么不可告人的事儿？"

"贾胖子……"顺子不留神说出掌柜的外号，立刻闭上嘴，可随即意识到掌柜的已经死了，怎么称呼都不要紧，于是接着道，"贾胖子爱吃爱喝，还吝啬，铺子里成天都是饼子咸菜，有时他假模假式跟我们一起吃点儿。晚上关了门自己溜达出去下馆子喝酒，还有两次天快亮了才回来，我猜准是逛窑子[1]去了。我们当伙计的谁敢多问？"

长福、宝子都点头道："没错，我们干一天活儿很累，早早睡下，即便听见他那边有动静也不当回事。干活不由东，累死也无功，瞧见他出门反倒招他不快，索性装不知道，日子还好过些。"

"他经常这样？"

"不是很频繁，心情好或者多赚几个钱才出去快活。"

"那天晚上他出去了吗？"

宝子思考了一会儿才道："我不确定，但有可能，那天临关门做了笔好买卖。"

"是吗？"长福一阵错愕，不住摇头，"我怎么不记得？"

顺子也下意识跟着摇头道："我也不记得。"

宝子白了他们一眼道："瞧你们俩这记性，怎么没有？来两个'空子'，都是三十出头，穿着灰大褂，跟掌柜的聊了会儿，最后买了四篓茯苓霜，掌柜的还叫甜姐儿沏了壶茶呢。"

海青抿嘴一笑："不错，这事儿我记得，那壶'高的'还是苦瓜沏的呢……我插一句，刚才你们说的'空子'是什么意思？"

"'空子'就是啥也不懂的外行，就是你这样的！"苦瓜不耐烦地告诉他，转而朝地下一瞅——收摊拿进来的东西就堆在脚边，其中有竹篓。于是俯身拿起一只，"是这个吗？"苦瓜不认识标签上的字。

"对，这就是茯苓霜，滋补的。"

"茯苓霜？"苦瓜提着小篓仔细观看，"瞧这小竹篓，编得多精致呀！连点儿毛刺都没有，里面的霜又白又细，还拿红纸裹着，买去送礼再适合不过了。多好的一篓……芋头粉。"

海青扑哧一笑——假的呀！

1　窑子，指妓院。

顺子却道："瓜哥，你猜错啦！这次用的是山药。"

"嚯！本钱见涨啊。"

"那是。"顺子夸口道，"这次足可以假乱真，真货假货放一起，谁也辨不出来。"

"但总得有办法区分吧？"海青好奇，"卖给'空子'一定是假的，若有自家熟人也给假的？"

"当然有办法。"顺子笑道，"竹篓有记号，底部塞着纸条，真品的纸上写我们字号'逊德堂'，假的'逊'字没走之底，那是'孙德堂'。掌柜的说了，要是有人找回来，就说不是我们的货，让他们找孙德堂讲理去。"

海青乐得直不起腰："这缺德主意！还真是够孙子的。"

苦瓜又拿起两篓相互比较，果然底下的字不同，然后又问道："卖给他们的四篓都是孙德堂出品喽？"

"不。"宝子摆摆手，"掌柜的跟我'咬耳朵'，说这俩客人瞧着挺规矩的。似是大户人家的仆人，不能下'绝户网'，害人家丢饭碗。那天是我给拿的货，记得清清楚楚，两篓假的，两篓真的。"

"好。"苦瓜赞赏地点点头，"就冲这句话，贾胖子也并非十恶不赦之辈，葬身火海死无全尸——不该啊！"

霎时间三个伙计神色凄然，都垂下头。或许贾胖子心地不善，对他们不好，但毕竟给他们碗饭吃，同住一个屋檐下，总还有情义。过了好半天，大家谁都不说话，偌大的逊德堂只有此起彼伏的叹息声……

苦瓜和海青走出药铺时天色已不早，太阳快落山了，红彤彤的晚霞照耀着大地，把"三不管"的一切都染上红色，便如几天前那场炽烈的火。海青这半日听了不少江湖乐子，对火灾之事仍一筹莫展，叹道："我看咱是白忙。"

苦瓜却道："你是个'海青'，当然白忙，我可不一样。"

"你知道起火的原因了？莫非另有隐情？是不是与后门没上闩有关？难道有人纵火？"海青问了一连串问题。

"你真够迟钝的，怎么还不明白？贾胖子不是烧死的。"

"什么?!"海青大吃一惊。

"那天小梆子提到死尸的样子，我就起疑了。你想想，人若是身上着火，岂会躺着不动？即便睡得很熟也会被烟呛醒，拼命往外跑。一动不动那不是等死吗？可刚才你也看到了，铺板两头烧坏，中间那一大块还很结实，而且压在铺板底下的虎骨匣子完好。这证明小梆子说得对，贾胖子确实自始至终躺在铺板上，以至于被他身子压住的东西没烧透。再者，宝子他们也证实，没听到胖子呼救，这说明什么？合理的解释只有一个——火烧起来之前他已经死了。"

海青惊呆了，好半天才从牙缝里挤出四个字："杀人焚尸……"

"对！这不是失火，是杀人焚尸，而且不是一般的谋财害命。宝子他们说了，柜上本来有十几块钱，前天才被假装要账的人抢走，这说明杀贾胖子的人没动栏柜的钱。这个凶手既然有时间纵火，却不搜查柜台，说明他的目的不是钱。"

"凶手是谁？"

"不知道。"苦瓜低着头边思索边说，"在铺子里杀人并不简单，就算贾胖子睡得很死，对面屋里还有三个人。可凶手竟然敢这么做，说明对逊德堂的格局以及他们的生活习惯有一定了解。我最先怀疑的当然是三个伙计，但这不合情理。宝子、顺子无依无靠，李长福自称是负罪潜逃，就算他说的往事是假的，为何杀胖子？完全没理由，这是自断生计啊！而且警察一来，最先倒霉的就是他们。如果他们之中某人被胖子欺压急了，一时冲动下了手，应该连夜逃跑，就像长福杀奸夫那样才对呀！后来确认救火时后门开着，那便有外人行凶的可能。"

"药铺之外的人？"

"对，可能性有三种。一是胖子晚上出去，因为某种原因带回一个人，他们之间发生争执，那人把胖子杀了；二是胖子回来时有人尾随其后把他杀了。但这两种可能都不大，如果带回来一个人，他们不可能始终不说一句话，如果有交谈，三个伙计都没听到吗？若是尾随作案，那么行凶地点绝不是东屋，难道凶手在外面杀完人还辛辛苦苦把尸体搬进屋内？这两种设想说不通，我更相信第三种可能……"苦瓜这时才抬起头瞟了海青一眼，"你还记得后面那扇窗户吗？"

海青醒悟过来道："有个人半夜爬上灶台，从那扇窗户钻进来，杀死胖子并放火，然后从后门溜走……倘真如此，要查明凶手可太难啦！贾胖子卖假药，谁晓得他有多少仇家？"

"那倒不至于，我在'三不管'混了这么多年，还没听说谁因为卖假药被杀呢。"

"那也是无头案呀！寻找凶手简直是大海捞针。"

"虽然可能犯罪的人很多，但我想跑不出'三不管'这个范围。"

"为什么？"

苦瓜突然反问："你觉得凶手是怎么杀死贾胖子的？"

"不清楚，杀人的办法很多……"

"可在那种情况下办法并不多，倘若胖子遇袭喊叫起来，伙计们就被惊动了。要想无声无息杀死某人，最好的办法当然是下毒。但是你别忘了，贾胖子是药行中人，想给他下毒谈何容易！"

"别吊我胃口了，你直说吧。"

"我特意问了贾胖子睡觉怎么躺，宝子说是头朝着门，这就容易猜了。利器刺杀的话，一刺未死胖子可能叫喊，即便捂住他嘴也难免挣扎搏斗，勒杀也差不多，所以我觉得是用钝器杀人。你想想，屋里的门是没有锁的，只要把东屋门轻轻推开，距离不远就是胖子的头。拿件沉重的东西照着脑袋狠狠砸下去，一切就结束了。顶多是'咚'的一声响。宝子他们说了，胖子半夜发出响动，甚至出去喝酒宿娼也不稀奇，即便他们听见那响声也不会理睬。钝器太好找了，凶手甚至不用随身携带，药铺里有的是，药杵、药碾、镇纸、顶门杠……刚才我看见田大叔那根扁担了。那扁担很粗，有一头沾了黑乎乎的污渍，可能是干了的血，我怀疑打烂胖子脑袋的就是那玩意儿。"

海青想起自己也曾用那根扁担帮甜姐儿挑过水，顿时起了一身鸡皮疙瘩。而苦瓜后面的话更让他不寒而栗："打碎人的脑袋，这种杀人方式你听着不耳熟吗？"

"耳熟？"海青突然想起来了，"难道……先前死的那俩……"

"没错！变戏法的快手王、练把式的崔大愣，他们都是半夜被人打碎脑袋的，贾胖子是第三个人。"

"杀他们的是同一个凶手？"

"很有可能。同样是半夜，同样的手法，同样在'三不管'，而且就在短短一个月内。"

"为什么要杀他们？"

"鬼知道！"苦瓜满脸厌恶地吐了口痰，"我也很纳闷儿，但肯定有原因，所以还得查快手王和崔大愣的事儿，看看这三次凶杀有什么关联。明天我就查！"

"是我们！"海青立刻更正，"我们一起查……"

忽然传来一阵清脆的梆子声，邋里邋遢的小梆子迎面走来，离老远看见苦瓜，赶忙蹿过来道："苦瓜！哟，这位大哥也在啊……告诉你们个好消息，甜姐儿被人从警所救走了。"

早知道！苦瓜和海青还真默契，一个瞪大眼睛，一个张大嘴巴，都装作很吃惊的样子。

"瞧把你们俩高兴的！意外吧？惊喜吧？想不到吧？"小梆子越说越兴奋，"我也是今早才得知，具体情况不清楚。听巡警们私下议论，劫牢的人穿黑衣服，有一张大白脸，血盆大口、酒糟鼻子，背起甜姐儿健步如飞，简直神啦！虽不知是谁，必是仗义之人，可能就在'三不管'。比如练把式的霸州李，他老人家的功夫多厉害，别说'三不管'，整个直隶省有谁打得过他？救人还不是小菜一碟？还有你们说相声的姓白的那一家子，本事真大，相声、评书、戏法，还能唱戏，演武戏时能在空中连翻两跟头，就凭这身功夫，跃过警所的墙没问题。可他们虽然姓白，长的却不白啊，怎么劫牢之人会是一张大白脸？弄不明白……"

海青听他越说越离谱，忍不住想笑，却见苦瓜没有丝毫笑意，反而一脸严肃地道："是啊！太奇怪了，叫人猜想不透。"

小梆子往上推了推警帽，笑道："但不管怎么样，甜姐儿暂时得救了。吉人自有天相，你们也不用着急，回头警所的事儿我多留心，一有消息立刻告诉你们。"

"好，你多受累吧。"

小梆子欢欢喜喜地走了，海青再也憋不住，笑得前仰后合，然而苦瓜仍在低头沉思："这到底是怎么回事？实在猜想不透……"

"你在思考什么？"海青询问。

苦瓜蓦然抬起眼皮，直视着海青，那眼神怪怪的，与方才讨论案情时截然不同。他的嘴唇微微动了几下，似乎欲言又止，最后只吐出四个字："我很为难……"

"哦，明白了。"海青立刻从兜里掏出十枚亮闪闪的银圆，往苦瓜手里塞。

"不！你误会了，我不是这意思……"

"别推辞，这不是给你的。你既不肯带我去见甜姐儿，总得让我尽尽心意吧。拿这钱把他们照顾好，田大叔不是还病着吗？千万别叫他们受委屈。"

一文钱难倒英雄汉，苦瓜确实囊中羞涩，又不想再干偷鸡摸狗的勾当，听他这么说只得把银圆攥在手里道："那我先收着，日后挣钱还你。"

"只怕你永远还不完。"

"阎王账啊！那我不要了。"

"开玩笑的。"

"我知道……谢谢你。"

"朋友之间不说谢。"海青抬头看看昏暗的天空，"我得走了，明儿一早就过来。"

夜幕之下，小苦瓜茕茕孑立，望着沈海青匆匆离去的身影，又低头看看手中的银圆，自言自语道："朋友之间不说谢……你真把我当朋友吗？那为什么不说实话？我差点儿被你骗啦！不准我玩'腥'的，你自己却说谎话，却又不像有什么恶意。你这小子究竟是什么人？真是越来越叫我猜想不透……"

第四章

混得住？

凌晨四点，天刚蒙蒙亮，沈海青已来到"三不管"，来这么早既是因为太兴奋睡不踏实，也是怕苦瓜把他甩开独自查案。

这钟点出门很不方便，第一班电车还没开，拉洋车的也没出来，骑自行车怕丢，海青又不想引人注意，只能靠自己的两条腿。他住的地方离"三不管"并不近，走了将近一个钟头，幸而时间甚早，市场里静悄悄的，许多露宿的艺人还在睡梦中。

想起先前那两个艺人都是睡梦中遇害的，他不禁留心观察——住在场子里的多是练把式、变戏法的，三个一群五个一伙的，他们道具太多，无论回家还是住店都不方便，索性就地过夜。也有少数干其他买卖的，或一时不便，或囊中羞涩，只能在这儿忍着，更有甚者身染毒瘾败家破产，在墙根底下一躺，盖着麻袋片，纯粹等死。艺人一般搭个布棚，躺在道具箱上，头枕着钱匣子，以免半夜失盗。还有几处地方本来就搭着竹棚，代卖茶座，他们便用绳子从外面圈起来，几张板凳拼一起，仰面睡在上面，至于身上盖的东西，有被服、大褂、唱戏的行头、变戏法的挖单，因陋就简什么都有。现在这月份还能将就，再过俩月西北风一起，何等滋味不敢想象。

海青心生感慨，卖艺不容易啊！这样露宿岂能不出危险？当然他们也不是全无戒备，尤其出了那两桩命案之后，有几个练把式的睡着了还抱着木棍。

看他们睡得香，海青不忍打扰，又怕他们突然醒来见自己偷窥引起误会，于是轻轻放下帐篷帘，蹑手蹑脚地离开。到了苦瓜撂地之处，果然没见他来，不免有些得意，想倚着树休息一会儿，哪知后背刚碰到树干，就听头顶上有个声音说："你来了？真早呀！"

海青抬头一看——苦瓜在树杈上躺着呢。

"嘿！再早也没你早呀！"

"我才刚睡。"苦瓜伸个懒腰，从树上跳下来。

"为什么不睡？失眠吗？"

"失眠？那是富贵人的毛病！我倒想睡，有工夫吗？"苦瓜揉了揉眼睛，"我去探望甜姐儿了，然后又去西郊……"

"去西郊干什么？"

"挖坟啊！昨儿你走了，我又找小梆子打听贾胖子埋在何处，连夜就去了。幸亏我到得及时，若不然那'狗碰头'的棺材早就散了，尸首都没处找。"

所谓"狗碰头"是最下等的棺材，这种棺材不是店铺卖的，是慈善公所制作的，六块薄板随便一钉，专门施舍给没钱下葬的穷人，死刑犯以及特殊原因死于非命者也用。因为质量太差，坟岗子的野狗把它刨出来，用脑袋撞几下就能撞碎，继而啃食尸体，所以人们戏称这种棺材为"狗碰头"。

海青听他单独行动有点儿不高兴，但又一琢磨，半夜三更跑到乱坟岗子挖死尸，想想都头皮发麻，自己实在无此"雅兴"，便没再嗔怪，转而问道："有何发现？"

"贾胖子虽然烧得稀巴烂，但我撬开他牙关，嘴里是干净的。活人在火里挣扎，怎么可能不吸入浓烟？他喉咙里没有烟灰，可见起火时已经死啦！而且确实如我所料，他颅骨裂了，定是遭重击致死。"

海青深吸一口气："大清早听到这消息，真醒盹儿啊！看来你猜对了，凶手可能是同一人……对啦！先前被杀的两人我不认识，你给我讲讲吧。"

苦瓜打个哈欠道:"你好像比我还操心。"

"都是为了甜姐儿嘛!快说快说。"

"头一个死的是王三,变戏法的,绰号叫'快手王',四十岁出头,从吴桥来的。他本领不错,有几手独创的戏法,待人也亲切随和,自然火穴大转[1]。我跟他以及他的两个伙计都很熟,关系不错,一直叫他三哥。"

海青有点儿纳闷儿:"我听说有个'快手刘',怎么还有'快手王'?"

"许多变戏法的都自称快手,张王李赵什么都有。"

"他是什么时候死的?"

"半个多月前,具体哪天我也想不起来了。第二起凶案仅仅隔了两天,死者叫崔大愣。这人我只见过两面,从没跟他说过话,只知道他三十岁上下,又黑又壮五大三粗,瞧着有点儿傻气,据说他是打把式的,但我从来没见他练过,也没见他在哪儿'撂地'。"

"看来你也不是万事通。"

"'三不管'这么多卖艺的,也不是人人都在此长干,兴许演几天就到别处去了,我怎么可能都熟悉?"

"那怎么办?"

"鼻子底下有嘴,找人打听呗。"时隔一晚,苦瓜冷静许多,似乎已有查访的思路,"这事儿不能急,咱们不但要把这俩人的情况摸清楚,还要挖出他俩和贾胖子的联系。总之……'把点开活'。"

"嗯?"海青没听懂,"什么叫'把点开活'?"

"'把点开活'就是表演前看看来的是什么观众,根据不同情况选择不同的段子。文雅人多就演《文章会》《对春联》,穷人多就演《醋点灯》《开粥厂》,要是来了流氓混混儿,那就演臭活、伦理哏,投其所好才能多赚钱。"

1　火穴大转,江湖春点,指生意红火很能赚钱。

"哦，就是见机行事的意思。"

"呃……差不多。"

"那咱快走，'把点开活'！"海青跃跃欲试。

"别急，这钟点找谁打听去？你吃早饭没有？"

"没有。"被他一问海青还真有些饿了。

"走，我领你去……"

"打住！"海青把脑袋摇得跟拨浪鼓一样，"要还是那家的面条，我可不吃。"

"放心，这次保证好，而且对咱查案有帮助。"

对查案有帮助？海青满腹狐疑，跟着苦瓜到吃饭的地方一看，顿时气乐了——就是逊德堂隔壁那家清真饭馆！

这家馆子的房屋格局跟逊德堂一样，中间是厅堂，左右是雅间，门上横匾写着"顺义斋"三个字，旁边悬着块木牌，写着经字杜哇。这时刚摘门板，但伙计们已把厅堂打扫得干干净净，一口大柴锅架到门外，熬着羊骨汤，冒着热腾腾的白气，离着老远就能闻到香味。汤锅旁站着位老者，身材不高却很威严，留着连鬓络腮的花白胡子，直垂到胸口。他穿着对襟马褂，卷起的袖口雪白雪白的，透着干净利落，头上还戴着一顶纯白的礼拜帽，此人便是掌柜沙二爸。

"二爸！"苦瓜主动打招呼，"您老早安。"

沙掌柜拿白眼珠瞟他一眼道："哟！稀客呀。"

苦瓜讪笑道："今天起得早，出门遇见个朋友，一起吃个早点，我就想到您了。谁不知整个'三不管'就数顺义斋的菱角汤最地道，吃一回想两回啊！"

沙掌柜不喜欢说相声的，冷嘲热讽道："不用问，一定是朋友请客喽？你们这路人呀，狗掀门帘——全凭一张嘴，花钱的永远是别人。"他把脸转向海青，这才露出笑容："里面请。"

店里很安静，他俩是今天第一拨客人，苦瓜却选了最靠外的一张桌子，叫了四个烧饼、两碗菱角汤。东西很快就被端上来，那焖炉烧饼是刚出锅的，又脆又酥，芝麻特别多。菱角是羊肉馅儿的，皮薄馅儿大。最难得的是汤头，味道浓厚却不油腻。海青这次真是大快朵颐，攥着小勺一点儿一点儿咂摸滋味，每一口都是享受。

苦瓜仍是狼吞虎咽，三两口就吃完了，抹抹嘴回头搭讪："二爸，昨儿我在隔壁药铺和宝子、长福他们聊了半天，偶然说到您老，他们都赞不绝口。"

"哦？"沙掌柜不以为然，"你小子算计什么呢？无事献殷勤，我可不吃你这套。"

"我的二爸爸，这可不是拍马屁，宝子他们对您敬重得不得了，说您帮忙救火，自家窗户烧坏也不计较，还给他们饭吃，真仗义！"

"应该的。"沙掌柜还是满脸淡然，走到栏柜边拨弄着算盘，一句话都不愿多说。

哪知苦瓜话锋一转道："常言说得好，远亲不如近邻。想必您老和贾掌柜交情莫逆，一向相互帮衬，危难之时才施以援手。"

海青喝着汤，闻听此言不禁一愣——苦瓜明知沙二爸和贾胖子关系不睦，为何还这么说？哦，他是故意的，想套沙二爸的话，"把点"已经"开活"啦！

果不其然，沙掌柜眉毛都立起来了，将算盘一摞，驳斥道："我和他交情莫逆？胡说八道！"

"误会了？"苦瓜故作懵懂，"我一直以为你们是好朋友。"

"谁跟他是朋友？知道我们开饭馆的叫什么吗？勤行！讲究的是手勤、眼勤、嘴勤、心勤，我们靠的是辛劳，卖的是厨艺，勤勤恳恳地将本图利。顺义斋既不昧着良心弄虚作假，也不招引匪类欺压良善，跟个卖假药的交哪门子朋友？"

这话海青听着有点儿不明白，"昧着良心弄虚作假"说的自然是逊德堂，"招引匪类欺压良善"又指谁？难道"三不管"中还有这样的买卖？他心里好奇却不便问，静听二人对话。

"话不能这么说呀！"苦瓜存心跟沙掌柜抬杠，"都是养家糊口，'三不管'的腥玩意儿多了，低头不见抬头见，难道您跟谁都不来往？"

沙掌柜越听越生气，终于敞开话匣子："你小子真把我看扁了，我一大把年纪，连这道理都不懂，还混什么？不是我姓沙的清高，是他贾胖子为人不正。弄两个十二三岁的孩子，教他们配假药，缺德呀！做什么买卖且放一边，牛皮不够他吹的。什么闯过关东、走过西口、下过南洋、名震安国，不知道的还以为同仁堂是他家开的呢。而且说大话使小钱，有一次药铺关门，他独自溜达过来，扒肉条、它似蜜、爆三样、烧舌尾，要了一桌好菜，吃完竟然嘱咐我们堂倌，见了宝子他们别提。什么德行？自己吃香喝辣，三个伙计连喝粥都不管饱，说得过去吗？实话告诉你，如果他活着，烧坏我家的窗户得叫他修，熏了我家的墙得叫他刷，欠我的一分一厘都不能少。正因为他死了我才不计较，我是瞧那俩孩子可怜！"

　　他说的都是冠冕堂皇的大道理，苦瓜却有点儿不信，于是小心翼翼试探道："莫非……贾胖子得罪过您？"

　　"唉！"沙掌柜本不想多说，但被苦瓜逗引得已经开了口，索性都吐露出来，"当初他开张时我还以为是正经买卖，特意拎了两包茶叶拜街坊，互相有个照应嘛！那时他跟我倒还客气，哪知说人话不办人事，正赶上我灶上缺些香料，就从他铺子里临时进了点儿陈皮、豆蔻、白芷什么的……"

　　"是假的？"海青忍不住插嘴。

　　"东西倒不假，却是多年陈货，早失了味道，价钱也不比别处便宜多少。亏他姓贾的还跟我嬉皮笑脸，逢人便说我找他买货，好像我欠他多大人情一样，真气人。从那以后我再也不理他了。"

　　海青窃笑——这算说到根儿了，原来他上过贾胖子的当，索性追问道："我听到些风言风语，说这场火是被人放的，就是杀人焚尸也不无可能，您觉得呢？"

　　沙掌柜的激愤之态顿时收敛，转而露出一丝谨慎的微笑："这是'三不管'的老毛病，出了事就鸡一嘴鸭一嘴地乱说，越传越离谱，闲话还是少听为妙……您还添点儿别的吗？"

　　苦瓜转过脸来瞪了海青一眼，海青这才发觉失言——沙二爸刚承认跟贾胖子有过节，自己就说贾胖子死于非命，难怪他起疑心。

海青赶紧用烧饼把自己的嘴堵上，再不敢随便插言。苦瓜却大大咧咧地道："我看也未必是瞎传，贾胖子确实干过不地道的事，田家父女在他铺子里寄存点儿东西，他就天天白喝田家的茶。这点小便宜都占，恐怕也没少坑人，保不齐得罪了什么厉害角色，给他放把火。"

"也有可能。"沙掌柜想摆脱旁人对自己的猜疑，忙顺着说，"在我这儿吃饭的熟人，提起贾胖子，没一个说他好的。"

苦瓜眼珠一转，煞有介事地道："我听说过一档子事，有个练把式的崔大愣叫他坑了，您老知道吧？"莫看苦瓜说得认真，其实顺嘴胡扯，就想看看能否从沙二爸嘴里诓到消息。

沙掌柜颇感意外："你小子消息挺灵通呀！没错，崔大愣找他趸了一批膏药，叫他骗了。"

海青狂喜——崔大愣果然和贾胖子有关，竟这么轻而易举地被苦瓜诈出来啦！

苦瓜不动声色，叹道："崔大愣也是久走江湖的人，怎么一不留神叫他骗了呢？"

"什么久走江湖？看来你小子也是道听途说。我灶上有位厨师跟崔大愣很熟，最是知根知底。崔大愣根本不是江湖人，他家在霸县，是个种地的，小时候学过点儿粗浅的庄稼把式，平时在家务农，农闲时才来'三不管'，每年最多干三个月就回乡。今年是因为家乡闹了灾，饿得没辙才跑来谋生，他没有自己'撂地'的本事，一直跟着别人卖艺。有时没人用他就找个店铺帮工，不拘于某一行，还曾到码头扛过麻包呢！不过是卖傻力气而已。"

苦瓜立刻追问："今年他跟谁一起'撂地'？"

"陈大侠。"

若不是紧紧咬着烧饼，海青险些笑出声——不知哪个卖艺的这么能吹，竟然自封大侠。

"原来是他。"苦瓜点点头，自然是对这位"大侠"很熟悉。

沙掌柜将着胡子娓娓道来："其实崔大愣那批膏药就是替陈大侠买

的，没想到被胖子骗了，买了次品，贴在身上根本粘不住。陈大侠气坏了，怀疑崔大愣从中吃钱故意买次品，就把他赶走了。"

"那之后呢？他回乡了？"

"没有，听说他又跟拉洋片的'假金牙'混了几天，还帮忙守夜，后来有一天晚上……"说到这儿沙掌柜才意识到崔大愣死了。

苦瓜不容沙掌柜多想，赶紧插话道："那个拉洋片的也不是什么好东西，专欺负外乡人，我早瞧他不顺眼……欸？好像被贾胖子坑过的不止崔大愣，还有个变戏法的，是吧？"

这次沙掌柜的反应却很茫然："不知道，变戏法跟卖药扯不上关系呀！你听谁说的？"

"我是听……咳！不提了。"苦瓜假装欲言又止，"人死为大，咱们何必议论死人的是非？还是顾好自己的买卖吧……结账。"说罢从兜里掏出一把铜子儿放在桌上。

沙掌柜见此情形有些意外地道："你花钱请客？"

"是啊。"苦瓜故意挖苦道，"谁不知道您老人家概不赊账？兜里若没点儿现钱，我敢进顺义斋的门吗？"

"哈哈哈。"沙掌柜终于对苦瓜露出笑容，笑得格外慈祥，"不是我眼高，是你们这行人正经的少。十个说相声的九个蹭吃蹭喝，都是花别人的钱，唯独你小子跟他们不一样，你是有出息的！老头子以往小瞧你了，千万别见怪，以后欢迎常来。"

苦瓜笑着作揖道："说这话就远了，只要我肚里缺油水，准到您这儿解馋。不过还有件事想求您，宝子、顺子都跟我不错，他们怪可怜的，您老眼皮宽、交际广，能不能好人做到底，给他们找个饭门？"

"放心，你不说我也不能坐视不管。"沙掌柜大包大揽道，"若不是回汉有别，我就收留宝子了。这样吧，等他们的案子了结，我给宝子找一家汉民饭馆，让他做个学徒当个跑堂。至于顺子嘛……到时候再想办法。"

海青很诧异："顺子为什么不能一起去？"

"性情不合适啊！"沙掌柜捻着胡子笑道，"别看宝子表面窝囊，心里精明得很，只要是他想做的事都能算计妥当，尤其他的记性好，投身我们勤行再合适不过。顺子也不是不好，待人坦诚敢想敢干，可他是直筒子脾气，说话不会拐弯儿，办事也不大动脑筋，用他跑堂岂不把客人得罪光？学手艺也不合适，我得给他另找个营生。"

"那李长福呢？"海青又问。

沙掌柜连连摇头道："他又不是小孩，我还管那么多？再说那人我不喜欢，虽说忠厚老实任劳任怨，却整天耷拉着脑袋不说话，闷葫芦一样，兴许心里藏着什么亏心事呢。"

海青暗自叹服——这老头看人的眼光真准！

两人辞别沙掌柜出了饭馆，海青立时憋不住了，喜形于色地道："总算搞清楚崔大愣和贾胖子的关联了，我看陈大侠很可疑，八成他是凶手。"

苦瓜不屑一顾："八字还没一撇呢，你别瞎猜。"

"我可不是瞎猜！陈大侠怀疑贾胖子和崔大愣合伙骗他，说明他对这俩人都有怨恨，再说他是练武的，一定有能力杀人。"

"实不相瞒，陈大侠和我师父是把兄弟，我还得叫他师叔呢。他是什么样的人我还不了解？未必有杀人的胆量。可是话说回来，这里面确实也有令人费解的地方，他的把式场子很大，徒弟也很多，用得着另外雇用崔大愣吗？一个只会几手庄稼把式的粗人能干什么？总之……咱暂且把我这位师叔视作一个可疑者吧。"

"现在就去找他。"

"不急，耗子拉木锨——大头在后边。咱们最好先查王三，膏药的事与他无关，他又是如何跟贾胖子或者陈大侠扯上关系的，咱们还一无所知呢。"

"我猜陈大侠和他也有仇，或许因为别的什么事。"

"或许吧，但我觉得可能性不大。王三是有名的老实人，全'三不管'都知道，他无论对谁都笑脸相迎，做事很厚道，有时宁可委屈自己也不麻烦别人。这种人怎会轻易结仇？更何况是足以引来杀身之祸的大仇。我觉得问题还是出在贾胖子身上，毕竟这三个人中只有他沾了个

'假'字，也只有他铺子被烧，祸事八成因他而起，或许因为某种原因牵扯王三和崔大愣。"

"咱俩的想法有分歧。"海青无奈地撇撇嘴，"不过若真是你想的那样，反倒省事了，回药铺问宝子他们不就行啦？如果贾胖子和崔大愣、王三联手干过什么不光彩的事，就算宝子、顺子、长福不知情，也肯定目睹过贾胖子和他们接触。"

"不！"苦瓜断然拒绝，"不能直接问他们。"

"为什么？"

"如果问宝子他们个人，他们就知道咱怀疑三件案子有关联了。"

"那又怎样？你该不会怀疑他们吧？你昨天不是说他们三个人没理由杀人吗？"

"有没有嫌疑姑且不论，我怕他们嘴不严走漏消息，尤其是顺子。别忘了这是连环命案，凶手已经杀死三个人，也不在乎再多杀几个！"

海青不寒而栗——是啊！如果凶手得知有人调查此事，极有可能再杀知道内情的人灭口，甚至可能直接朝他俩下手！

苦瓜从他的眼神中看到了恐惧，便道："怎么？害怕了？昨儿就跟你说过，这是件危险的事，弄不好糊里糊涂搭上性命。如果你想退出，现在还来得及。"

"不！"海青的惧意转瞬即逝，"既然干了就不后悔。"

"好吧，我不拦着你。"苦瓜点点头，"但在查明真相之前我会提防所有人……包括你在内。"

"我？！"海青大吃一惊。

苦瓜注视他片刻，突然扑哧一笑道："开玩笑呀！瞧你那呆样儿，快走吧，去王三'撂地'的场子看看。"

究竟是不是开玩笑，苦瓜自己心里最清楚。他本来想跟海青摊牌，可对视的那一刻猛然想起沙二爸的话："十个说相声的有九个蹭吃蹭喝，唯独你小子不一样。"其实哪有什么不一样，钱是从他兜里掏出来的，却是海青昨天给的，归根结底还是人家请客。平心而论，海青对他不薄，想救甜姐儿似乎是真心，就算隐瞒一些事也未必出于歹意，或许不该怀疑他。

或许吧……

变戏法在江湖中称"彩门"，又叫"立子行"，也是自清末流传下来，逐渐衍生出大小之别。小戏法叫"抹子活"，像仙人摘豆、三仙归洞、空杯取酒之类的节目，只要几个茶杯、几个小球，随时随地能表演。大戏法则需要许多道具，有时甚至会从身上变出燃烧的火盆，必须有足够的场地，而且一人演不了，要有敲锣的、准备道具的、"打杵"敛钱的，至少也得三个人。

快手王也有两个伙计，名姓罕有人知，因为快手王行三，大家顺嘴叫他们老四、老五。其实他们根本不是兄弟，甚至不是一个姓。据苦瓜所知，自从王三遇害，他们的买卖"折了大梁"，许多精妙的节目老四、老五演不了，观众越来越少，场子越来越冷清，纯粹是仗着王三留下的名气勉强支撑。

苦瓜领着海青，边走边讲述情况，当他们来到王三的场子时，出乎意料地只看到一片空地，连张板凳都没有。海青嘲笑道："这就是你说的地方？果真冷清，连他们本人都不在。"

苦瓜有些尴尬地道："可能是今天风大，把老四、老五刮跑了。"

"别耍贫嘴，到底是不是这儿？"

"怎么可能记错？奇怪，前几天我还瞧见他俩呢。"

"是不是来得太早，他们还没到？"

"不，他们就在这儿搭棚过夜，王三也是在这儿被杀的。如今棚子都撤了，八成是散伙不干了。"

"散伙？那怎么办？上哪儿找他们？"

苦瓜一点儿也不急地道："放心吧，除了变戏法他们什么都不会，我就不信他俩还能蹦出'三不管'！找人打听打听，准能问出来。"

说话间，东边恰好走来一人。这是个怪人，身材矮小，瘦骨伶仃，还有些驼背，头上戴着六合帽，穿一件蓝色长袍，外罩棕色马褂。这身衣服料子很讲究，还有刺绣花纹，但是脏兮兮的，似乎穿了好几个月没洗。他脸上皱纹堆垒，面色灰黄，两腮凹陷，留着花白的山羊胡。一副圆溜溜的茶色眼镜遮住双目，但是瞧得出此人至少五十岁，走起路来摇摇晃晃，似是大病未愈。这个人右手攥着一把笤帚，左肩上搭着个蓝布挎兜。

"老陈！"苦瓜一见此人赶忙招呼，"想吃冰下雹子，正要找你打听事，你知道老四他们去哪儿了吗？"

那怪人充耳不闻，晃悠悠走到一棵歪脖树旁，佝偻着身子，拿笤帚扫着地上的尘土。

"问你话呢，听见没有？老四他们去哪儿了？"

那人还是不理，慢吞吞扫干净地面，从挎兜里取出一块青布，抖开足有五尺见方，上绣着"麻衣神相陈铁嘴"七个字，小心翼翼地铺在地上。

苦瓜凑前几步："老陈，你是出门忘带舌头，还是吃切糕把嘴粘住了？怎么不理我？"

陈铁嘴盘腿往青布上一坐，这才开口，嗓音沙哑地道："相面一块，问卜两元。拿钱来我就告诉你。"

"真有你的！劳驾抬一下眼皮，瞅瞅我是谁。都是一个马勺里混饭吃的，怎么还要钱呢？"

"知道是你。我这儿不论亲友一视同仁，不给钱就免开尊口。"

"唉！"苦瓜无奈地叹了口气，"你是不是又欠债了？"

"嗯。"

"借钱买大烟抽？"

"嗯。"

"早就劝过你，快把烟瘾戒了，辛辛苦苦挣点儿钱都跟着烟儿飘走了，冤不冤？当初我师父就是被大烟害死的，瞧你现在这副德行，哪还像个活人？"

这番话陈铁嘴已听过无数遍，早已不上心了："我倒是想戒！少抽一口百爪挠心，戒得了吗？"

"你还是没定力，要是真心想……"

"行啦！站着说话不腰疼，我的事不用你管。"

"好好好，我不跟你治气。"苦瓜一脸无奈，"老四、老五他们哪儿去了？"

陈铁嘴把手一伸："拿钱来。"

"嘿！躺在棺材里伸手——真是死要钱啊！"

"我就这规矩。"

"癞蛤蟆打哈欠——好大的口气！"

"你管不着。"

"屎壳郎插鸡毛——没见过你这路鸟！"

"你哪来这么多俏皮话？"陈铁嘴怒了，抓起笤帚要打，"有钱拿来，没钱就走，我没工夫搭理你。"

苦瓜也有点儿挂火道："真不是东西，半分情谊都不讲。"

"情谊？我就知道我缺钱，没钱就抽不了烟，就没情谊！"

海青在旁边站着，实在看不下去了，也懒得跟这人计较，伸手就要掏钱，苦瓜一把掐住他手腕："别给！不能惯他这毛病。"

陈铁嘴把笤帚一挥道："滚！别妨碍我做买卖。"

"好！"苦瓜咬牙切齿，"我滚，咱骑驴看唱本——走着瞧！"拉着海青便走。

海青哭笑不得："别赌气，我们再找别人打听吧。"

苦瓜却道："这边的买卖就数陈铁嘴和老四他们最近，他不说，问别人也未必知道。'三不管'里里外外变戏法的场子有的是，一家一家打听可就费事了。"

"哎呀！你怎不早说？我给他一块钱，让他说不就完了？我又不缺这一块。"海青扭身就要回去。

"不行！你不缺钱，我还不能折面子呢！真以为我们说相声的好欺负？走着瞧，不给他钱，照样得老老实实地告诉我。"

"你有办法？"

"跟我来。"苦瓜改变方向，拽着海青绕个圈，走到陈铁嘴摊子的后方，藏在歪脖树后偷偷观望。

"你想干什么？"海青不解其意。

"嘘……别惊动他，你等着瞧热闹吧。"

海青也不问了，静观其变。只见陈铁嘴掏出一杆烟袋，先抽了一袋烟定定神，然后从挎兜里取出一块石板、几支粉笔、一根木棍儿、一个青竹卦筒以及三枚磨得锃亮的老钱。他将这些东西整整齐齐地摆放在身边，继而拿起木棍儿在土地上画画。海青不禁好奇，想看他画的什么，可惜离得远，抻着脖子也瞧不清。

好奇的何止海青！此时天光大亮，"三不管"渐渐热闹，遛早的、吃饭的、闲逛的、买东西的川流不息。但凡有人从陈铁嘴身边经过，都歪着脑袋瞧他两眼，看他画什么，更有好奇心重的停下脚步仔细观看。陈铁嘴也不理他们，只顾低头画画，嘴里却自言自语起来："画山难画山高，画树难画树梢，画人难画走，画虎难画吼……"说是自言自语，声音却不低，路人都能听见，驻足围观的人越来越多。陈铁嘴还是不抬头，但嗓音越来越高："天上难画仰面的龙，地下难画无波的水，美貌佳人难画哭，庙里的小鬼难画笑……"

海青渐渐明白了，江湖买卖总要"圆粘儿"，苦瓜说过相面算卦在江湖中叫"金门"，这坐地画画应该就是他们这一行"圆粘儿"的秘诀吧？果不其然，等身边围了足有十几人，陈铁嘴突然大叫一声："画龙画虎难画骨，知人知面不知心！"手底下一划拉，把方才画的图案全部抹去，随手将木棍儿一扔，抬起头来抱拳行礼："各位朋友，幸会。"

海青又不明白了，忍不住问苦瓜道："他这是'圆粘儿'，我知道。可他一直没抬头，怎么知道围上许多人了？"

"数脚呀！十多双脚不就是十多个人吗？"

"是呀，我真笨。"

"跟我过去。"苦瓜领着他绕出歪脖树，蹑手蹑脚蹭到近前——陈铁嘴这会儿只顾卖口，根本没察觉苦瓜到了身后。

"各位没瞧出我画的是什么吧？这就对啦！旁人画的是物，在下画的是魂，芸芸众生魂灵百态，皆合五行之数，难逃'造化'二字，也全在我眼中。恐怕有人要问，你是干什么的？"其实根本没人开口，他完全是自说自话，"这儿写得清楚……麻衣神相，我叫陈铁嘴，铁嘴钢牙咬定乾坤。刚说我是算命的有几位就想走，何必呢？医家有句话说得好，'弹打无命鸟，药治有缘人'，您今天碰巧站在我面前便是上天注定，相逢即是有缘。就算您不信我这门学问，听我闲聊几句，顺便歇歇腿儿，于您也没有损失呀！反正我姑妄言之，您姑妄听之，我说的话您现在未必明白，可将来一日有个马高镫短，就想起我今日良言了。兴许那会儿您后悔，还来找我，让我给您出主意。可那是事后诸葛亮，算不得高明！俗话说得好，亡羊补牢不及防患未然。我这人天生有个毛病，口快心直！瞧出点儿苗头总是不吐不快，还望诸位原谅。"说着他举目观瞧，将面前围观之人逐个打量一番，紧跟着一阵咳嗽，"咳咳咳！恕在下直言，别看在场的人不多，事儿可真不少！据我所观，有一位朋友红鸾星照命，不久就要'小登科'，娶的还是百里挑一的美貌佳人。可惜他本人还不知道呢！这桩婚事成与不成尚在两可，一会儿我为他指点迷津，免得他错过姻缘，将来还要讨杯喜酒喝哟……有一位朋友可就不妙了，命犯太岁，小人作梗，弄不好有牢狱之灾，一会儿我也跟他念叨几句，助他化险为夷遇难呈祥……还有一位更糟，近日身体欠佳，他自以为是小三灾，其实乃大厄之兆，错行一步性命不保！我得告诉他，救人一命胜造七级浮屠……"

陈铁嘴揣着手侃侃而谈，方才的潦倒之态全然不见，竟凛凛然透着一股无可置疑的威严。有几人听得入神，不禁面面相觑——谁有姻缘？谁要进班房？谁命在旦夕？该不会是我吧？

海青也很纳闷儿，咬着苦瓜的耳朵问道："他对面站了那么多人，究竟说谁呢？"

"信他个鬼，全是胡诌。其实他什么都没瞧出来，这叫'韩信乱点兵'。想算命的人都有心事，总把闲话往自己身上揽，他说多了自然有一两个碰巧对上号的。"

陈铁嘴信口雌黄，见有些看客不耐烦想走，于是又使出一招"拴马桩"，笑道："诸位或许要问，你瞧得明白为什么不指出来是谁？这您就不懂了，有些事能见光，有些事见不得光。人有脸树有皮，我若公然指出来，面子上是不是不大好看？比如诸位当中就有这么一位仁兄，他本人没毛病，但媳妇不贤惠，背着他勾三搭四偷汉子，他已经当王八啦！这我能指出来吗？指出来他也不认啊！我俩必定打起来，诸位瞧在下这小身板，肩不能担担，手不能提篮，我打得过谁？惹这祸干吗？不过您放心，这位王八仁兄心事太重，他得回家捉奸去！一会儿就走，等他走了我再告诉大家是谁。"

海青捂住自己的嘴，不敢笑出声——这招太缺德啦！此言一出，围观的谁还敢走？人言可畏，谁走了岂不是王八？

围观者都被牢牢"拴"住，谁也不走了，陈铁嘴话归正题道："我说怕挨打只是其一，其二嘛……上赶着不是买卖。有人说了，你给人指点迷津还要钱？当然！我若信誓旦旦说分文不取，那是放屁！谁起早贪黑不为养家肥己？我也一样。但明人不做暗事，咱是先小人后君子，价码清清楚楚，相面一块，问卜两元……嫌贵？您别忙，我有个规矩，凡是找我相面算卦，我先免费奉送三相。说得准您接着算，说得不准您转身便走，绝不找您要一个钱！怎么样？够公道吧？"

说到这儿，已经有人动心了，人群中挤出个中年男子道："先生果真能断吉凶？"

"试试便知。"陈铁嘴胸有成竹，"我话复前言，先奉送三相，准不准您自己评判。"

"好。"中年人凑前一步，坐到他面前。

陈铁嘴端然正坐，审视此人将近两分钟，缓缓开了口道："第一，您是从'三不管'西边过来的，对不对？"

中年人惊得瞪大了眼睛："对……"

"第二，您有愁烦之事，昨晚辗转未眠，对不对？"

"对。"

"第三，您发愁是因为家中有人身染重病，对不对？"

"对！太对啦！我膝下就一个儿子。也不知怎么了，自前天起，上吐下泻的，请了两个大夫都没治好，还越来越重，孩子他娘瞧着难受整宿整宿地哭，家里乱得一团糟，还花了不少钱，正为这事着急呢。"中年人心情激动，说话都有些颤抖了。

旁观众人见他说准了，也不禁喝彩道："先生好相法！真不愧是铁嘴钢牙！"

"怎样？不是我胡吹法螺吧？"陈铁嘴摇头晃脑得意扬扬，"你说儿子染病，致使劳碌忧烦，依我说这是你的命！其实你刚才在那儿一站我就看出来了，头尖而额低，耳小而翼薄，乃乏嗣无后之相。恕在下口冷，你儿子可能要夭折！"

"什么？"中年人吓一跳，"没救了？"

"别急别急。"陈铁嘴又把话往回收，"虽是命里注定，若能谨慎修福，老天亦能降运遂人。这样吧！我给你瞧瞧手相，推一推流年大运，看看有没有什么拆解之法，你给我两块钱吧。"

"行。"中年人深信不疑，摸兜就要掏钱。

苦瓜等的就是这一刻，突然断喝一声道："慢着！"

陈铁嘴一惊，这才发觉背后站着冤家。他当然明白苦瓜是来找碴儿的，但众目睽睽之下闹起来买卖就搅了，于是假装不认识，强装笑颜："这位朋友，凡事有个先来后到，一会儿我再为您卜算，莫搅扰别人。"这话已经点出来——咱的事儿一会儿再说，你别搅我买卖！

苦瓜方才吃了个瘪，岂能轻易饶他？他讪笑道："我不是搅扰，只是觉得先生刚才这三相纯属侥幸，不是真本事，我也算得出来。"

此言一出，陈铁嘴倒没什么，围观众人来了精神，反正闲着也是闲着，找个热闹瞧呗，纷纷起哄道："你也会相面？吹牛吧？说说你是怎么算的。"

"正要明言。"苦瓜走进人群，站到那个看相的中年人身边，"方才先生说这位仁兄是从西边来的，猜到这点再简单不过。这两天'三不管'西边挖沟，几趟街都是烂泥。"说着他朝中年人脚上一指，"快看，这位仁兄鞋上沾着稀泥，还没干呢，当然是从西边溜达过来的。"

"还真是！原来如此……"众人交头接耳。

"再说第二相。"苦瓜又指指中年人的脸，"这位仁兄神态疲惫，眼泡发肿，二目通红，自然是昨夜没睡好，谁瞧不出来？"

方才众人目光都集中在陈铁嘴身上，谁也没留心此人，这会儿仔细观察，果见他眼睛红肿，出门匆忙没洗脸，还挂着眼屎呢。众人忍不住发笑道："太明显了，我也看得出来呀！"

"再说第三相……"苦瓜拍拍中年人肩头，"老兄，您刚才往这儿一坐，抬手间袖筒里露出一张纸，让先生看见了。小弟斗胆一猜，那是药方吧？"

中年人有些讶异，往袖子里一掏，果然摸出张纸。那是一张很薄的草纸，即便折叠起来还是能看见墨迹，"半夏""当归"等字依稀可辨。旁观者有识字的，见此情景不禁大笑："哈哈哈，相面的不是真本事，全是看出来的，你陈铁嘴干脆改名叫'陈贼眼'吧。"

一切玄机尽被揭穿，陈铁嘴气得面色铁青，扶了扶眼镜——他没有任何眼疾，戴墨镜就为遮挡双眼，不让来相面的知道他目光瞧向何处。如果大伙都看见他观察袖口、鞋面，这套把戏就不神秘啦！

苦瓜还故意气他，嬉皮笑脸地道："先生，您别介意，我不过是一时兴起卖弄卖弄，您接着算吧。"

陈铁嘴有火不能发，低声咕哝了一句："念瞳。"

此言一出，海青笑了——甜姐儿教过这句，"念瞳"就是闭嘴！

苦瓜却装听不懂，还低下头问："您说什么？大声点儿。"

陈铁嘴见他毫不通融，也较上劲儿了，不再理他，转而又朝对坐的中年人道："方才在下不过小试牛刀，一来瞧您心神不定，先安安您的心，二来打个哈哈，让大伙瞧个乐儿，接下来我可要显显真本事了……咳！"说到这儿故意清了清喉咙，吸引众人注意："我问您一个问题，请如实相告——您父母双亲是否健在？"

中年人立刻答复："我……"

"且慢！"陈铁嘴打断，"您不必说，我已经算出来了。不信咱打个赌……"他随手拿起放在身边的粉笔和石板，"你先别说，我把推算的结果写下来，然后您再说，让大伙瞧瞧我算得准不准。"

天底下还有这样的本领？众人争相凑前看他写什么，陈铁嘴却故意吊他们胃口道："别忙别忙，一会儿等他说完必定亮给你们看。"说着他将石板竖起来写，先不给大家看。

哪知刚落一笔，苦瓜伏在他耳边说了句话。陈铁嘴身子一僵，手指一颤，那支粉笔竟被他无意中掐断，断了的半截顺着他衣服滚落在地。陈铁嘴仰脸看着苦瓜，憋了半晌发出一声气馁的叹息："唉！你往我身边一站，我就感觉六神无主脊背发寒，于是暗暗起了一占，这才算出你摊上大事儿了，比这位儿子染病的仁兄更凶险啊！"

"没错。"苦瓜知道他要说出老四的下落了，这才配合，假装诚惶诚恐，"我这也是人命关天的大事，还望先生指点迷津。"

"嗯，让我再仔细推算一下。"陈铁嘴一手掐指，一手捻须，闭着眼睛故作高深之态，磨蹭片刻才开口，"您这事儿嘛……切了俏，围子蔓儿处。"

围观者听了直眨巴眼——说的什么呀？咒语？

苦瓜却听懂了，笑呵呵地道："多谢奉告。"

"甭谢了，你快走吧！"陈铁嘴早不耐烦了。

"不忙。"苦瓜往怀里一掏，拿出两枚亮闪闪的银圆，塞在陈铁嘴手里，"给您卦礼。"

"这……"陈铁嘴愣住了，"你怎么还……"

"快收着吧。"苦瓜挤眉弄眼道，"谁活着都不容易，人心都是肉长的，应该将心比心，是吧？"说罢转身而去。

海青连忙跟上，离开人群走了几步才问："他告诉你什么？"

"'春点'，'切'是东，'俏'是走，'围子蔓儿'是姓罗的。老四他们投奔东边罗师傅的戏法场子了。"

"唉！你们这路黑话比外语还难懂。"

"你还会说外国话？"

"我……不会。"海青矢口否认，转而又问，"你在他耳边小声嘀咕一句，他态度立刻变了。你说了什么？"

"十个字，就是他要写的——父母双双不能克伤一位。"

"这句话有何出奇？"

"这叫'八面封'，凡是问父母是否健在，无论对方如何回答，只要写出这十个字，读的时候语气顿挫稍加变化，都能圆上。"

"是吗？"海青不信，"若是被问者父母双全……"

"这样念，'父母双双，不能克伤一位'。自然就是父母双全，一位也不能克伤。"

"如果父亲去世了呢？"

"甭管父亲还是母亲去世，就念'父母双双不能，克伤一位'。就是说父母不可能双全，有一位去世了。"

"那要是都不在了呢？"

"把'一'字声音拉长，'父母双双不能克伤一……位'，死一个不行，要死一块儿死。"

"嘿！一拉长音老两口就都完了，这玩意儿真是骗人！"

"老陈知道我不识字，想拿这招骗人，顺便也让我见识一下他的厉害。殊不知我们行内有位老前辈，年轻时也是金门，后来改行说相声，给我讲过不少相面的把戏。我虽不识字，却记得这句话。刚才我在他耳边一说，他吓一跳，粉笔都掐断了。幸亏还没写出来，若是写完被我当众揭穿，他铁嘴的名号就彻底砸了，以后没法在'三不管'混了。可他已当众打赌，大伙等着看，又不能不写，所以只能把老四他们的下落说出来，把我打发走再写。"

海青撇唇摇头道："真没想到，片刻间你们俩斗了这么多心眼儿。既然你已经把他逼得没辙了，为什么还给他钱？"

"面子上我赢了，那两块钱是我送给他的。"苦瓜忽而流露出一丝伤感，"莫看陈铁嘴这副模样，当年也曾风光过。人精神，'纲口'也好，每天少说也挣十七八块，吃的是山珍海味，穿的是绫罗绸缎，从他手指头缝里漏下来的钱就够我过日子的。那时我缺吃少穿的，没少沾他的光。后来他就因为吸毒越混越惨，如今一贫如洗妻离子散，还弄了一身病，连换洗的衣服都没有，虽是咎由自取，瞧着也叫人心酸。"

海青却不赞同这种做法："话虽如此，但是你给他钱等于害他，他肯定还去吸毒。"

"我也知道他拿了钱必定还去抽大烟，可又能怎么办？我也没别的办法帮他，他肯定活不长，兴许今年冬天'三不管'就要再多一具冻饿而死的尸体……"

"你们两个小子，站住！"

苦瓜、海青皆是一愣，回头看，陈铁嘴亦步亦趋追上来，刚才的话八成也叫他听见了，两人不禁尴尬。

陈铁嘴走到近前，摘下墨镜——出乎海青意料，墨镜后面是一双浑浊空洞的眼睛，目光一点儿也不犀利，甚至还透着几分凄婉，眼角爬满了鱼尾纹。他腿脚不灵便，追这几步已有些气喘吁吁："我的话还没说完呢。你们找老四、老五干什么？"

苦瓜踌躇片刻，直截了当地回答道："这是秘密，不能告诉你。"

"好吧，我欠你小子一个人情，不多问了。"陈铁嘴晃了晃那两枚银圆，"但是我得告诉你，老四、老五没在一起，他俩'裂穴'了。"

"裂穴"是指原本在一起的艺人分开，不再合作演出，多半是矛盾导致。苦瓜很意外地道："他们合作多年，就算'折了大梁'，一起转投别的场子也不成问题，为何分开？"

陈铁嘴苦笑："你有秘密，他们也有，有些事不便对外人言，我也是离他近才知道。其实就算王三不死，他们也要'裂穴'。王三早有散伙的念头，他这一死，剩下那俩小子就更无顾忌了。老五先走的，那是大前天的晚上，他还带走了所有道具家当，鬼鬼祟祟，不知跑哪儿去了。老四没办法，只好投奔戏法罗。"

苦瓜又吃一惊——说是三个人一起干，观众捧的是"戏法王"。王三是老板，所有道具物件都是他的，按理说他死后东西该归还他家里人，就算老四、老五继续用，也该给王三家里送笔钱。怎么老五丧了良心，自己把东西卷跑，还抛下老四不管呢？老五一向规矩，不像这种人啊！苦瓜想不通，又追问道："你话里有话，他们三个人究竟出了什么岔子？"

陈铁嘴摆摆手道："我跟他们共处多年，交情比跟你厚，不想背后议论人，你自己问他们吧。见了老四顺便帮我带个话，叫他好好干，千万别走邪路，本本分分作艺，若是落到我这地步就晚啦！"说到这儿他眼中竟隐隐有泪光，"你小子说得没错，我这辈子彻底毁了，早已是行尸走肉，活一天算一天，早晚得横尸街头喂野狗。你给我钱是可怜我，谢谢你。"说罢又戴上那副墨镜，踉跄着回到卦摊，拱肩缩背继续在石板上写字。

海青喟叹："我原本以为他是个身染毒瘾无可救药的江湖骗子，没想到还挺有人情味儿。看来还是那句名言说得好，'定义某样东西，你就限制了它的其他可能'。"

"什么乱七八糟的？听不懂，这话谁说的？"

"王尔德。"

"没听说过，我就知道王瑶卿。"

"呃……差不多，这两人倒都是戏剧方面的专家。"

苦瓜懒得扯别的，道："原来老四、老五闹翻了，我还蒙在鼓里呢。真侥幸！要不是我给了钱，这些话老陈肯定不会说，这次他帮了咱们一个大忙。"

"你是说王三之死和他们兄弟'裂穴'有关系？"

"那倒不一定，但至少我抓住了老四、老五的把柄。"

"把柄？你什么意思？"

"刚才我还发愁，见了老四说什么，平白无故问王三的事，必定引起他怀疑，他未必会实言相告。现在好办了，老陈把'裂穴'的事告诉咱，不愁老四不说实话。"

"哦？你打算怎么问他？"

"嘿嘿嘿。"苦瓜一阵坏笑，"一会儿你就知道了。"

沉舟侧畔千帆过，病树前头万木春。快手王死于非命买卖散伙，而在"三不管"另一侧，罗师傅的买卖正如火如荼。不但十几张板凳坐满了人，更有许多没座位的看客，抻着脖、踮着脚也要张望。之所以这么红火，一是罗师傅技艺精湛，有不少绝活儿；二是他"撂地"的场子位置好，可谓龙虎之地。

这片场子虽然不大，却在两座建筑的夹角当中，左边是一家规模不小的饭馆，右边是电影园子，周围还聚集许多卖小吃的商贩。游客到此边吃零食边看节目，等电影的也来瞧热闹，酒足饭饱的也能在这儿醒醒酒、消消食，自然是从早到晚人流不断。大部分艺人费尽心机"圆粘儿"，唯恐观众不来，唯独罗师傅每天散场时要一再作揖，劝观众们回家。同样因为位于夹角，布置也省事，用一条写着"戏法罗"三个大字的黑色幕帐在两堵墙之间斜着一拦，帐子外是前台，里面是后台——彩门后台的私密性尤为重要，一旦被人瞧破机关，戏法就不神秘了，所以既要防备好奇的观众，更要提防同行来"摞叶子"[1]。

苦瓜和海青一路走来，离着老远就听见一阵阵的笑声和喝彩声，费了好大力气才挤进人群，只见幕帐前有两个穿大褂的中年艺人正在表演，你一句我一句。

一人说："我逛花园。"

另一人道："我花园逛。"

"我是牡丹花。"

"我是花牡丹。"

"我是芍药花。"

"我是花芍药。"

"我是茉莉花。"

"我是花茉莉。"

"我是狗尾巴花。"

"我是花尾巴狗……我呀？你别挨骂啦！"

观众笑声不断，海青大感不解地道："咦？这是《反正话》呀！变戏法的怎么也说相声？"

"这你就不懂了。"苦瓜娓娓道来，"早年间的江湖艺人说、学、逗、唱、耍、弹、变、练，各种技艺都掌握，后来才分出各门。变戏法、唱单弦与相声本是同源，连我们祖师爷朱绍文年轻时还曾拜八角鼓

1　摞叶子，江湖春点，指偷学技艺。

艺人张三禄为师呢！至今相声门收徒弟，必须请戏法艺人、单弦艺人见证，这就是门户间的情谊。许多相声段子我们也演，他们也演，但是他们的段子不铺不垫，只有包袱没有情节。其实也不止我们这三门，一切'撂地'的技艺都有笑料。"

"为什么？"

"因为大家来看玩意儿就为图个乐。就算有再高的本领，不能给人带来欢乐也是留不住观众的！这就叫'万象归春'。"

海青不住地点头道："有道理……欸，他俩谁是戏法罗？"

"都不是，罗师傅年岁不轻了，连徒弟、子侄也都安窑立柜了，这俩是他的伙计。"

《反正话》演完，两人向观众作揖，另有一人抱着一张小方桌走到圈子中央，苦瓜捅了海青一下道："他就是老四！"

海青仔细打量，老四大概二十出头，剃着黢青头皮，穿一件毛蓝布大褂，身材不高，相貌白净，略有些鹰钩鼻。他虽然嘴上笑呵呵的，但二目无神，仿佛很疲劳还在强自支撑。他搬来的桌子上放着两个绿瓷碗、三个红球以及一根小木棍儿。他用这些道具耍起"三仙归洞"的把戏，一会儿球在左边碗里，一会儿到了右边，手法熟练至极，他还时常停下问观众道："你们猜，左边还是右边？"观众却不怎么响应——这种戏法很普遍，或许在别的地方演还行，可在天津"三不管"毫不新鲜，观众都看腻了。

海青也很诧异地道："他就这点儿本事？"

"不，老四的本事虽不及王三，却也有几手绝活。但他刚投到戏法罗的场子，用我们的话说这叫'投胎认母'，必须从最不起眼的活儿干起。你注意到没有，刚才说《反正话》的那俩人退到帐子后面去了，我猜接下来就该罗师傅上场了。罗师傅八成要演'落活'，就是从身上变出大物件，那俩人到后面帮着罗师傅往身上藏道具，老四这段'三仙归洞'不为挣钱，就是拖延时间让他们做准备。"

"原来这里面有这么多门道……"

话未说完，就听一声锣响，这似乎是后面准备完毕的暗号。老四动作立时加快，两只碗移来移去，同时往桌上一扣，提高嗓门儿道："最后一次啦！你们猜，左边还是右边？"

观众也意识到更精彩的节目就要来了，精神提振不少，许多人高声喊："右边！在右边呢！"老四把右边的碗一翻，什么都没有。立刻有人改口道："左边！我说在左边吧。"老四微微一笑，又把左边的碗翻过来，底下也是空的。大伙正纳闷儿怎么回事，老四忽然捂着腮帮子叫道："哎哟！我牙疼！疼得厉害……"弯下腰对着桌子噗、噗、噗三口——三枚小球竟从他嘴里吐出。

这手完全出乎众人意料，大家连声喝彩，海青拍手赞叹道："果然不一般，能在'三不管'站住脚的人个个有绝活儿。"

老四又是作揖又是跪安，搬起桌子躲开。接着帐帘一掀，一位鹤发童颜的老者从后面缓缓走出，一出来观众就给个碰头彩——这正是大名鼎鼎的戏法罗。那两名伙计一个拿铜锣，一个拿挖单，也跟着走出来。苦瓜赶忙拽海青："快！就趁现在。"

"干什么？"海青还不明白怎么回事呢。

苦瓜揪着他，边走边解释道："找老四问话，一会儿就来不及了。"

"咱们现在'把点开活'？"

"对！这次我一人不行，你得给我'量活'！"

"给你'量活'？"海青第一次被苦瓜主动邀请捧哏，竟有些激动。美滋滋地跟着他挤出人群，顺着墙根摸到帐幕边。

老四到后台放好小桌，擦了擦汗，又抄起敛钱的笸箩，刚一出来就与他俩迎面撞见，便道："苦瓜，你怎么来了？找我有事儿吗？"

苦瓜一点儿不客气，劈头盖脸骂道："你个王八羔子！原来躲这儿来了，可算逮到你啦！"

老四被他骂蒙了，道："逮我？我没招惹你呀！"

"少废话！"苦瓜朝海青一指，"认识这是谁吗？王三哥的侄子，大老远从吴桥来的。"

海青气大了——冒充死者侄子，原来就这么"量活"啊！

"啊？"老四瞟了海青一眼，似乎有点儿怀疑。

苦瓜根本不容他细想，一把薅住他脖领子，嚷道："你和老五怎么回事？三哥死了为什么不通知他家里人？三嫂不放心了，叫侄子辛辛苦苦找来。你们非但不露面，还散了买卖各自躲藏，幸亏他遇见我，若不然还不知道三哥已经死啦！"

老四慌了，赶紧解释道："不不不！你听我说，我不是故意……"

"放屁！"苦瓜一句接一句，"三哥虽然死了，他身上遗留的钱哪儿去了？还有原先你们'撂地'的道具圆笼哪儿去了？全叫你们两个王八蛋私分了吧？那是三哥的，快把钱和东西还给人家。"

海青觉得自己也该说句话，便跟着道："对！把东西给我。"

哪知这句不说还好，一说，老四便发现破绽，便道："你是三哥侄子？口音不对吧？……"

苦瓜岂容他多问？又嚷道："还不认账？我看是你们俩黑了心，把三哥的东西卖了，对不对？"

"你先撒手，听我慢慢解释……"老四边说边往场子中间瞅，唯恐罗师傅发觉他们的争执。

"我早听人议论，三哥想'裂穴'。三哥是厚道人，又用了你们这么多年，无缘无故为什么散伙？肯定你俩干了对不起他的事。"其实苦瓜哪是早听人议论，还是刚从陈铁嘴口中得知。

"撒开！"老四终于挣开苦瓜的手，却不敢跟苦瓜大喊大叫，恳求道，"你别闹，咱有话好商量，我刚投到罗师傅的场子，你这一闹是砸我饭碗呀。"

"那你快说，干了什么亏心事？"

"不是我……"老四把脚一跺，"是老五！老五他'污杵'！"

所谓"污杵"就是偷钱，把卖艺敛的钱瞒着同伴私藏一部分。苦瓜半信半疑，紧紧盯着老四的眼睛："真的？"

"当然是真的。老五'污杵'好几次了，有一次被三哥抓个正着，三哥夯了。正赶上老五媳妇又从乡下来，添了许多挑费，三哥便打算'裂穴'，原想等这月交完了地钱、分完了账，再各奔前程，哪料到三哥不明不白就死了。"

"三哥死的那天晚上你没发现什么异常吗？"

"那天晚上我不在，老五也不在，只有三哥自己睡在棚里。"

"你们去哪儿了？"

"老五陪他媳妇、孩子去了，我……我出去玩了。转天早上是老五先回去的，那会儿已经有人发现三哥死了，警察也到了，三哥身上的钱都叫警察没收了。"

"那你又为什么和老五分开？"

老四急得抓耳挠腮地道："这事儿不怨我，前几天晚上我出去了，老五独自在棚里，给我来了个'卷包会'！他偷偷把棚拆了，所有道具东西都叫他卷跑了。我没办法，这才投奔罗师傅。"

苦瓜阴阳怪气地道："但凡有事儿你就不在，深更半夜的你老往外跑什么？是不是招引匪类？我看三哥就是你串通恶人害死的。"

"不！三哥若是我害死的，叫我天打五雷轰！"老四指天画地赌咒发誓。

"那你出去干什么？"

老四压低声音，有些难为情地道："我赌钱去了。"

"和谁赌钱？"苦瓜一丝一毫不肯放过。

"都是熟人。"

苦瓜猛然提高嗓音问："有没有崔大愣？有没有陈大侠？有没有贾胖子药铺的人？"

"别嚷别嚷。"老四又瞥一眼罗师傅，顾不得思考苦瓜为何单问这几人，战战兢兢地答复，"没他们，我跟那帮老家伙不熟，玩不到一起。耍钱的都是一般大的哥们儿，摔跤的狗子、弹弦的小六、卖栗子的柱子、卖药糖的宝山，还有你们说相声的大头，不信你去问问大头。这些日子我手气差，攒了好几个月的钱都输给他们几个了，尤其柱子赢得多。如今我兜里一个钱都没有，全指望这场买卖，你们别逼我了。"

苦瓜缓口气，扭过头来假装征求海青意见道："你三叔活着时跟他有情义，他如今落到这一步也挺可怜。既然他身上已经没钱了，你就放他一马吧，好不好？"

"嗯。"海青平白无故多个三叔，心里很气恼，却只能点头应允，不敢再说话。

"谢谢，谢谢……"老四惭愧不已。

苦瓜又扭回脸道："现钱不要了，但三哥的东西必须收回。你告诉我们，老五躲到哪儿去了，我们找他算账。"

"老五他……"老四有些迟疑，"我不知道。"

"撒谎！你一定知道！不说？好，咱让罗师傅评评理。"

"别别别！"老四连忙摆手，"我知道，他在……"

这时周围响起一阵震耳欲聋的喝彩，把老四的话湮没了。海青除了相声没关注过别的玩意儿，这会儿受气氛感染也扭脸观看。只见罗师傅不知从哪儿变出个大花盆，盆里还栽着一株盛开的月季。伙计接过花盆放在地上，罗师傅又向前一冲，就地一个前滚翻，站起来时手中已赫然托着一只玻璃鱼缸，里面不仅有半缸水，还有两条金鱼在游呢！一阵更热烈的喝彩声随之而起，海青也忍不住跟着喊了声："好！"刚喊完就觉脚趾一阵剧痛——苦瓜狠狠踩他一脚。海青赶紧回过神儿，又装出一脸怒容，横眉立目瞪着老四。

老四心急如火，一会儿罗师傅就演完了，他得赶紧去敛钱，若耽误买卖，罗师傅照样饶不了他，于是哭着央求道："真的！我没说瞎话。老五在'鸟市'弄了个'腥棚'，知道的我全告诉你们了。你们行行好，饶了我吧。"说罢连连作揖，就差跪下磕头了。

苦瓜也觉得差不多了，板着面孔道："好，我们这就去找老五，若发现有半句假话，还回来找你！"说完领着海青便走，可没走出几步又转回身，"临别奉劝你一句良言，做人把良心摆正！还有，趁早把赌钱的嗜好戒了，若是沦落到陈铁嘴那步田地，后悔就晚了。"

"是是是，我改！我一定改……"老四见他们走远，这才长出一口气。眼看罗师傅的戏法也快演完了，他赶紧抹去眼泪拿笸箩，硬装出一脸笑容向观众敛钱。

两人离开场子一段距离，海青才抱怨道："你怎么说我是王三的侄子呢？你叫他三哥，让我当侄子，这不是占我便宜吗？"

"呸！"苦瓜没好气儿道，"装个侄子都砸锅！我没叫你说话，你别插嘴，不会吴桥口音，一说不就露馅儿了吗？站在那儿东张西望，还跟着喊好，就差直接告诉老四'我是假的'。幸亏他怕罗师傅发觉，若不然咱一句都问不出来。"

"好好好，是我不对，下回我装哑巴……怎么样？你觉得老四说的是实话吗？"

"半真半假。"苦瓜边思考边说，"老四说晚上出去赌钱，肯定是真的。若这话有假，我找大头一问不就知道了？王三的死应该与他无关，至少没有直接关系。至于他说老五'污杵'，这话我一点儿都不信，'污杵'的应该是他。"

"为什么？"

"且不提他俩的人品差别，老四显然是赌博成瘾，一输再输，手头儿很缺钱。而且，你还记得陈铁嘴说的话吗？让我嘱咐老四，别走歪路，可见老陈知道内情，只是给他留面子，没对咱们明说。'污杵'的名声很不好，一旦犯过，人人嫌弃，找谁搭伙谁都不要这样的人。他刚投到新场子，生怕罗师傅知道后赶他走，所以往老五身上推。更重要的是，他明知道老五在哪儿，却不去找老五算账，甚至不想告诉咱，可见他心里有愧，怕老五揭他的老底，所以……你这么直勾勾盯着我干吗？"

"我觉得你说相声屈才了，分析得太对啦！"

"唉！"苦瓜惨笑，"这些乱七八糟的事弄明白有屁用？还是找不到王三和崔大愣、贾胖子有何关联。我们再去找老五问问吧，或许从他口中能诓到有用的消息……你知道'鸟市'吗？"

"没听说过。"

"跟'三不管'差不多，也有许多'撂地'的。你只知道'三不管'，却不知道'鸟市'，来天津不久吧？"

海青笑道："还不到一年半呢。"话一出口身子一僵，笑容顿时凝固——糟糕！苦瓜在摸我的底！

"鸟市"位于天津老城厢东北角，清末时是一块干涸的河滩，许多贫苦无业的人在那儿搭棚居住。民国六年修整河道，拆掉窝棚，河滩被垫高填平，成了空地，因为最早云集在此的都是卖花鸟鱼虫的商贩，故得名"鸟市"。和"三不管"的情况相似，市场引来各种艺人，近年又盖起许多商铺、茶楼、饭馆、戏院，客流日渐增多，买卖日渐兴旺，只是规模比不上"三不管"。

　　苦瓜和海青走到"鸟市"时早过了正午，先找家小店吃饭，这一餐吃的还是面条。可能是奔波半日肚子饿了，这次海青吃得很香，撂下碗后，他提了个问题："老四说老五弄了个'腥棚'，什么是'腥棚'？"

　　苦瓜早吃完了，无精打采地趴在桌上："'腥棚'也属彩门。但跟戏法不同，戏法必须苦练技艺，'腥棚'则完全靠道具，都是稀奇古怪的东西，比如长着两个脑袋的马、六条腿的牛、人头蛇身的美女。艺人把这些怪东西围在棚子里，谁想进去看得给'迎门杵'……"

　　"'迎门杵'是什么？"

　　"就是门票钱。"

　　两个脑袋的马、六条腿的牛、人头蛇身的美女……海青想问，这些东西是真的吗？细一琢磨，"腥"本来就是假，"腥棚"的东西怎么可能是真的，当然都是人工制作。

　　苦瓜却另有心事，喃喃道："老五的本事和老四差不多，人品更比老四强，另找个场子不成问题，为何摆'腥棚'？这路玩意儿挣的是死钱，再怪的东西看两眼就不新鲜了，没个回头客，以他的本事不该沦落到这地步。而且他还不光彩，卷走王三的道具，简直把半辈子的脸面都赔进去了，以后怎么回'三不管'混？这里面必定有事儿。"

　　"兴许他就是凶手。"海青又开始揣测。

　　"你不是怀疑陈大侠吗？怎么又疑心老五？"

　　"他们俩都有可能。"

　　"不大可能。听说王三遇害之日老五曾被警察带走，没过两天又被放出来。警所对我们这帮人的态度你还不了解？既然不拿他顶罪交差，足见他能证明自己的清白。"

"不一定，或许他设了个圈套蒙混过关。现在王三之死的风头已经过去，他不就离开'三不管'了吗？这明显是逃跑。"

苦瓜白了他一眼，欲言又止。

"怎么了？有话直说。"

"我懒得理你！动动脑筋好不好？能离开'三不管'，不就能离开天津吗？他若是凶手，逃到外地岂不更安全？"苦瓜站起身来，"行啦！赶紧走吧，你再耗下去我都困了。大老爷们儿吃碗面这么慢，你是在量面条有多长吗？"

"没你这张臭脸拉得长。"

"你……"苦瓜竟一时接不上话，点点头，"唉！说句掏心窝子的话，有时候我觉得你挺适合说相声的。"

"那你带我'撂地'吧。"

"带你？哼！老和尚看嫁妆。"

"此话怎讲？"

"这辈子休想！"

他们付完面钱出了饭馆，正是下午一点多。热辣辣的太阳顶在头上，两个人顺着"鸟市"大街往前溜达，走得非常慢。苦瓜仔细审视经过的每一家买卖、每一处摊位、每一个行人，寻找老五的踪迹。海青则是纯粹看热闹，但这大中午的没多少热闹可看，而且许多玩意儿他在"三不管"也见过，不再觉得新鲜，眼皮便渐渐有些睁不开，哈欠连连。

"醒醒盹儿！你闭着眼走路容易撞树上。"

"没关系，撞上我就直接抱着树睡。"

"我看见老五了。"

"嗯？"海青立刻清醒，"在哪儿？"

苦瓜朝右前方指去，只见树荫下有个花里胡哨的帐篷，画着些怪异的图案，有人头、蟒蛇、老虎，作画的人水平实在不高，许多图案都辨不出是什么。帐篷旁边还立着块木牌，歪歪扭扭地竖写着"奇观"二字。帐篷的帘垂着，外面站着个中年汉子，身量高大，略有些清瘦，留着络腮胡，穿着粗布短褂，手里拿着两个铁环。

"他是老五？"海青不信，"他比老四岁数大呀。"

"对，老五就是比老四大，咱们……"

"等会儿！"海青拦住话头，"我脑子慢，这话理解不了，老五怎么会比老四大呢？"

苦瓜俩手一摊："五比四大呀！"

"别逗啦！究竟怎么回事？"

"快手王在家行三，名字叫王三，到天津以后同行也习惯称呼他老三，后来他招了个伙计，也就是老四。其实老四不姓四，只是大伙顺着老三往下叫。又过两年他又找了第二个伙计，虽然这第二个伙计比第一个年龄大，但已经有老四了，大伙也叫顺嘴了，所以他就只能屈居老五。"

"哎哟我的妈啊！听得我脑袋疼。我大概懂了，老四、老五是按跟随老三的先后顺序排的。"

"对对对。"苦瓜不耐烦地道，"你很聪明。"

"过奖过奖。"

"那就别磨蹭了，'把点开活'吧。"

"这次别让我冒充侄子了，好不好？"

"行啊。"苦瓜随口答应，朝帐篷走去。

老五神色有些困倦，即便如此，也没去午睡，仍在招揽观众，只要有人从帐篷旁经过他就迎过去道："走过路过别错过，进来一看准保你大吃一惊！三条腿的大姑娘，世间独此一位！进来看看吧。"他边说边摆弄手中的铁环，两个变三个，三个变四个，然后手腕一抖，四个环挂成了一串。行人虽然赞赏他这手本领，却没心思多看，连话都懒得说，摆摆手走开了。老五又开始招揽别人："三条腿的大姑娘，没见过吧？进来开开眼……"

"五哥，是我啊！"苦瓜至少小他十岁，故而以哥相称。

老五这才看清是苦瓜，笑嘻嘻的表情霎时变了，低下头，显得有些羞惭地道："你怎么跑这儿来了？"

"特意来找你。"

"有事儿？"

"嗯，关于三哥的事。"

老五呆立片刻，突然将手里的铁环一摇，又变回两个揣进怀里，红着脸道："也好，我也想找个能说体己话的人聊聊，咱进去说……这位是？"他一扭脸瞧见海青。

苦瓜说瞎话不用打草稿，便道："不是外人，他是三哥的小舅子。"

"呃……是。"海青心中暗骂——等会儿再跟你算账，我怎么又成小舅子啦！

老五的脸更红了："原来是你，以前听三哥念叨过，你在北京天桥跟着……"

"那不是他。"苦瓜见风头不好赶紧改口，"他是三嫂最小的弟弟，在北京一家山货店做学徒的那个。"

"哦哦哦，我没听说过……"

苦瓜故意拍着海青的肩膀介绍道："他特意从北京来天津找三哥，到'三不管'后才知道三哥死了，地儿也散了，幸而遇到陈铁嘴。老陈领着他找到老四，聊了大半天，又让他来这儿找你，可是老四不肯亲自领他过来，老陈又犯了大烟瘾，于是托付给我了。"

说相声讲究铺平垫稳，苦瓜编瞎话也一样，他把来龙去脉编得很细，一切入情入理，又硬拉上老四、老陈作证明，不由得人不信。老五对海青的身份再无半分怀疑，便道："里面请吧。"

海青早等不及了，想看看三条腿的姑娘到底是什么样，忙不迭跟着老五进去。这间帐篷很小，戏法圆笼[1]占了一角，旁边还有一架小炉，火已经熄了，却能闻到一股药的气味。而在另一角有个女孩，看模样也就十三四岁，坐在一口小箱子上，还真是三条腿。女孩上身穿着蓝色布衫，衣服略有点儿大，下身是鲜亮的葱绿色裤子，左右两腿很正常，中间却还有第三条腿，长的也是右脚，三条腿都在活泼地摆动着。

海青瞧第一眼时还颇觉震惊，再瞧第二眼便兴致索然，倒不是看出

1　圆笼，指旧时的圆形大提盒。

什么破绽，而是觉得这宗生意有点儿下作。一个女人胯下长着三条腿，这不免令男人幻想，或许正因为这点才有人愿意花钱来看。

"这是我女儿。"老五直言相告，又对那女孩道，"别抖腿了，他们是爹的朋友，这位你叫……小叔，那位是小舅。"

又是叔又是舅的，怎么还不一样？海青听了想笑，可细一琢磨，正该这么称呼——苦瓜是孤儿，姓什么自己都不知道，老五当然也不知道，直接叫名字又不尊敬，只好让孩子叫小叔。而他自己现在冒充王三的内弟，老五与王三以兄弟相交，他女儿不就该喊小舅吗？连称呼都斟酌得这么细致，看来老五是个很规矩的人！

"小叔！小舅！"女孩爽快地叫了，却坐在箱子上没动。

老五拿两个板凳让他俩坐，却没有第三个了，自己只能蹲在一旁。刚落座，苦瓜就抢先开口，拍着海青的腿道："你来一趟不容易，又是三哥亲戚，按理说该你跟老五谈，可你是学买卖的，不了解'三不管'的事儿，既然这件事托到我头上，我就大包大揽。我来跟老五谈，你先听着，若有不合心意的地方一会儿你再提出来，咱斟酌着办。"

"好。"海青明白——这是怕露馅儿，不叫我说话呀！

苦瓜这才扭过脸来对老五说："其实你心里也有数，咱敞开窗户说亮话吧！来找你有俩缘由，一是问问三哥是怎么死的，有没有什么内情；二是三哥死后遗留的钱和东西哪儿去了，必须还给人家。来之前老四和我们聊了许多，他说你'污杵'，甭管别人怎么想，这话我半点儿也不信。但是趁老四不在偷偷摸摸把东西弄走，确实是你干的，这一点老陈可以做证！情况究竟是怎么回事？我猜你遇到难处了，若不然不会离开'三不管'。这样吧，我的为人五哥您是知道的，不敢说行端履正，好歹没做过什么亏心事，你又是吃百家饭长起来的，对谁都存着一份感恩的心。有什么难处你也说出来，我一手托两家，咱们商量个办法，既要对三哥家里有交代，也得让五哥你日子过得去。怎么样？"

老五皱着眉头从兜里掏出根卷烟，却舍不得点。似乎是仅剩这一根了，他放在鼻子下嗅着，好半天才开口道："是老四叫你们来的？"

"是。"

"他知道我在'鸟市'？"

"是的，他知道。"

"那你想过没有，为什么他不亲自带这位兄弟来？"

苦瓜直言不讳地道："我觉得他心里有愧，他说你'污杵'无凭无据，可能'污杵'的是他。"

"对啊！"老五大叫一声，似是压抑许久终于发泄出来。

苦瓜进一步试探："我听老陈念叨，三哥活着时就想'裂穴'，有没有这回事？是不是跟'污杵'有关？"

"有些事我本不想说，烂在肚里就完了，家丑不可外扬。可是今天三哥的亲人来了，不说也不行了。好吧，我把所有的事原原本本都告诉你们。"老五终于掏出洋火把那根烟点着，然后猛吸一大口，眉头渐渐舒展开，却显得很悲伤，"我给三哥'挎刀'[1]快五年了，老四跟他的年头更长，一直相处得不错，许多人还以为我们是亲兄弟呢。头几年买卖不好干，'三不管'的人欺生，我们也就勉强糊口。三哥说得长志气、长能耐，我们三个人一起下功夫，没黑带白地练，终于攒弄出几手绝的。自前年起不敢说'火穴大转'，总算攒点儿钱了，日子越来越富裕。哪知钱这路玩意儿，一旦来得容易，去得也马虎。就是从那时起老四开始胡来，经常出去赌钱。开始时，三哥没当回事，辛辛苦苦'撂地'一天，晚上就容他消遣吧。哪知老四越玩越大，赌运还不佳，去年冬天把身上所有钱都扔进了'宝局'[2]。"

"哪家'宝局'？"苦瓜这才问了一句。

"不知道，这都是事后提的。年关时眼瞅着要回家，他连过年的钱都没有，这才跟我和三哥说了实话。三哥真仗义，另给他一份钱，让他回家过年，开春回来做买卖再从他挣的里面扣。咳！说是扣回来，其实也是稀里糊涂的事儿，给了他十块扣了不到五块。可是消停了不到两个月，他又手痒，这回倒不去外面赌了，跟柱子、宝山他们哥儿几个推牌

---

1 挎刀，指配角，协助名演员演出。

2 宝局，指旧时赌场，主要以押宝为主。

九。人家都是时玩时不玩的，唯独他……唉！"

苦瓜猜到了，便道："他是穆桂英打天门，一百单八阵，阵阵都有他。"

海青没料到他这时还说俏皮话，强憋住才没笑出来。

"没错！"老五一个劲儿地点头，"而且整夜整夜赌，越赌越输，越输还越赌，再后来就开始'污杵'。其实我和三哥早发现钱不对，但没凭没据的不便把话挑明。结果我们有一次把他抓个正着，他给三哥下跪，求三哥饶他。三哥的脾气你知道，最宽厚不过，更何况当年老四投奔三哥时才多大？简直是看着他长大的，不忍心断情分，又怕声张出去让旁人笑话，只是叫他立誓以后不再犯。"

"又犯了没有？"

"那以后很长时间没犯，但要钱的毛病还是不改。有时趁我们睡着他就溜出去，就算兜里没钱，别人玩他也得站旁边看。要单是这样也罢了，偏赶上我的麻烦来了。"

"怎么回事？"

老五紧皱眉头道："我老婆病了，在乡下找大夫没治好，还花了许多钱。"说着朝女儿一指："丫头乱出主意，伺候她娘来天津找我，说要找个好大夫。哪承想来到这边水土不服，反倒病得更重了，想回家都回不去了。原先我们哥儿几个在棚里凑合，她们娘儿俩一来就不方便了，我只能带着老婆孩子住店。"

苦瓜眼睛一亮问道："哪家店？"

"我能住什么地方！南门外找了一家'老合店'[1]，字号都没有。"

"住那家店的还有什么人？有没有练把式的？"

"没有，倒有几个说相声的，有一天我还瞧见小麻子来串门。"

苦瓜的眼神又暗淡了，有些失望地道："你接着说。"

"我老婆的病不好治，还是托三哥给我找了位名医，吃几服药稍有起色。可是多出两张嘴，又是住店，又是看病，又是买药，刚过端午

1　老合店，江湖人称"老合"，就是专门住宿江湖艺人的旅店。

我那点儿积蓄就花得差不多了。三哥很照顾我，自此每天'掰杵'[1]时都多给我点儿，一个月下来，老四恼了，说我少干活多拿钱。我也确实理亏，闲话就听着呗。可过几天又发现打的杵少了，问老四拿没拿，他不承认，还说三哥偏心眼儿，一碗水端不平。这下三哥火了，说月底就散伙。"

苦瓜有些怀疑地道："五嫂正病着，老四兜里又没积蓄，三哥这么厚道的人，忍心舍你们不管？"

"不是真散伙，是假的！事后三哥偷偷跟我说，老四再这样下去就毁了，得给他个教训。散伙后他兜里没钱，自己干不行，必定投奔别人从头干起，只能拿最少的钱，该让他吃吃苦头。三哥正好趁机会回家，也陪陪老婆孩子。"

"那你怎么办？"

"三哥也早想好了，说等散伙后给我留笔钱，再推荐我去两家园子赶场，演点儿'小抹子活'，反正肯定够我们一家支撑俩月的。等过了中秋，他从吴桥回来再把我和老四找回去，那时老四吃过苦头，毛病就改啦！"

苦瓜由衷地叹道："三哥真是大好人。"

"好是好，可说完这话没几天，三哥就……"老五语带哽咽，说不下去了。

苦瓜也很悲痛，平复一下心情才接着问道："三哥遇害的那天晚上你在棚里吗？"

"不在，我一直和老婆孩子在店里住。那天老四也不在，自从三哥说要散伙，他心里烦闷，天天夜里出去耍钱。"

"是谁最早发现三哥的尸体？"

"巡街的小杨。"

"小梆子？"苦瓜很意外。

"对，此前刚死了个练把式的崔大愣，据说跟三哥一样，脑袋也是

---

1 掰杵，江湖春点，指分钱。

被人敲碎了，所以小梆子巡街很上心。他发现三哥死后立刻报告警所，事有凑巧，警察到时正赶上我'上地'，就把我抓了。"

"你一定受苦了吧？"

"那还用说？要拿我顶罪，多亏我住在店里，店东、伙计还有同住的艺人，做证的人有一大堆，这才不得不放我。原本警察还要抓老四呢！老四脑筋快，赶紧把棚里的钱都孝敬了那帮'鹰爪孙'，这才放过他。经过这场折腾我们俩都身无分文了。"

"三哥是否……与什么人结过怨？"这话苦瓜问着都没底气。

"当然没有！他坑蒙拐骗全不干，吃喝嫖赌都不沾，甭管认识不认识的见谁都笑呵呵，天天推了买卖就在棚里一躺，置下多少钱都送回家，能跟什么人结怨？"

"是啊！"苦瓜早知自己多此一问，"最后三哥这案怎么样呢？"

"还能怎么样？悬着呗。谁能为一个变戏法的追查到底？可怜三哥仗义一辈子，末了葬在乱坟岗子。放我出来的警察说兴许是碰到'打杠子'的了。"所谓"打杠子"是指持棍抢劫，这其中不乏穷凶极恶之徒先把人打死，再掠走财物衣服。

"亏他们说得出口。"苦瓜气得咬牙，"'打杠子'都是在黑灯瞎火的地方，有跑到'三不管'劫道的吗？进到棚子里杀人那还是劫道吗？杀人的没拿钱，反倒便宜了他们……后来呢？你为什么和老四'裂穴'？"

"唉！"老五哀叹一声，"本来我就不够花销，又'折了大梁'，这买卖还怎么干？我实在没辙了。"说着他站起身，出了帐篷把那块写着"奇观"二字的牌子拿来堵在帘外，不叫任何人进来，继而回头对他女儿道，"丫头，把你娘搀出来。"

"是。"女孩应声而起。海青一见险些惊掉下巴——她站起来也是两条腿，而中间那条腿仍跨在那口小箱子上，还在摇晃着，这情景甚是诡异。

老五走过去，父女俩齐动手，掀开了箱盖。原来这不是小箱，而是一口狭长的大箱子，那帐篷角上有个洞，箱子的大半部分在外面，帐篷内只留有小半截，给人造成了错觉。箱子盖一开，老五从里面扶起个破衣烂衫的中年妇女。原来箱子上也有个窟窿，那妇人蜷着身子躺在里面，将右腿从窟窿伸出，她和女孩穿同样的裤子、同样的鞋。再加上女孩的衣襟长，盖住大腿根，往箱上一坐，就像长着三条腿。

海青暗自咂舌——难怪叫"腥棚"，这玩意儿太"腥"啦！

苦瓜赶紧起身道："这就是五嫂吧？兄弟给您见礼。"说着走上前一揖到地，海青也赶紧跟着行礼。

"嗯。"那妇人身形瘦弱，面色姜黄，瞧得出确实有病，再加上在箱子里躺了许久，蜷着的左腿已经麻木，缓不过劲儿来，只能怯生生地答应一声。

老五哽咽着继续说道："三哥死后，我本来该给他家里送个信儿，可我手头没钱，老婆孩子又都在身边，抽不开身，想找个同乡跑一趟，又怕话说不圆全，反倒招惹三嫂误会。我跟老四又硬着头皮一起干了十多天，眼瞅着来看玩意儿的人越来越少，老四又一个劲儿赌，再这样下去迟早喝西北风，弄不好老四输急了还会把三哥的遗物卖掉，所以我起了先下手的念头。我跟老四说，住店的钱不够了，想把老婆孩子接到棚里住，他也没当回事。那天晚上散了买卖他又去耍，等他一走我们三口就把棚拆了，事先还联系好当铺和一个赶大车的，当的当拉的拉，跑到'鸟市'改头换面弄了这个'腥棚'。"

"你这不是糊涂吗？"苦瓜听了又气又怜，"有什么困难你跟哥们儿说，大家周济你，你这一走岂不把半辈子的脸面都丢尽了？"

"我没办法呀！"老五噙着的眼泪终于落下来，"你以为我没找大伙借钱吗？大头、宝山、柱子都帮过我。老婆病着，我求医问药也搭了不少人情，同仁堂、达仁堂的药材地道，我消受得起吗？配了没几回就吃不起了，后来就在咱'三不管'找家小药铺抓药……"

苦瓜、海青皆是一怔，异口同声问："哪家药铺？"

老五说出了那个他们期待已久的字号："逊德堂。"

帐篷内一时寂静，隔了半晌苦瓜才道："贾胖子的药大半是假的，他坑你了？"

"没有，贾掌柜给我的都是好药。"老五很郑重地称呼贾胖子为贾掌柜，似乎很恭敬，"我拿着方子到柜上找他，把难处一五一十都跟他说了，求他帮帮忙。他让我隔天再去，等第三天我去时他已经把十服药配齐了，还说有几味药他柜上是'腥'的，所以临时从别的药铺弄了点儿，都是地道东西，叫我放心用。而且他只收本钱，一个子儿都没赚我的。"

　　"贾胖子总算办件漂亮事儿！还是有义气的。"苦瓜又问，"是三哥领你去找的他？"

　　"不是，怎好事事麻烦三哥？我自己去的。"

　　"那你找贾胖子时还有没有别人在场？"

　　"没有，这是脑袋朝下求人的事儿，我怎好意思同着别人？我欠了许多人情，还不上，日子也过不下去了，只能灰溜溜地离开'三不管'。三哥那些东西，不要紧的桌子、箱子、衣服都叫我当掉换钱了。至于那些有门子的道具，都是三哥的心血，我一件都没卖，还在圆笼里放着，就等三哥的家人来取……"说到这儿他身子一扭，给海青跪下。

　　"这是干吗？"海青赶紧双手相搀，"你起来。"

　　老五却不肯起，边哭边诉道："我对不起三哥！也对不起你！害你找到这儿来。可我实在没办法，但凡混得下去也不能让老婆闺女干这个！当掉的东西赎不回了，现在兜里还有六百铜子儿、三块钱钞票，这些钱连剩下的东西你都拿走吧，回去跟三嫂说，老五没脸再见她，在这儿给她磕头赔罪……"话未说完已泣不成声，头磕得山响，一旁的老婆孩子也跟着抹眼泪。

　　海青生平第一次见到有人向他磕头赔罪，还是五尺高的汉子，心中甚是酸楚。他也不知不觉进入角色道："五哥！我把钱和东西都拿走，你们怎么办？"

　　老五把牙一咬道："车到山前必有路，大不了拉杆要饭，这也是我该遭的报应！不能一错再错。"

　　"唉！"海青解开衣襟，从怀里掏出钱袋，从里面抓了一把钱塞在兜里，剩下的往箱子上一倒——哗啦啦！少说有三十块，都是银圆。

"这……"莫说老五，连苦瓜都看傻了。

"五哥。"海青叫得很亲热，"这钱你收下。"

老五眼泪都惊回去了："不行！我已经对不起三哥了，怎能再拿你的钱？你在北京学买卖也不容易，多少年才能攒这些钱？"

海青和颜悦色地道："您说这话就远了，我姐夫虽然死了，咱这么多年的交情不能断。这钱你只管收着，欠谁的赶紧还，当掉的东西赎回来，剩下的也足够你们过一阵子。别在帐篷里委屈了，搬回店里住，给五嫂买点儿好吃的，过一阵子等她病好，你也另找个场子好好干，日子不就缓过来了吗？我还要回北京，带着东西也不方便，倒不如年关的时候你回吴桥，亲自把东西还给我姐姐，把这边的事向她解释清楚，将来还得把姐夫迁回家乡入土为安呢！"

"这、这……"老五又羞又愧，又庆幸又感激，嘴唇不住地哆嗦，眼泪如断线的珠子般簌簌而落。

苦瓜没料到海青会这样办，自己花钱做了别人的人情，半天才回过神儿，跟着道："五哥，你就收下吧，反正不是外人给的。咱们都是好兄弟，等你日子缓过来还回'三不管'，丢了的面子还得找回来！"说罢领着海青走出帐篷。

老五浑身颤抖，不住朝天叩拜道："三哥！我不知哪辈子修的福，结识您这一家人！您活着时照应兄弟，死了也一样保佑！老五这辈子感恩不忘，自今以后您爹娘我生养死葬，嫂子有事我竭力承担，您儿子闺女我好好照顾，您就是我亲哥哥……"

下午三点，"鸟市"又热闹起来，推车的、挑担的、摆摊儿的、遛弯儿的，各种吆喝此起彼伏，鸟啼虫鸣不绝于耳，游客行人有说有笑。然而苦瓜和海青还沉寂在感伤中，俩人默默走了半趟街，最后还是苦瓜打破沉默道："你挺让我意外的，不光操心甜姐儿，对旁人也不错，还真是个善良人。"

"善良不善良的不敢说，我最见不得人哭，更何况沾亲带故……"他斜了苦瓜一眼，"谁让我是小舅子呢？"

“委屈你了。”苦瓜这才觉得有点儿不好意思，“你这么善良，搞得我都有点儿舍不得了。”

“舍不得什么？”

“舍不得……没什么。”苦瓜把后面的话咽回去了——舍不得失去你这个朋友。

“我瞧你也是刀子嘴豆腐心，你不也给了陈铁嘴两块银圆吗？”

“是啊，照这样查案咱俩非倾家荡产不可。”

“放心吧，不至于。”海青总算露出一丝笑意，“好在不虚此行，总算找到王三和贾胖子的联系了。”

“或许吧。”

“王三和崔大愣都找贾胖子买过药，这是事实。”

“找贾胖子买药的是老五，不是王三。”苦瓜纠正道，“而且老五买的是真药，并没有受骗，这事儿很容易核实。”

“但至少证明他们和贾胖子有来往，真像你早晨预想的那样，问题的关键在贾胖子身上。”

“不！和我预想的完全不一样。我原以为其中有什么见不得人的勾当，可就目前我们查到的，什么都没有，仅仅是买药卖药而已。贾胖子做过什么？他不过是卖给沙二爸一些陈年的香料，卖给崔大愣一些残次膏药，说穿了就是贪点儿小便宜。老五诚心诚意地去求他，他也慷慨地帮忙。到现在我都开始疑心，贾胖子真会做出什么足以招来杀身之祸的事吗？”

苦瓜提出一种设想道：“或许是这批药本身出了问题。我就听说过一个故事，有个罪犯遭警察追捕，情急之下把偷来的珍珠藏在几座刚雕刻完还未晾干的石膏像里。后来他从监狱放出来想拿回珍珠，但那几座石膏像已被不同的人买走，于是他潜入这些人家中砸毁石膏像，寻找……”

“所以呢？你的意思是说我们应该回逊德堂翻翻他们的麻包，看看那些药材里有没有埋着财宝、军火、烟土之类的东西？”

“呃……好像有点儿太离奇。”苦瓜突然猛抓自己的头皮，“这故事攮弄成段子都不成，连个包袱都没有。说真的，我都快烦死啦！咱们辛辛苦苦查了一天，有什么收获？几乎什么都没发现，弄清的全是鸡毛蒜皮的小事，这有什么用？根本扯不到杀人放火的事情上。"

海青见他这般苦恼，也不知如何是好，只能宽慰道："或许现在看是鸡毛蒜皮，等事情水落石出就会发现很重要。"

"但愿如你所言。"苦瓜掐了掐眉心，"今天就到此为止吧，我为了挖坟一宿没睡，快撑不住了。明天咱再查崔大愣的事。"

"我也累啊。"海青打个哈欠，"天不亮就从家溜达出来。"

"得！咱们各回各家各找各妈。"

"我母亲在我很小的时候就去世了。"

苦瓜没料到这话会揭他伤疤，忙遮掩道："那就找爸爸。"

哪知海青目光愈加忧郁："我父亲也没有了。"

苦瓜很尴尬，只好强笑道："不过是句俏皮话，我就随口一说，其实我不也是没爹没娘吗？至少你还有个姓，我连自己姓什么都不知道。"说话间已走出"鸟市"，"离我住的地方不远，咱就在这儿分手吧。"

"你……"

"别问我住什么地方，不会告诉你的。"

"好吧，再见。"海青点点头，"明天一早还在老地方碰面，你可别单独行动。"

"放心吧，你是东家。"苦瓜摆摆手，头也不回地过了马路，似是怕海青尾随，很快就消失在来往的人流中。

海青独自向南行，只走了两个路口，刚到"官银号"就有点儿迈不开腿了——以他的身份出门很少步行。他今天凌晨就出来了，又跟着苦瓜转悠大半日，实是破天荒，两腿早就累得生疼。

所谓官银号，是清朝后期政府为推行钞票设立的钱庄，其中规模最大的就是天津老城厢东北角的直隶官银号。虽然时过境迁步入民国，市民还是习惯用"官银号"指代这片地区。由于地处"三不管"和"鸟市"之间，又临近租界，这一带商铺林立、市井繁华，有达仁堂药店、商务印书馆、华盛顿钟表行、正兴德茶庄等大商家。这里交通也十分便利，不仅有电车，路口还有许多等活儿的洋车，而且车夫都穿着好几道杠的号坎，能去各国租界。海青一步也不想走了，赶紧招手道："洋车！"

立刻有个车夫过来："您……"话没出口愣住了——瞧这一身破衣服，脏兮兮的，出得起车钱吗？

"看什么？嫌我穷？"海青一挑眉毛，"我有的是钱。"说着从兜里掏出剩下的那把洋钱晃了晃。

"哦，真人不露相，您请。"

海青一屁股坐在车上，可算舒坦了，道："去英租界，我给一块钱。"

"好嘞！"拉车的高兴了，攥着车把一路小跑，向南而去。

海青倚在座上哈欠连连，想打个瞌睡，可不知为何迷迷糊糊总感觉气氛不对，仿佛正有个目光盯着自己，耳畔也有脚步声。他猛然坐起，左右瞻顾一番，并没什么异样的行人。他又探头探脑向后张望，一切似乎都很正常，后面只是另有辆洋车，而且没拉人，是空的。

但海青还是不敢掉以轻心——那小子原本是飞贼，若要躲藏再容易不过，难道他想摸清我的住址？

"停一下！"他大叫一声。

拉车的吓一跳，赶忙刹住脚步道："您怎么了？"

"我想去稻香村南味店买点儿酥鱼、叉烧，回家孝敬爹娘，麻烦你绕一圈吧！我多给钱。"

"嘿！您是大孝子。"拉车的恭维了一句，掉转车头向东而去。

第五章
混着呗

沈海青从梦中醒来，早已天光大亮。他猛地从弹簧床上坐起，看了一眼床头柜上的座钟——八点半。

糟糕！睡过头了。他赶紧起床，从橡木衣柜中取出真丝衬衫，匆匆忙忙地穿上，系了两颗纽扣才意识到不对，赶紧脱下来，又从床底下拿出另一套衣服。

这身灰布大褂和蓝布裤子是跟仆人借的，本来就很旧，又半个多月没洗，早就有异味了。可是没办法，寻遍整个公馆也找不到第二套这样的破衣服了。海青只能硬着头皮穿上，又蹬上满是污垢的旧布鞋。来不及洗漱了，这令他感到郁闷。他皱着眉头走出卧室，蹑手蹑脚走下楼梯，生怕发出半点儿声响。幸好管家老吴不在，他赶紧从门厅蹿进厨房，见橱柜上放着一杯牛奶，端起来一饮而尽。他又从烤炉下面抓了一把炉灰，均匀地抹在脸上，使面色显得惨淡难看，又戴上墨镜遮住双目，以防附近邻居认出他来，随即溜出后门。

英租界的爱丁堡道总是静悄悄的，由于刚开发不久，这里除了别墅洋房还没有其他建筑。海青一路小跑，过了半趟街才遇见一辆洋车，忙伸手拦住，坐在车上就在想——昨天苦瓜是不是跟踪我了？这钟点还不去，苦瓜会不会独自行动？我们之间的信任还能维系多久？

到"三不管"时差不多九点半，他摘下墨镜，小心翼翼地揣到怀里，付完车钱快步走进市场。这钟点"三不管"已经很热闹了，各种"撂地"的都开始表演了，意外的是，苦瓜竟然还在树下等他。

"我来迟了，昨天……"

苦瓜把手一抬，示意别说话。他这才发现，苦瓜正专心致志地注视着逊德堂方向。在监视什么人吗？海青不便多问，也跟着往那边看。没多大工夫，只见从药铺走出个陌生人——身材健硕，马子盖的披肩发，浓眉大眼相貌英俊，衣着却很怪异。一件黑洋绉的短褂披在身上，没系纽襻敞着怀，露出胸口青黢黢的文身。他的腰上围着白色裆包，黑裤子扎着白绑腿，那腿带子鼓鼓囊囊，似乎里面掖着匕首，脚下是一双蓝布鞋。这双鞋明明很新，他却不好好穿，偏要趿拉着走。

海青按捺住好奇，直等到那家伙走远才问道："他是谁？"

苦瓜的回答意味深长："半熟脸，具体名字一时想不起，但他肯定是张记饺子馆的人。"

"勤行？"海青不信，"我瞧他打扮怪异，像个流氓混混儿。"

"就是混混儿！那家店明为饭馆，其实是'锅伙'。"

"锅伙"是天津特有的流氓组织，顾名思义就是大伙在一口锅里混饭吃。据说流氓混混儿原本托生于反清的社团，洪门、青帮、理教都以反清复明为目标，所谓"白藕青叶红莲花，三教原本是一家"，其中也不乏投身辛亥革命的志士。然而随着清廷垮台、军阀混战，这些帮会为了维持生计逐渐沦为恶势力，尤其在天津这个码头城市，商业发达人口众多，三教九流五行八作，帮会渐渐与乞丐游民、地痞无赖甚至某些商会融为一体，把持赌场、粮栈、妓院等生意，形成一个个"锅伙"，大到数百人，小的也有几十人。这些人划定各自的势力范围，时常殴斗争夺地盘。由于时局混乱，政府没精力处置，加之各派军阀较力，谁也不愿意把这些混混儿推到敌方阵营，所以放任不管，有时甚至还主动利用他们。如今奉系军阀褚玉璞掌控天津，任命青帮头子厉大森为直隶军警督察处处长，连监督军警的官员本身都是黑道出身，还能指望他们铲除"锅伙"？

苦瓜的话启发了海青，他又想起昨天沙掌柜所说，"顺义斋既不昧着良心弄虚作假，也不招引匪类欺压良善"，此刻才明白，原来"三不管"真有一家招引匪类欺压良善的饭馆，随即灵光一闪道："对啊！咱怎么没想到，混迹'三不管'的不光是艺人，还有'锅伙'。那些流氓混混儿整日打打杀杀，贾胖子等人很可能是他们害的。"

听了这个猜测，苦瓜觉得好笑，道："混混儿杀人不必深更半夜，光天化日就干，他们还恨不得威名远扬呢。只要事先跟官面上疏通好，事后再有个人出来抵命就行。再说杀贾胖子等人并无好处，那不是砸他们自己的饭碗吗？"

"此话怎讲？"海青不理解。

"混混儿的勾当说穿了就是欺行霸市。靠山吃山，靠水吃水，靠人就吃人。码头的混混儿吃的是'脚行'[1]，赌场的混混儿吃的是利钱，'三不管'的混混儿吃的就是商铺和艺人。实话告诉你，我们这些在'三不管'谋生的人都向'锅伙'交钱。商铺不给钱，他们就天天上门滋事，叫你干不下去。艺人不给钱，他们连打带骂，把你赶出'三不管'。别以为我们'撂地'不花本钱，其实每块地、每座茶棚都得给钱，而且按地段大小优劣分出三六九等，比如田家父女那茶摊，又小又偏僻，每月交不了几个钱；而罗师傅那块，堪称龙虎之地，虽然他挣钱很多，交的地钱也多，甚至连板凳也有租金。如今在'三不管'南边这块，最有势力的'寨主'是……"

"'寨主'又是什么？"

"'锅伙'的头子自称'寨主'。"

海青觉得可笑："听着怎么像山大王啊！"

"哼！跟山大王有什么两样？只是不在山里罢了。这片地区的'寨主'姓张，排行老七，人称张七爷，也就是张记饺子馆的老板。此人年轻时是勤行出身，狡猾机敏胆大妄为，结交了不少帮会的人，后来又给一个大流氓递了门生帖，立了自家'锅伙'。因为心黑手辣敢打敢拼，

1　脚行，指搬运工。

近年越混越厉害，以饭馆为幌子招揽了不少混混儿，接连吞掉其他几个'锅伙'，现在俨然遮了'三不管'的半边天。我们这边的艺人自然都向他交钱。你说他杀贾胖子、王三这些人干什么？不想继续收钱了？就算这些人无意中得罪了他，赶出'三不管'也就是了，还至于要他们的性命吗？混混儿讲究的是好勇斗狠，杀几个卖假药的、变戏法的有何露脸？传扬出去岂不叫别的'锅伙'笑话？"

海青迷惑了："那你觉得'锅伙'的人去逊德堂干什么？"

"不知道，但我猜与着火有关……"苦瓜一撇嘴，"走！咱去问问宝子他们，顺便核实一下老五买药的事。"

此时的逊德堂只能用"落魄"二字形容，烧塌的半边房子依旧扔着没人管。地摊也不摆了，门前堆着垃圾，甚至门板也只摘下半扇。当苦瓜和海青一前一后走进去时，见厅堂乱糟糟的，满地是锅碗瓢盆之类的杂物，李长福正倚在栏柜上拨弄算盘，宝子和顺子协力将一口水缸往外搬。

"嚯！要改行开饭馆吗？"苦瓜开了句玩笑。

"别寒碜我们啦！"顺子苦笑，"我们三个饿鬼自己都没得吃，还开饭馆？这是要卖抄家货啊。"说着他和宝子将水缸平平稳稳地放在厅上，又回后面堆房拿别的东西。

苦瓜往栏柜边一靠道："刚才我见七爷的人从这儿出来，什么事？"

宝子擦擦汗回道："替房东传话，赶我们走。"

"走？"苦瓜不大相信，"这一案不追究了？"

"昨晚听小梆子说，我们没事儿了，警所也不打算再抓长福，至于别人……不清楚。"显然宝子已从小梆子口中得知甜姐儿被救走了。

"房东没找你们要赔偿？"

"没有，可能人家也知道我们三个倒霉蛋没钱，做个顺水人情。但是要扣留店里的货品、家具作抵偿。其他没用的东西限期三天清理，到第四天早上交钥匙走人。"

"三天？这么快？"

"快点儿也好，实在撑不下去了。幸亏在掌柜的铺板底下发现一根假虎骨，倒给别家卖假药的换些钱，若不然我们都得喝西北风。"

苦瓜有些疑惑："你们的房东是什么人？"

"不清楚，谁都没见过。"宝子没好气儿地道，"咱这边的事你又不是不知道，一切都是张七爷包办，凡是商洽租房一律由他居中作保，简直是隔山买老牛。房租也是张七爷代收，每月租金他先抽走一成，剩下的给房东，反过来还叫我们孝敬他钱。吃完了房东吃租户，撒着尿擦鼻子——两头掐！真黑啊！"

海青不解，插嘴问道："他怎么敢欺房主，这是人家的产业啊！"

宝子冷笑："房子确实是人家的，可谁让它偏偏盖在'三不管'呢？张老七是此地一霸，你不给他一成租金，他就天天捣乱，叫你这房子永远租不出去。"

"就不能治治他吗？"

"怎么治？连警所都睁一眼闭一眼，谁治得了他？除非哪个阔主儿把'三不管'的地都买下来，不准再卖艺，彻底断了张老七的根基，他也就混不下去了。可那样的话，大伙的饭碗也都砸了，谁都不好过。"

这时顺子抱着一堆茶壶、饭碗从后面堆房出来，往栏柜上一放，问长福道："你真磨蹭！到底算清楚没有？"

长福把算盘一撂，无精打采地道："幸亏有那根虎骨，刨去这几天的开销还剩十一块，另有二百五十三个铜子儿。明天把这些乱七八糟的东西送到当铺，兴许还能换两块，咱们每人能分四块多。"看来他们打算把能卖的东西都卖掉，分钱走人。

宝子叹道："这点儿钱不多，离开这里，衣食住行都是挑费，沙二爸答应给我和顺子找活儿，唯独你没着落。这样吧，我们俩每人拿三块，剩下的全归你。"

长福也不推辞道："谢谢二位好兄弟，哥哥不多说什么了，大恩大德容图后报。"

"容图后报？怎么报？"顺子说话很直，"你犯案出来的，家乡回不去，日后打算什么办？"

"唉！"长福绝望地哀叹一声，"到时候再说吧，大不了再找家药铺接着混，实在混不下去，那就……"话说一半戛然而止，或许他自己也不知混不下去该怎么办。

海青跟他也算熟识了，想安慰他几句，却觉得无话可说。他觉得像李长福这样年过而立背井离乡又没什么出众本领的老实人，似乎也只能低三下四混日子，过一天算一天，说不准什么时候就会从"三不管"永远消失。

宝子环顾厅堂不禁伤感道："要说在这药铺的日子，又苦又累，吃不好，穿不好，一旦分离还真舍不得。将军不下马，各自奔前程，以后咱再想重聚不容易了，若不是缺钱，真该打酒买肉一醉方休。"

顺子一拍大腿道："依我说，管他什么让卖不让卖，明儿一早我就把当铺的人找来，把这屋里的桌椅板凳、栏柜药柜全卖掉，拿了钱好好吃一顿。"

"你别惹祸！四天头上房东来验收，见满屋的家具没了，怎么跟人交代？"

"交代？哥哥你真老实，吃完喝完一抹嘴，咱就卷铺盖跑，还等他第四天来？"

"胡闹！"宝子比他看得长远，"张七爷的人盯着，往哪儿跑？再说沙二爸给咱找的差事不要了？"

顺子搔了搔头皮："你说得也对……这样吧，我再看看有什么零碎东西可卖。刚才我在水缸后头发现一包膏药，不知是什么时候掉那儿的，大概有二十贴，应该是真货，就是放的时间长了有点儿硬，在火上烤烤兴许还能卖。"

苦瓜正愁搭不上话，一听他提到膏药，赶紧插嘴道："能不能卖给陈大侠？"

"得了吧！"顺子一吐舌头，"陈爷不拿棍子打我们就算赏脸。"

苦瓜故作懵懂："怎么回事？你们跟他有恩怨？"

"咳！前人撒土迷了后人眼，这还是掌柜活着时结的怨。月初陈爷来过一趟，让掌柜的趸他点儿膏药……"

"什么？"这次苦瓜是真的惊讶，"他亲自来的？"

"是啊。"

"当时就把膏药拿走了？"

"好像是吧……"顺子马马虎虎记不清。

"没有。"宝子却记得很清楚，不紧不慢接过话茬儿，"陈爷的买卖你也知道，他是'挂子行'带'挑汉儿'[1]，会熬膏药，手艺也不比我们掌柜的差。他的意思是万一哪天来不及熬，不够卖的话就从我们店临时趸点儿救急，答应给现钱，提前来打个招呼。"

"后来他买货了吗？"

"不买哪儿来的恩怨？时隔两日他就派伙计崔大愣来了。"

"哦。"苦瓜点头——没错！这就跟沙掌柜的话对上啦！

宝子说到这儿有些烦闷："本来先前陈爷跟掌柜的聊得挺好，俩人在里屋嘀嘀咕咕有说有笑的，哪知崔大愣来进货，掌柜的竟然叫我拿残次品。药是真药，但熬老了，根本粘不住。"

"他要多少？"

"二十贴。"

"只要二十贴？"苦瓜越发惊讶。

"对。"宝子也一脸迷惑，"那天我也不知掌柜的怎么了，明明事先说好的事，非给次品，这不是故意砸人家买卖吗？那崔大愣是个'空子'，根本不懂药，给完钱就拿走了。"

"后来呢？"

"出岔子了呗！转天晚上八点多，陈爷拍门找来了，一开始还和颜悦色，没吵没闹，说已经把崔大愣轰走了，要退货。掌柜的说货已售出，概不退换。三说两说陈爷生气了，把那膏药往地上一扔，气哼哼地走了。"

苦瓜纳闷儿道："陈大侠也不是吃素的，他就罢了不成？"

宝子笑道："不吞这口气又能怎样？陈爷一向声称他的膏药是祖传秘方，叫什么虎骨追风膏。这事若声张出去，大伙知道他是从我们这儿进的货，以后他还怎么卖？我估计掌柜的也是料到他不会声张才敢坑

1　"挂子行"带"挑汉儿"，指打把式带卖膏药。

他，那天陈爷走后，掌柜的还哈哈大笑，说什么道高一尺魔高一丈，螳螂捕蝉黄雀在后……"

"对啊！"顺子突然一拍自己脑袋，"水缸后头那包不就是陈爷扔下的吗？瞧我这记性。"

苦瓜眼睛一亮道："能拿来给我看看吗？"

"那有什么可看？"虽这么说，顺子还是把那包膏药拿了来。

苦瓜接过数了数："一贴也不少，整整二十……这事儿真是越来越蹊跷了。"沉思片刻又转而道："昨天我在'鸟市'碰见变戏法的老五了，他说在你们这儿买过药，还说贾胖子对他有恩，是吗？"

"对。"宝子一口应承，"那是半个多月前，老五一进来就给掌柜的跪下了。掌柜的吓一跳，赶紧把他搀进里屋问怎么回事。当时我们三个还好奇，贴着门偷听。老五说媳妇病了，女儿也来了，又是看病又是住店，钱不够使，还说老四跟他赌气，天天晚上出去赌钱，竟把王三自己甩在棚里。拉拉杂杂说了一堆难处，求我们掌柜的帮忙。这次掌柜的真动心了，答应给他配，柜上没有蛤蚧、蟾酥，特意叫我从天元堂买了几两，总共配了十服，便宜就给老五了，本钱都不够。唉！人心都是肉长的，掌柜的不过爱贪小便宜，其实也是吃软不吃硬，一个大男人跪在面前哀求，他也照样动心。"

苦瓜原本顾忌众人安危，不想泄露调查，但话已说到这份儿上，而且再过三天逊德堂就要散伙，恐怕以后再想问也没机会了，踌躇再三终于直截了当地问道："老五求药那几天，王三哥来过没有？"

"没有。"

"你确定？"

"绝对没有。"宝子一个劲儿地摇头，"其实快手王跟我们掌柜的交情并不深，只是在外面碰见了随便聊几句，我们三个偷闲时也去瞧瞧戏法，可他从没到店里来过。"

"那陈大侠、崔大愣什么时候过来的，有没有碰巧遇见老五？"

"没有，差好几天呢。他们互相之间是否认识都不一定，反正没在我们店里碰过面，老五来拿药时崔大愣已经死了。"说完这话，宝子身子一颤，诧异地看着苦瓜，"你、你该不会怀疑我们掌柜的……和王三、崔大愣一样，也是……"

苦瓜抬手，示意他别往下说，重重地点了点头。

宝子顿时紧张起来，额头渗出一层冷汗，颤颤巍巍地咕哝道："难怪你上次问着火时后门锁没锁，他们三个人要真是死于同一人之手，那真是太可怕了，还会不会有其他人遇害？"

一旁的顺子和长福也惊恐不已，长福本就苍白的大长脸变得更难看了，拿算盘的手微微颤抖。饶是宝子一向胆大，也直喘大气，喃喃地道："三天！再熬三天咱赶紧走……"

迈出药铺时苦瓜一声长叹："完了，看来崔大愣、王三跟贾胖子没什么关联，我又猜错了，现在反倒是你的猜测越来越有道理。"

"你也开始怀疑陈大侠了？"海青竟感到一丝得意。

"岂止怀疑！从一开始就搞不明白，他场子里根本不缺人，为什么还雇崔大愣？再加上膏药这件事，他的举动太不正常了，即便不是杀人凶手，崔大愣之死也必然与他有关。"

"他哪点不正常？"

"等见面后我问过他，你就明白了。"

"走！'把点开活'。"

"别急，陈大侠可不比昨天那些人。他手底下徒弟、伙计众多，硬闯他的场子不是找倒霉吗？何况他是我师父的把兄弟，在事情搞清楚前我总得讲点儿尊卑长幼，等中午散场再说。而且……"苦瓜上上下下打量海青一番，"你穿这身衣服去不行，必须改改装扮。"

"改装扮？"

"你这身衣服太好了。"

"好?!"海青两眼瞪得像包子一样，"我这身破衣服还好？"

"对。我得把你改扮一下，这样我才有借口问他话。你先找个茶摊坐会儿，我给你弄身行头去。"

当海青见到苦瓜给他准备的行头时，险些气歪鼻子——上身是粗布短褂，衣料差点儿不要紧，还又脏又旧，说黄不黄说灰不灰的，都辨不出本来颜色了，还有一股霉臭味，离着老远就能闻见。下身是蓝色的土布缅裆裤，也脏兮兮的，膝盖还打着两块补丁。还有一双千层底的靸鞋，左脚那只鞋帮子缺了一块，右脚那只鞋面开绽。今早他还嫌自己的衣服太脏太破，可跟这身比起来就是绫罗绸缎。

"我、我跟你有什么深仇大恨，你这么作践我！"海青简直想破口大骂。

苦瓜一本正经道："别瞧不起这套衣服，我费了老大功夫才搞来。这裤子是我前几年穿的，因为旧了甜姐儿要撕了当抹布，幸亏我拦住了。这鞋是陈大头的，在铺底下扔了两年多，我趴地上用扫帚扒拉了半天才钩出来。最难得的就是这身褂子，是找小麻子借的，平常他都舍不得穿，只有特殊的时候才披上……"

"演什么节目时穿？"

"不，下雨天出去上茅厕的时候。"

"咳！你可太缺德啦！"

"您就委屈点儿吧。"苦瓜边说边拍打衣服上的尘土，"穿一会儿就脱，这不就是演戏吗？"

"我演什么？《打侄上坟》的陈大官，还是《豆汁记》的莫稽？您能给我找个好角色吗？我要是……别拍啦！土都迷眼了，这上头有没有虱子呀？"

"没准儿还真有，你穿不穿？"苦瓜把脸一沉，"你要是嫌脏就别去了，我另想办法。"

"唉！谁叫我贱骨头呢，"海青把牙一咬，"拿过来吧！"

俩人找个僻静处，海青把衣服脱了，捏着鼻子把这套行头换上，正发愁没有合适的腰带。也不知苦瓜从哪儿找来根麻绳，二话不说就给他围上了，又把他原先的鞋和裤子用大褂兜起来卷成团，两只袖子一系，成了个小包袱，给他挎在肩上道："我得给你说说戏。从现在开始你就是崔大愣的表弟了，俗话说得好，姑表亲辈辈亲，砸断了骨头还连着筋。你因为家乡闹灾来天津找大愣哥，想让他帮忙找个饭门，一路风餐露宿没少遭罪，好不容易来到'三不管'，听说表哥死了，你好比万丈高楼一脚踩空，扬子江心断缆崩舟，好一似凉水浇头，怀里抱着冰！"

"我要唱《杜十娘》？"

"呃……跟杜十娘被抛弃的感觉差不多。你绝望了，吓傻了，不知所措了，正在上天无路入地无门的时候遇见我。虽然初次相逢，但是我乐于助人、大仁大义、侠骨柔肠、路见不平……"

"你说这话自己信吗？"

"反正我瞧你可怜，所以领你去找陈大侠，问问崔大愣之死到底是怎么回事。"

"明白了。"海青有点儿为难，"演这个倒可以，但我不会崔大愣的口音，别又露馅儿。"

"没关系，我跟陈大侠交涉，不用你说话。"

海青气大了，道："不用我说话，你给我编这么详细干吗？"

"你得投入感情才能演得像。"

"嘿！你还是斯坦尼斯拉夫斯基体系的。"

"什么？"苦瓜哪懂什么表演体系，敷衍道，"对对对，好好演，绝不能'泥了'[1]。陈大侠'撂地'半辈子，跟老四、老五大不一样，他是东海漂来的木鱼——闯荡江湖的老梆子！你稍微露点儿马脚准被看破，必须小心谨慎。"说着又从地下抓把土，往海青脸上、头发上、胳膊上一通抹，"好！你再弯点儿腰，低点儿头，怯生生地不敢看人，就更像逃荒的了。"

"行啦！快走吧。"海青腻歪透了，只觉身上痒痒的，似乎这衣服上真有虱子，恨不得早完事早把它脱了。

打把式卖艺，江湖上称"挂子行"。所谓"把式"，其实是俗话的说法，正字是"八式"。天下武术出少林，达摩老祖是学武的祖师

1　泥了，相声行话，指表演温吞，观众没反应。

相声神探　　**139**

爷，创下达摩八式罗汉神拳，内八捶、外八捶、内八腿、外八腿、明八打、暗八打，由此衍生出各家各派的武术，所以凡是学武之人都是"打八式"的。以此卖艺的大体分两种：一是走码头、窜乡镇，走南闯北赶集；另一种是落脚一地，有固定场子。那些常年在北京天桥、天津"三不管"的把式匠，本领未必有多高，但能说会道噱头甚多，能吸引观众。陈大侠就是其中之一。

他的把式场子占地甚大，人也多，光伙计徒弟就有六七个，场上陈列着刀、枪、剑、戟、斧、钺、钩、叉各种兵刃。有的摆在兵器架子上，有的干脆在地上扔着，后面也有一座棚。俗话说得好，"相跟相，隔一丈"，卖艺的之间距离相隔一丈，以免互相干扰，可陈大侠方圆三丈内都没有其他买卖。一是因为他表演火爆，能把附近的观众吸引过去；二来即便有技艺精湛之人能跟他唱对台戏，也不及陈家人多势众、强横跋扈，干不了三天准被他找碴儿挤对走。

此时临近正午，把式场子依旧热闹，观众围得水泄不通。苦瓜根本挤不进去，只能在附近找棵树攀上去观看。海青不会爬树，幸而树下还有块大石头，他便站在石头上，踮着脚、扶着树干朝场子里张望道："他就是陈大侠？"

"对，就是他。"

"我见过这人。甜姐儿被抓的那天早晨，许多人围在逊德堂门口看热闹，其中有他。"

"你肯定？"

"绝不会错，他有一把大弹弓，再明显不过。当时他站在离我不远处，说了贾胖子许多坏话，还说药铺着火是老天报应。"

"那就对了，贾胖子坑过他，他当然不会说好话。"

陈大侠少说也有五十岁，但是人高马大、身体健壮，天生的浓眉大眼，一张胖脸红扑扑的，就像刚喝完酒，又留着浓密的络腮胡，更显威武。此时他正光着膀子，拿着他那把二尺多长的弹弓，一步步地向场子边缘走去。在他身后有一张木桌，桌上摆着个大瓦壶，壶嘴上顶着一颗圆溜溜的弹丸。海青正纳闷儿他要干什么，忽见他猛一转身，一颗弹丸已疾射而出，如同一条线似的直奔桌子飞去。只听"啪"的一声脆响，正打在壶嘴顶着的弹丸上。两颗弹丸材质不同，壶嘴上那颗是泥丸，他打出的那颗似乎是铁的。两丸相碰泥丸碎裂，扬起一阵灰土，茶壶却分毫无损纹丝不动——好准头！

围观众人叫好，陈大侠将弹弓往腰里一掖，抱拳拱手道："小小把戏不值一提，诸位见笑。"他嗓音洪亮、底气十足："曾听人言春秋时楚国有个大将，叫养由基。此人有百步穿杨之能，就是百步开外箭无虚发。我使的虽是弹弓，也有这本事！刚才这距离也就二十步，算得了什么！张飞吃豆芽——小菜一碟！以后有机会我离着百步打。"

话音刚落便有个看客喊："吹牛吧你！"

海青听了也觉玄乎，弹丸终究不是弓箭，没有翎羽能飞这么远？陈大侠却牛眼一瞪，以不可置疑的口气嚷道："这可不是吹牛，百步打弹是我三十岁那年练成的本事。"

"那你现在就练一个呀！还等以后干什么？"不少人起哄道。

"不行。"陈大侠微微一笑，"我这场子总共才多大？百步开外岂不打到别处去了？人来人往，打着谁都不合适。众位若实在想看，我给您出个主意……您大把大把地扔钱！等我发迹了，开个百步方圆的场子，那时我天天练这手绝活儿！"

众人这才明白他是变着法儿要钱，不禁大笑，却也鬼使神差般纷纷掏钱。两名伙计举着笸箩绕场一周，着实敛了不少。陈大侠拱手称谢，又说："没有君子不养艺人，大伙这么捧场，我得卖卖力气，练一练压箱底的绝活儿！这手功夫叫作流星赶月。"说着他朝人群里胡乱一指："那位朋友问，什么叫流星赶月？"其实根本没人问，他全是自说自话。他从腰间弹囊里取出两颗弹丸，大模大样地托在掌上："瞧见这两颗弹儿没有？我把它们同时攥在弹兜里，先打出一颗，不等落地再打第二颗，这第二颗要追上第一颗，还要把它击碎！"

众人听说有这样的功夫，更是兴奋，却也有人不信，交头接耳地议论起来。陈大侠似乎嫌这噱头还不够，又道："诸位是不是觉得这没什么稀奇？不就是弹儿打弹儿吗？那您可就外行啦！这第一颗弹儿打出去是向前的劲儿，第二颗追上也是向前，按理说只会击飞，不能击碎。所以我要等第一颗弹儿向前的劲儿泄了，要落还没落、没落正要落的节骨眼儿打第二颗。说着容易，练起来难，这弹儿落地就是一眨眼，比放个蹿天猴还快，怎么能打中？全凭手上劲道！第一颗要轻，第二颗要重；第一颗要缓，第二颗要急；第一颗要高，第二颗要低。片刻间变换刚柔，眼要准，手要稳，打上要狠。来得早不如来得巧，今天各位算是赶上了，我就练练这手轻易不露的绝活儿！"

场子周围早已喝彩声一片，大伙扯着嗓门儿给他鼓劲儿。陈大侠把弹弓从腰间抽出，却没立刻练，又接着道："俗话说得好，要想人前显贵，必得人后受罪。这话一点儿都不假，为这手绝活儿我也是冬练三九、夏练三伏，吃了不少苦哇！没办法，这就是命……"说到这儿他脸上露出一丝哀怨："老话说得好，学会文武艺，货卖帝王家；帝王不买，卖与识家；识家不买，就只能扔在地上。咱不说这年月不好，也不说无人识货，只怪我姓陈的运气不佳，想效力朝廷偏赶上朝廷垮了，去投奔镖局又赶上镖局散伙，翻遍我家族谱也没个做官的亲戚，怎么办呢？只能把这膀子力气扔在'三不管'。您也看见了，场子里有五六个徒弟，后面棚里有我的闺女和儿子，家里还有我那老婆子，一大家子都指望我养活。我又指望谁？全仰赖各位啦！城墙高万丈，到处朋友帮，有钱的捧个钱场，没钱的捧个人场，您再赏几个，我立刻练这手独门绝技流星赶月！"

众人被他吊足胃口，都憋着瞧他练，早已急不可待，赶紧往筐箩里扔钱。海青挠着虱子笑道："还没练先'打杵'。"

苦瓜却道："这是他的本事，换别人要不下来。"

徒弟敛完钱，陈大侠作势要打，忽然又放下了："各位，您别小看弹弓，门道多着呢。弹弓的杆有竹的、木的、牛角的，弦有铁弦、筋弦、头发弦，兜分布兜、皮兜、羊肚兜，弹分泥弹、铁弹、槐砂弹，各有妙处，各不相同。您常见七八岁的小子拿个弹弓，打鸟，打兔子，那是小孩玩意儿。真正的弹弓是兵刃，打上就开膛破肚、骨断筋折！远的不提，大清朝康熙年间就有位了不起的人物，凭一把弹弓扬威疆场。这位说出来您兴许有个耳闻，咱'三不管'有几位说评书的先生，张杰鑫说的是《三侠剑》，常杰淼说的是《剑侠图》，这两部书中都提到一位大名鼎鼎的人物——'神弹子'李五爷！那可不是说书人瞎篡弄，史上真有其人。李五爷是奉天人，姓李名昆字恭然，康熙年间罗刹国兵侵雅克萨，朝廷派镶黄旗……"

海青越听越诧异："他怎么说开评书了？"

苦瓜道："艺多不压身，样样儿都是来钱的道。"

这段书半史实半虚构，真正的评书艺人不演，是陈大侠独有的。他滔滔不绝口若悬河，声情并茂引人入胜，说到最后边夸赞边比画："这一弹正打在罗刹军官脑袋上，登时一个窟窿，那军官闭眼一寻思，脑袋上多个窟窿多难看呀，干脆，我死了吧……他这一死，罗刹兵四散奔逃、瓦屑冰消。李五立了大功，这才使得两国签订《尼布楚条约》，自此息兵罢战。这正是——三颗弹丸人马翻，两立奇功王师班。若问此公名和姓，神弹英雄李恭然！"

"好啊！"大伙得见他书说得精彩、功架漂亮，不禁连声喝彩，自然也没少扔钱。

海青连连咂舌道："功夫还没练呢，已经'二道杆'了。"

苦瓜笑道："'二道杆'就完了？等着瞧，这才刚开始。"

这时陈大侠似乎也觉得不好意思，扬手给自己来了个耳光道："瞧我这张臭嘴，光顾着说古，把正经的都忘了。来来来，诸位上眼，看我练这手流星赶月……"

他又把弹弓举起来了，弹丸也填在兜内，场内顿时鸦雀无声。正在这时忽听一声断喝："慢着！"有个汉子挓挲着臂膀拨开人群，一猛子闯进场内。此人三十岁上下，身宽体胖、膀宽腰圆，剃着大秃瓢，披着一件小褂，露着胸口黑黢黢的护心毛。他抔着腰往场上一站，横眉立目嚷道："姓陈的，听说你在'三不管'很威风呀！"说话有些外乡口音，却也辨不清是哪里人。

大伙看这阵势就猜出来了，八成是踢场子的。陈大侠只得又把弹弓放下，一脸假笑道："威风不敢当，全仰仗在场的各位仁人君子抬爱，您贵姓高名？为何阻拦我献艺？"

"我的名姓你不必打听，就是说出来你也未必知晓。反正我是走三山、踏五岳，遍访天下武林高手。今儿碰巧走到'三不管'，听说你有点儿能耐，想找你比试比试。"

作艺的轻易不得罪人，陈大侠婉言推辞道："朋友，您也许是潜在天津了吧？常言道，一分钱难倒英雄汉。这样吧，我虽不富裕，交朋友的钱总还是有的，有什么难处您只管……"

"少啰唆！"汉子一脸不屑，"我不为钱，就为试试功夫。"说着从地下拾起块砖，左手举着，右手用力一拳，竟将这块砖击成两段，观者无不骇然。

陈大侠脸色略有些难看，却仍好言相劝道："瞧您这架势少说有六七年苦功，您要赐教，在下幸甚之至，可当着这么多乡亲朋友，咱俩动手恐怕不合适吧？我在'三不管'混了半辈子，大小有点儿名望，今日若败在您手上，一世英名付诸流水。换言之，您若偶不留神输我个一招半式，面子上不也不好瞧吗？这样吧，等散了买卖您到我棚里来，咱走个三招两式，无论谁输谁赢都不寒碜。好不好？"

汉子不答，转而朝众人道："大伙瞧见没有？这老小子尿啦！不敢跟我打！"

瞧热闹的不嫌事儿大，立刻有人附和道："陈爷，你刚才还吆五喝六的，这会儿来了踢场子的，你倒是打呀！"

有向灯的便有向火的，又有人叫道："陈爷！狠狠揍他，叫他明白明白，泰山不是堆的，功夫不是吹的。"

到这份儿上，陈大侠想不动手也不成了，于是把脸一沉道："好！既然你要砸我饭碗，小老儿只好应战。宁叫你打趴下，不能叫你吓趴下，今天我就卖卖老精神，也不用弹弓，就凭这双肉掌领教你的铁拳。"

海青瞧得半信半疑，又仰头问苦瓜："这是'尖'的吗？"

"咳！能是'尖'的吗？那家伙绰号'二秃子'，就是陈大侠的徒弟，刚才显身手的那块砖早就动过手脚，换你也能打碎。一会儿他们假打个三招两式，二秃子故意落败，陈大侠好接着要钱呀！"

陈大侠和二秃子迈步扬手，各自拉开架势，这时有个清亮的嗓音叫道："别忙动手！"一个十七八岁的姑娘从棚里快步奔出。她相貌清秀、齿白唇红，眉梢眼角透着倔强之气。她头上梳两条辫子，穿一件淡绿色的短袄，一条同样颜色的裤子，扎着绑腿，脚上穿一双绣花布鞋。她往把式场上一站，体态婀娜亭亭玉立，叫人眼前一亮。看热闹的人中不乏无聊之徒，尖着嗓子怪叫道："好嘛！上来母的啦！"

海青又问："这是谁？"

"陈大侠的女儿，三侠妹子。"

"什么？她爸叫大侠，她叫三侠？"

苦瓜又指着棚子道："瞧见门口站的那个小男孩没有？那是陈大侠的儿子，叫四侠。"

"那有没有二侠呢？"

"没见过，但我曾听师父说，陈大侠的老婆娘家小名叫二霞。"

海青哭笑不得地道："两辈人一个排行，这是什么门风呀？"

"你有所不知，莫看我这位师叔人前威风，在家窝囊得很。他四十多才养下个儿子，视作心头肉，简直是要星星不敢给月亮；女儿又是个倔强脾气，关起门来当家做主；连他老婆也是个母老虎，一言不合扬手便打，张口便骂。他是舍不得儿子，惹不起闺女，又怕老婆，在家没人尊敬。只有出来做买卖时讨点儿嘴上便宜，编出这一连串绰号，他才能自诩老大。"

说话间，三侠姑娘已走到陈大侠身边道："爹！无名的浑小子，还用着您亲自出手？有事弟子服其劳，杀鸡焉用宰牛刀，让我会会他！"

陈大侠还未答应，场子周围已人声鼎沸——大姑娘要动手？这可比半大老头子稀罕多了，这场乐子不小，谁不跟着起哄？

二秃子假装瞧不起女的，挖苦道："大妹子，你跟我比什么？要是比织布、绣花、纳鞋底，我可比不过你。要是论拳脚，你这如花似玉的，我也下不去手呀！还是叫你爹来吧！"

"呸！"三侠向前一步假装嗔怒，"行不行，动过手才知道。你不就是来砸场子的吗？我动手和我爹动手一样，要是打输了我们父女抱着脑袋滚出'三不管'，这场子归你。"

"此话当真？"

"少废话，你输了怎么办？"

"我输了就跪在地下给你磕三个响头，立刻拜你这大姑娘为师！而且……"秃子又朝围观众人拱手，"我还要请在场的各位多给钱，捧捧你这位女中豪杰！"

海青早忘了自己是来查案的，乐得上气不接下气——他替大家许诺，输了大家给钱，这不明摆着是一伙吗？其实瞧热闹的未尝品不出这道理，更有甚者知道秃子的底细。但大姑娘动手难得一见，明知是假也跟着起哄架秧子道："打！打呀！"

陈大侠装模作样嘱咐女儿一句："沉住气，千万小心。"

三侠姑娘向前急蹿两步，顺势一个鹞子翻身，右脚却不落地，向后高高抬起，双手平举，来了个夜叉探海式。其实这两招毫无意义，纯粹摆架势，但她动作灵活身手矫健，众人还是为她叫了一声好。秃子的动作就朴实多了，喊声"看打！"挥拳就上。三侠右足落地侧身躲过，秃子紧跟着身子一转，一口气连挥七八记重拳，拳势凶猛呼呼带风。三侠不慌不忙，闪转腾挪一一躲过。海青点头赞叹："虽是设计好的套路，瞧着也凶险，不知演练过多少回，确实有功夫。"

"当然。"苦瓜有感而发，"全是'尖'的办不到，可要全是'腥'的就没人看了。无'腥'不火，无'尖'不利，'腥'加'尖'，吃遍天！"

这几招打完，三侠开始反攻了，挥起荷花般的嫩拳照二秃子胸口击去。秃子不躲不避，这一拳打是打上了，他却纹丝不动，还嘲笑道："你倒是使劲儿呀！再来！"三侠扎定马步连挥三拳，咚咚咚都打在秃子胸腹之间，却如同打在树上，秃子晃都没晃一下。那些不明就里的看客纷纷咧嘴，替姑娘捏把汗。

哪知局势扭转就在瞬息之间，三侠忽然跃起变拳为掌。"啪"的一声响，这巴掌正拍在秃子脑瓜顶上，秃子一声惨叫，捂着光头拧眉吐舌，众人见了无不发笑。紧接着三侠又蹿到秃子身侧横扫一腿，正端在他的屁股上，秃子借这一脚之力故意向前一纵，竟摔出一丈多远。

"好啊！大姑娘厉害！"观众喝彩声如雷。

苦瓜忽然一拍脑门儿道："我明白啦！"

"明白什么？"海青不解。

"我知道陈大侠为什么雇崔大愣了。"

"为什么？"

"就为这场买卖呀！二秃子功夫虽好，却是'熟盘'，常逛'三不管'的都认识。崔大愣却是乡下赶档的，没几个人识得，而且又高又壮，天然有一股憨傻之气，若和三侠妹子演这场戏，可比二秃子有趣多了，至少能多挣一成的钱。"

"原来如此。"海青放眼扫视观众——大家正"履行诺言"，往场子里扔钱，这次拿笸箩接已经不行了，铜钱撒得满地都是，俩伙计拿着笤帚，像扫地一样向棚子里驱赶着钱。但也有许多看客只是袖手而笑，显然早看穿陈家父女的伎俩。

秃子趴在地上手刨脚蹬，装作摔重了起不来。陈大侠二次登场，走过来一脚踏在秃子背上道："小子，我家丫头身手如何？"

"服了！服了！"秃子连声告饶，"您老人家开恩，我这就磕头，您就拿我当个屁，把我放了吧。"

"唉！一笔写不出两个武字，年轻气盛嘛，凡事有个原谅。我也是养儿养女的人，瞧你练这身功夫不容易，更何况男儿膝下有黄金，哪能真叫你向我女儿磕头拜师？我不但饶你，还要给你治伤。"说着陈大侠朝后面招招手，"拿过来吧。"

他儿子四侠还不满十岁，早备好一个托盘，听到招呼一溜小跑端过来。陈大侠从托盘上拿起一物，朝众人晃了晃，提高嗓门儿道："诸位认得这是什么吗？这是我陈家另一宗压箱底的绝活儿，祖传八辈子的灵药，虎骨追风膏。"

"不就是膏药吗？有何稀奇？"秃子趴地上还帮师父"量活"呢。

"你说这话分明还欠一顿打！莫小看这膏药，从古至今，名贵的药材有的是！像什么人参、鹿茸、灵芝、海马、牛黄、狗宝、龙涎香、哈士蟆、天山雪莲、冬虫夏草……"

秃子故作震惊："你这膏药里都有？"

"都没有。"

"没有你说它干吗？"

众人都乐了，陈大侠却道："虽没那些稀世罕见的药材，但好东西也不少，这里面有杜仲、当归、防风、大黄、川芎、赤芍、五倍子、广木香、透骨草、金钱草。当然最重要的是虎骨，还有几味可就不能说了，是我陈家的秘方。统共几十味药材，和上松香、樟丹，用香油浸泡七天七宿，武火煎、文火熬，熬它个一天一夜，才能制成这上好的膏药。"

秃子趴在那儿又问："你这药治什么？"

"治的病可多了，像什么天花、丹毒、肺痨、噎膈、砍头疮、搭背疮、红斑狼疮、杨梅大疮、大肚痞积、走马牙疳，我这膏药……"

"全都能治？"

陈大侠一摇脑袋道："都治不了……"

众人又被逗得捧腹大笑，海青也笑了："这一捧一逗的，真跟相声一样。"

苦瓜解释："这叫'稀溜纲'，就是逗笑的'纲口'。还是那句话，'万象归春'，总得有个乐。卖药的时候最无趣，自夸太过观众也不信，他故意说些笑话，大伙反倒买账。"

说话间，陈大侠已撕开手中的膏药，笑道："方才说的那几种病，吃黄了药铺也未必能好，我区区一个把式匠能治得了？种地的手上有膙，赶路的脚上有泡，练武的难免青红二伤，膏药就针对这个。虎骨追风膏专治腰疼、腿疼、挫伤、扭伤。它能活络舒筋、活血化瘀，今儿晚上贴它，明儿一早就见效。别看东西不起眼儿，却是祖祖辈辈斟酌出来的。熬膏药是一门难学的手艺，熬老了不行，熬嫩了也不行。熬老的膏药粘不住，贴身上没走两步就掉，顺着裤腿掉在地上，就算孝敬土地爷啦！熬嫩的膏药走油子，贴身上打滑，头天晚上还在自己腰上贴着呢，睡一宿觉跑媳妇肚皮上去了。"

围观众人更是捧腹大笑,秃子一脸急切地道:"您老别说了,这么好的药快给我贴上吧。"

"好!"陈大侠答应一声,挪开踩在他背上的脚,举起膏药照他屁股狠劲儿一拍。

"哎哟!"秃子惨叫一声,连滚带爬冲出人群,不见了踪影。

陈大侠朝他逃走的方向一指:"瞧见没有?贴上就见效!"

众人哪有不乐的!真有人笑得眼泪都下来了。陈大侠又朝那托盘上一指:"还有三四十贴,今儿全拿出来,奉献给大家!明码标价,童叟无欺,三十个铜子儿一贴。您说什么?比药铺里卖得贵?东西不一样呀!这是我陈家的秘方。再说我这膏药还有个妙处,您用完一回把它对折好了,下次再有哪儿不舒服,把它拿出来放火上烤烤,把黑油化开,少说还剩下八成药力,还能再贴一次。花一贴的钱买两贴,实惠不实惠?好东西有限,欲购从速!"

话未说完,已经有不少人掏钱了。有的素有腰酸腿疼的毛病,正好买一贴;有的是听他说得有趣,甭管用不用的先买一贴存着;还有人纯粹凑热闹,见别人买也跟着要。俩徒弟举着托盘刚绕了半圈,几十贴膏药就被抢购一空。

人声刚平息,陈大侠又把弹弓举起来道:"耽误大伙这么多时间,我心里实在过意不去。得啦!紧敲锣鼓当不了唱,烧热的锅台当不了炕,大家还是瞧我这手流星赶……"

"爹!"小四侠又捧着个紫砂小壶跑过来,"喝口水歇会儿吧。"

陈大侠接过茶壶却没喝,向众人介绍:"大家不认识吧?这小子是我儿子,陈某年逾四旬老来得子,苍天对我不薄啊!"说这话时,他眉飞色舞,瞧得出是发自内心地庆幸:"四侠,还不快给大伙行礼?"

四侠还真随他爹,生得浓眉大眼,小嘴也甜:"各位爷爷、大爷、叔叔、哥哥、高亲贵友、街里街坊,我给您行礼啦!"说着一揖到地。

众人听他称呼说得这么全,都欣然而笑。陈大侠赶紧提议道:"既然来了你也练练,让诸位叔叔大爷指点指点。"

"好。"三侠早递过一条木棍，四侠接过来便耍。

学武人有句口谚：月棍、年刀、一辈子花枪。棍在诸兵器中是最易上手的，想要练精固然不易，但用心钻研一个月便颇为可观。四侠年纪虽小，却已经能耍出许多棍花，大开大合，让人眼花缭乱，再加上长得可爱，也博得不少彩声。

一套棍法耍完，孩子收招擦汗，陈大侠满脸严肃地道："还行。诸位朋友切莫捧他，别给钱！千万别给！"

人都有见面之情，孩子受累了，许多年长之人哪忍心不给？陈大侠越客气，大伙越过意不去，还是扔了钱。这明明又是一道"杵"，陈大侠却得便宜卖乖道："您瞧，这事儿闹的。不是我不领大家的情，而是小孩子不能娇惯，您今天捧他，他若是骄傲以后就不努力了……来来来，既然收了钱，你再练练弹弓，这才是咱陈家的真本事……"

这时也不知谁喊了声："流星赶月！"

陈大侠笑道："您这是故意刁难。他小小年纪哪会高深绝技？万丈高楼平地起，就练我刚才练的那手吧。"

伙计搬来桌子，摆好茶壶，又在壶嘴放上泥弹。四侠也从怀里拿出弹弓，但他的弹弓比他爹使的短小许多。他后退了将近二十步，填上弹丸便要射。

"慢着！"陈大侠蹙眉阻拦，"你脚底下对吗？站那儿笔管条直，没当兵先练上正步走啦！"

众人听了无不发笑，四侠赶紧调整步伐，再次举弓瞄准。

陈大侠又打断："手呢？握的姿势对吗？还扭着腕子，你可能不是我儿子，是拉洋车的儿子。"

众人更笑了，四侠瞟了他爹一眼，似乎有些紧张，左臂伸直，牢牢抓住弹弓杆。

"停！"陈大侠有些不耐烦了，嚷道，"你这孩子怎么回事？眼睛往哪儿瞧？告诉你多少回了，开弓看后手，打完弹再看前手，你怎么就记不住呢？"

四侠抿着小嘴，胸口起伏连喘大气，围观之人渐渐笑不出来了，都觉得这孩子太过紧张。果不其然，这颗弹丸打出去，只听"砰"的一声闷响，没有命中目标，打在桌子腿上了。

陈大侠冲上前照着儿子脸上就是一巴掌，打得四侠一个趔趄。围观的人赶紧解劝道："没关系，人有失手，马有漏蹄，这都难免的。"

陈大侠压了压怒气道："再来！"

四侠脸上一个红彤彤的巴掌印，人吓得都哆嗦了，早失了准头，第二弹射出去，差得更远，连桌子都没碰着。

"他妈的！"陈大侠真急了，回身放下茶壶，从棚子边上抄起一把扫帚。

四侠一见，抛下弹弓转身就跑，无奈围观的人堵得太严实，只能绕着场子逃。他爹举着扫帚在后紧追，还一个劲儿地骂道："小兔崽子！你给我站住！我今天非扒了你的皮不可。"

三绕两绕，四侠一不留神摔倒在地。陈大侠扑上去，一手掐住四侠脖子，把他摁在腿上，抡起扫帚疙瘩照屁股就抽："叫你小子不练功！叫你小子不专心！我打死你……打死你……"

老子管儿子天经地义，可众人见打得这么狠，皆有些不忍，又有人劝道："别打别打，孩子还小慢慢管教，打坏了你自己后悔。"

陈大侠却不理不睬，越打越使劲儿，四侠疼得两腿不住蹬踹，连哭带叫："叔叔大爷救命啊！我爹要打死我！"

围观的人再也看不下去了，立刻有四五个人迈过板凳拥进场子，抢孩子的抢孩子，拦大人的拦大人。陈大侠兀自不饶，扯着嗓子骂："辛辛苦苦起早贪黑我为了谁？你小子屁道理不懂！我都大半截入土了，还能折腾几天？不指望你养老送终，但你自己得活着啊！咱家一没钱二没地的，现在老子还能养活你，将来我蹬腿了你怎么办？不练本事等着饿死吗？与其将来你小子沿街要饭，丢咱老陈家的脸，不如我现在就把你打死！"说着抢起扫帚又要打，劝架的赶紧将他拦腰抱住，四侠则躲在一个看热闹的人身后呜呜啜泣。

众人一来看孩子可怜，二来听陈大侠这番话也觉得扎心，纷纷解囊相助，有几个眼窝浅的似是被勾起心事，竟也跟着抹眼泪。海青见此情景哪还忍得住？早忘了自己因何而来，也要过去给钱。苦瓜一把揪住他的手腕道："别去！花这冤枉钱干吗？"

"那孩子可怜……"

"'腥'的呀！"

"这也是'腥'的？"海青不信。

"这招叫'逼杆'，就为让大伙多花钱。场子上有好几把扫帚，陈大侠为何单拿立在棚子边上那把？你睁大眼睛仔细瞧，那把扫帚是空心的，就外面一圈苗子，里面抽空了，根本没分量，打在身上没多疼。四侠早让他爹夹磨出来了，说哭就哭，要笑便笑，千万别上当。"

"唉！"海青长叹一声，"真是防不胜防啊！"

陈家父子又哭又闹好一阵子，三侠姑娘才过来，夺过她爹手里的扫帚道："你不要儿子，我还要我弟弟呢！打死他岂不把我娘心疼死？他若有个三长两短，我们娘儿俩跟你拼命！"

陈大侠无奈而叹："罢了！罢了！"又招手唤四侠："别哭了，继续给我练，打不中不许吃饭。"

众人这才陆续散开，四侠早哭得满脸花，委委屈屈地拾起弹弓，噘着小嘴，噙着眼泪，前腿弓，后腿蹬，左手握杆，右手拉弦。顷刻间场内静悄悄的，不知有多少人在心中默默祷告，希望这小鬼射中。能射不中吗？四侠早练得得心应手，弓开如满月，弹飞如流星。众人耳中只闻一声脆响，激射而去的铁丸早将壶嘴上的泥丸击碎，茶壶丝毫无损，一点儿也不比他爹差。

"好！"喝彩声震天动地，几乎所有人都在扔钱，真有几位把兜都掏空了，地上撒了满满一层钱。

陈大侠怒得快，笑得也快，拍一拍儿子道："好小子，就照这样练！"

四侠抹抹眼泪，又朝大伙作了个罗圈揖，一溜烟奔进棚内。

伙计们扫着地上的钱，陈大侠再次抱拳拱手道："抱歉抱歉！家务事让诸位见笑了，我得好好补偿大家，好好练这手流星赶……"说着话他猛一抬头："呀！不知不觉都到正午了，大伙肚子是不是饿了？俗话说得好，人是铁饭是钢，一顿不吃饿得慌。小老儿我可得添点儿，下午还要继续卖命呢。千里搭长棚，没有不散的筵席，咱们各自用饭吧。您要是肚里不饿想接着看也没关系，我有几个不成器的徒弟，会几手黑虎刀、梅花刀、太极刀、八卦刀、乾坤日月刀，叫他们耍几手给您看看。我耽误不了多大工夫，吃完饭就回来，那时再给您练那手出乎其类、拔乎其萃、人前显贵、鳌里夺尊、惊世骇俗、独步武林的绝技——流星赶月！"

围观的人也早就饿了，而且站半天腿都酸了，兜里的钱也扔得差不多了，顿时一哄而散，留下看练刀的没几个人。苦瓜从树上蹦下来道："走！该咱们了，'把点开活'。"

"等等！"海青阻拦道，"跟你商量点儿事，行不行？"

"什么事？"

海青挠着虮子道："陈大侠的玩意儿挺有意思，咱能不能把调查的事先放一放，我想看他把那手流星赶月练完了再说。"

"咳！"苦瓜一咧嘴，"实话告诉你，我在'三不管'混了六年，天天听他嚷，可一回没瞧他练过。"

"光说不练啊！"

人熟是一宝，苦瓜的师父死得早，他曾过了两年多半乞讨半求艺的生活，却也因祸得福，跟许多人混得很熟。艺人的棚子很重要，不仅关乎隐私，还包藏各行的秘密，所以轻易不让外人接近，苦瓜却畅行无阻。把式场子的伙计们早和他熟识，明明看见他领着一个生人往棚子里去，却毫不介意，还笑呵呵地朝他打招呼。

那是一座简易的布棚，用竹竿支着，围着透光的白布，有门帘。当苦瓜和海青走到门口，歪着脑袋朝里窥探时，陈大侠正准备吃饭。把式场子没有灶，吃的是从附近饭馆买来的，刚才二秃子挨完打跑出场子，其实就是买饭去了。陈大侠的午餐是一大碗面条，还有一碟醋熘肉片，这道肉菜是老板的特权，徒弟伙计没有，只能蹲在棚子外边吃面。三侠早备好一盆清水，让她爹洗脸擦身。

陈大侠一边洗脸，一边对旁边的四侠道："今儿又叫你受屈，最后那一弹打得好，给老子露脸……三侠，领你弟弟买好吃的去，想吃什么买什么。"

四侠毫不客气地道："我要'糖堆'。"

陈大侠不禁皱眉："现在这月份哪有'糖堆'？"所谓"糖堆"是天津方言，就是冰糖葫芦，一来山楂树秋天才结果，二来天冷时糖稀才能冻结实，夏天没有卖冰糖葫芦的。

"我不管，我就要吃。"

陈大侠也真是好脾气，竟然弓着腰劝儿子："现在买不来，等天一凉卖'糖堆'的出来，爹让你吃个够。"话里话外满是疼爱，与方才在场子上打儿子时判若两人。

四侠兀自撒娇耍赖道："不嘛！您说的，要什么买什么……"

虽系卖艺人家，终究是老来得子，台上是买卖，私下娇惯得很。陈大侠拿四侠一点儿办法没有，捧在手里怕掉了，含在嘴里怕化了。正不知怎么哄，三侠走过来道："小祖宗，别闹了。你要是再这样，我以后不带你来，今儿先买两块糕干吃吧。"

四侠还真听姐姐的话，立时不闹了，拉住三侠的手便要走，陈大侠又道："顺便给爹打半斤酒来。"绝大多数把式艺人都有饮酒的习惯，一来酒能解乏，二来练把式要显得自己强壮，即便十冬腊月也只能穿短褂。但是不穿厚衣服肯定冷，他们就喝附子浸泡的白酒，以此提升体温抵御寒气。长此以往助长了酗酒的毛病，而且附子有热毒，药方里用的多是经过炒制的，服用生附子伤阴耗血，经年累月没有不得病的，故而练把式这一行也是拿命换钱。

三侠很为父亲的身体担忧，却有孝心没笑颜，不耐烦地道："别喝了，下午还得做买卖呢，喝多了耽误挣钱。"

"耽误不了，爹心里有数。"陈大侠和颜悦色，"如今徒弟们一个个都出息了，凡是出去单干的三节两寿总有孝敬，四侠也渐渐历练起来，以后还愁挣不来钱？你不给爹打酒，是不是有私心？怕喝穷了，将来缺你的嫁妆？"

三侠被她爹逗乐了，却道："呸！您怎么拿女儿耍笑？说不打就是不打。"说着从匣子里拿钱——别看父女俩"撂地",管钱的却是女儿。

陈大侠还是馋酒,腆着老脸跟在女儿屁股后面央求道:"听话,你就给爹买点儿吧,没有酒再好的菜吃着也不是味儿。"

"不买。"

陈大侠故作气恼道:"你这孩子不孝!爹好歹是师父,你不听话,叫徒弟们瞧见岂不笑话我?"

三侠秀眉一挑道:"好吧,我买,省得您老挑我们当儿女的毛病。但丑话说在前头,您心里可得掂量好,若是晚上回家时还有酒气,看我娘不扯掉您的胡子!"

陈大侠是妻管严,闻听此言顿时乱了方寸,赶忙道:"那、那就少打点儿?四两怎么样?"

四侠把食指、中指一举道:"二两。"

"二两酒一仰脖就没了,还不够垫牙的。"陈大侠讨价还价,"要么打三两?"

"就二两,多一滴都不行。"

海青在帘外偷窥,这陈大侠还真如苦瓜所言,宠儿子、怕老婆,又管不住女儿,私底下一副窝囊相,哪还是刚才那个精神抖擞、谈笑风生的把式匠?海青越瞧越滑稽,不禁笑出声来。

笑声惊动棚里,陈大侠这才发觉门口有人。门帘缝隙很小,他没看到海青,只看见站在前面的苦瓜,便道:"哟,你小子怎么来了?一起吃饭吧。"四侠也笑盈盈打招呼道:"苦瓜哥,你来了。有事儿吗?"

"偶然经过,想跟师叔聊聊。"苦瓜边说边掀起帘子往里走,却又将左手伸到背后朝海青摆了摆,示意别跟进来。

陈大侠赶紧借题发挥道:"三侠,我留苦瓜吃饭,多打点儿酒来。"

三侠一撇小嘴道:"别来这套,人家才没工夫陪你灌马尿呢。再讨价还价,二两都不让你喝。"说罢拿起酒壶,领着四侠出去,虽从海青身边经过,但瞧他破衣烂衫一副穷酸相,还以为是来找某位伙计的老乡,也没说什么。

陈大侠费尽唇舌也只有二两酒,无可奈何怅然落座。别看他对女儿低三下四，在外人面前却架子十足，大马金刀地往苦瓜面前一坐，立时换了一副嘴脸，捋着胡子故作深沉："你小子串门会挑时候，既然来了就一起吃吧，面条有富裕的。"

苦瓜不肯坐，讪笑道："瞧您说的，好像我特意找您蹭饭似的。我如今有买卖了，哪好意思再吃您？按理说，我们做小辈的就该时常来看看您，不说好茶好酒，起码也得拎一包大八件。我今天也是偷懒，空着手就来了，您千万别挑眼。"

"扯你娘的臊！"陈大侠这才有点儿笑模样，"别耍贫嘴，我看着你长起来的，还在乎你的点心？只要你有出息，我瞧着就高兴……说实在的，你最近可真是长进了，连寿爷也夸你。"

"真的?！"苦瓜听说"笑话大王"张寿爷夸奖自己，也不禁兴奋起来。

"这还能骗你？就是前几日，我有个师弟开了家武馆，在鸿宾楼摆宴席，遍请各行名流，寿爷也去了。席间我陪着敬酒，寿爷瞧见我聊了许多'三不管'的事，偶然提到你，说你小子有长进，虽然干地上的买卖，但活儿使得干净不俗，又没有不良嗜好，日后必是一员大将！"

苦瓜听得满面绯红，但立刻意识到现在不是高兴的时候，忙克制住喜悦，谦虚道："我哪是什么大将，面酱还差不多。如今立起身来都是仰赖各位师叔、师兄以及您老的栽培。"随即话转正题："侄儿今天过来还有件事，恐怕得给您添点儿麻烦。"

"哼！到底还是无事不登门。"陈大侠虽这么说，还是很爽朗地笑了，"有什么要我照应的，说吧。"

"我是带着崔大愣的表弟来的……"

陈大侠一听"崔大愣"三个字，笑容立时不见，厉声质问道："你怎么跟他表弟混在一起？来做什么？"

苦瓜惯于察言观色，赶紧满面堆欢解释道："崔大愣跟顺义斋一位厨子认识，好像是同乡。家乡闹灾，他表弟挨饿了，来天津投奔他，找到那位厨子，这才听说崔大愣已经死了。如今'三不管'的人都知道，崔大愣出事儿前在您的场子，他表弟倒也不图什么，就想问问是什么情况，好回去告诉家里人。可一来大中午的饭馆正忙，二来那厨子跟您也不熟，就把这事儿托付我了。侄儿我离顺义斋近，平常没少受沙二爸照顾，能帮的尽量帮，就把人领来了。"这篇谎话编得很圆，挑不出毛病。

"哦，是这样……"陈大侠愠色稍解，"人呢？"

"就在外边，没您老人家允许，我哪敢让他进来呀。"

"嗯，你小子懂规矩！没关系，叫他进来吧。"

苦瓜这才掀起门帘唤海青，却故意装出不耐烦道："快点儿，别磨磨蹭蹭的。"海青记着他的嘱托，拱肩缩背弯腰低头，进了门怯怯一揖，往边上一蹲。

"嘿！进门就蹲，你当这是茅房呀？"苦瓜挖苦了一句，继而连声催促，"有什么想问的，快说！快说！"

海青一怔——不是不需要我说话吗？

苦瓜还一个劲儿地催："大老远来的，不就为你表哥吗？怎么连个屁都不放？有话你倒是说呀！"

海青蒙了，不说苦瓜就催，想说又不敢说，唯恐口音露了破绽，光剩支支吾吾了："我、我……不！俺……俺是……"

殊不知，苦瓜要的就是这效果。陈大侠见他欲言又止一脸窘态，更加深信不疑，反而阻拦苦瓜："你别催！乡下人头一次进城，什么都没见过，又摊上这倒霉事，早就六神无主了。"转而又问海青："你是崔大愣的表弟？"

海青不敢开口，微微点头。

"家乡闹灾了？"

海青继续点头。

"来'三不管'找你表哥？"

"呃……"海青不知如何应对，除了点头还是点头。

陈大侠见此情形也不再问了，从桌上拿起烟袋，点了锅烟，抽两口道："你也不必开口了，我一五一十都告诉你。你表哥确实在我这把式场子干过，混得也不赖。但他有点儿爱财，有一次我叫他帮我买药材，他私自扣下了几个钱，我一时恼怒把他轰走了。不过我也没亏他，该分给他的钱也给了，后来他投奔一个拉洋片的，没几天就死了。他是三更半夜叫人打死的，脑袋碎了，没人认尸，就埋在西郊瘗地，具体葬在什么位置我不清楚。这儿有个巡街的小梆子，他应该知道。这案子至今没破，不信你可以去警所打听。其实我也挺后悔，当初若不是我赶他走，兴许他不会死。"他说这番话时态度很谦和，似是发自肺腑："你跑来投亲，热心扑在冰窖里，够倒霉的！这样吧，有困难只管说，能帮的我尽量帮，好歹你表哥跟我一场，绝不叫你白来天津一趟。"

海青还没来得及有任何反应，苦瓜抢先道："仗义！断买卖不断交情，师叔真叫我佩服！不过……"他话锋一转："您说得有些不尽不实吧？"

陈大侠一心打发崔大愣的"表弟"，万没料到苦瓜横插一杠："怎么不尽不实？"

"崔大愣真是因为黑了钱才被赶走的吗？"

"你这叫什么话？"陈大侠和蔼的表情变了，眼中闪过一丝狡黠，"你小子不相信我？"

"不是侄儿不信您。因为事情明摆着，崔大愣不是因为吃了钱被您赶走的。恰恰相反，是您想赶他走，所以故意挖了个坑让他跳！"

此言一出，海青甚是惊诧——难怪他说这事儿不正常！

陈大侠一时语塞，那张老脸就像被人打了一巴掌，霎时通红，轻轻地抽动着，憋了老半天才道："你都知道些什么？"

"知道得不多，但也足以猜到是怎么回事。"苦瓜娓娓道来，"您让崔大愣买的那包膏药至今还在逊德堂，我亲眼看见了，二十贴算什么？您熬药时多抓几把料就全有了，即便没有也不打紧，大不了先不卖了，能少赚几个钱？难道为了区区二十贴还专门到外面买？再说您退回去时还是二十贴，一贴不少，可见您根本没往外卖，也没人因为买了粘不住的次品找回来，那东西一递到您手里，您就知道是假的。或许您老本事大，一过目就知道那膏药熬老了，但我听宝子说，您事先找过贾胖子，俩人嘀嘀咕咕说了半天。如果我没猜错，您跟他商量好了，如果崔大愣去买药就给他拿假的。有这个借口，您就能把'吃黑钱'的罪名扣到崔大愣头上，名正言顺地把他赶走。事后您找贾胖子退货，依照约定他本应该退钱，可那家伙见利忘义贪小便宜，来了个螳螂捕蝉黄雀在后，翻脸不认账。师叔您的脾气我还不了解？跟家里人好说话，对外却不是好惹的，光是把式场子四周的买卖被您挤走多少？为什么不跟贾胖子大闹一场？就因为怕人知道您从他那儿进药？简直是笑话！'三不管'的药谁还真拿它当祖传秘方？都是瞒'空子'不瞒熟人的事儿，闹起来也没什么大不了。您之所以吞这口气，就是怕贾胖子把您给崔大愣下套的真相抖搂出来，我说得对不对？"

陈大侠张口结舌讶异半晌，突然气哼哼地把烟袋往地上一磕道："你说对啦，就是这么回事！"

苦瓜马上追问："您为什么要赶走崔大愣？"

"不为什么，就是不想要他了。二秃子是我徒弟，跟三侠假打我们拿全份，用崔大愣还得分他钱，不划算。"

"不对！二秃子是熟盘儿，崔大愣是生脸儿，看玩意儿的不识，以假乱真您挣得更多。再说，即便'均杵'有争执，大可放在明面上谈。东辞伙一笔抹，伙辞东一笔清，这不是见不得人的事，何必挖坑下套？到底是什么缘故促使您费尽心机赶他走？"

陈大侠脸都气青了，咬着后槽牙道："我看你是吃饱了撑的！不好好干自己的买卖，算计我的事儿干吗？你管得着吗？"

"我是管不着，可这里不是牵扯人命案吗？"

"有人命又怎么了？难道你疑心崔大愣是我杀的？"

"侄儿不敢，请您老仔细想想，死的是崔大愣一人吗？短短一个月，出了三条人命啊！"

陈大侠身子一颤，似乎也意识到了什么，便道："你是指……"话说一半扫了海青一眼，立刻改用"春点"说："挑汉儿的犄角蔓儿，虎头蔓儿，汪点子，这之间有关联？[1]"

1　这些都是春点。犄角蔓儿，指贾掌柜；虎头蔓儿，指王三；汪，指数字3，文中指"这三人"。

苦瓜扭身对海青道："老乡，劳你到外面等会儿，我跟师叔有私事要谈。"

海青明白，苦瓜是怕他在场陈大侠有所顾忌，赶紧起身出去，哪知一掀帘子，三侠在外面站着。也不知这位姑娘几时回来的，正微蹙蛾眉偷听里面谈话，一副忧心忡忡的样子。海青有些尴尬，揣着手多走了几步，故意躲远些，却竖起耳朵，努力倾听棚里的动静。

只听陈大侠一声叹息，语重心长地道："苦瓜，咱爷儿俩说掏心窝子的话，你这番猜疑真叫我寒心呀！师叔究竟是怎样的人，你怎么不了解？不错，我姓陈的是霸道了些，欺负过同行，那是为了买卖呀！谁不想多挣钱？这把式场子既不是'锅伙'，也不是黑店。我是一滴汗珠摔八瓣儿，哪干过杀人害命的事？你竟疑心这三条人命是我做的，我是那种人吗？就冲你小子动这脏心眼儿，就该扇你两记耳光！"

"师叔，您误会了。我不是疑心您，是疑心崔大愣、贾胖子、王三是同一伙人甚至同一个人杀的。偌大的'三不管'，为何偏偏他们丧命？其中必有隐情。我就想知道，您为什么处心积虑要赶走崔大愣？是不是发现他干了什么坏事？他招引匪类了？跟'三不管'以外的'锅伙'有勾结？还是偷贩鸦片？总得有个缘由吧？或许这背后就藏着引来杀身之祸的原因。"

陈大侠一口咬定道："我撵他走自有道理，跟他被杀绝无关系，你别瞎猜了。"

"为什么？您怎么就认定没关系？"苦瓜越发疑惑，"实话告诉您吧，我不是穷极无聊瞎打听，是想替这三人报仇！甭管他们三个有什么毛病，毕竟都在'三不管'混，你我也是一样。今天有人杀他们，兴许明天就有人害到咱们头上，要是坐视他们丢了性命不闻不问，将来又有谁肯为咱们鸣不平？有一句文绉绉的话怎么说来着？哦，兔死狐悲，物伤其类啊！"

海青站在外面，虽然看不见苦瓜的表情，但料想此刻他一定是无比悲愤，与平常嘻嘻哈哈的样子大不相同。陈大侠似乎也被"兔死狐悲，物伤其类"这八字触动了，半晌没有说话。

苦瓜继续苦口婆心道:"想必您也听说了,逊德堂那场火让甜姐儿背了黑锅。一个弱女子竟被抓去顶罪,还有天理吗?为了甜姐儿,为了被害的三个人,更为了主持公道,这件事我一定要查清楚。您到底知道什么隐情,快告诉我吧,求求您老人家!"

陈大侠早已动容,道:"你说的道理我何尝不知!可、可我撺崔大愣是因为我自己的私事。"

"究竟什么原因,您倒是说啊!"

"这、这……"陈大侠有些犹豫。

这时门帘一掀,三侠猛地冲进来道:"苦瓜哥!你别问了。这是我家私事,肯定和命案扯不上关系,你别再打听了,好不好?"

苦瓜暗自思忖——红口白牙,你说无关就无关吗?可是一抬头,见三侠姑娘正二目炯炯凝望自己,俊俏的脸上竟带着几分羞惭之色,似乎有难言之隐。

"不错。"得到女儿的支持,陈大侠的口气又硬起来,"这就是我们的私事,与任何人无关,你小子别多问。"

前功尽弃!苦瓜左看看师叔,右看看三侠,无奈地叹了口气,低着脑袋走出去。海青见他这惨样儿也没多说什么,俩人默默往外走,哪知还未出把式场子,陈大侠又追来。

"等等!"他拿着两吊钱,不由分说地塞到海青手里,"我陈某人吐口唾沫砸个坑儿,说话算话,答应帮你就一定办到。这两吊钱你先拿去,找个店住下,有困难再来找我。"

这两吊钱换成银圆也就两块,但"撂地"挣来的多是铜子儿,故而串了两大串。海青哭笑不得,有心不要又怕假身份暴露,只好唯唯诺诺地收下,不敢说话只是作揖。

陈大侠却没再理他,转而一脸郑重地对苦瓜说:"我在'三不管'混了半辈子,比你小子重情义,若知道凶手是谁也不会放过。但这桩命案与我没半点儿干系,你信也罢,不信也罢,记住我一句话——自己要活着,但也得让别人活!"

一离开把式场子，海青就想把破衣服换掉，却被苦瓜制止道："别脱，咱再去见另一人。"

"还没完？"海青龇牙咧嘴挠着胳膊，"又要找谁？"

"拉洋片的假金牙，他是最后收留崔大愣的人，或许能从他那儿套出崔大愣离开把式场子的内情。"说到这儿，苦瓜重重叹口气，"唉！这是最后一丝希望，若还是没有其他线索……我也不知该怎么办了。"

海青摇了摇刚得的那两吊钱，苦笑道："不管怎么样，这回咱俩没往外掏钱，总算看见回头钱啦！给你吧。"

苦瓜却道："算我还的，你自己收着。"

"不着急呀！"

"你不急，我急！"苦瓜硬把两吊钱塞进海青的衣服包裹里。海青实是无奈，他从小到大几乎没花过制钱，出手最少也是一块！但是苦瓜这样殷切，他也不便拒绝。

拉洋片，江湖人称"光子"，是诸多"撂地"买卖中历史极悠久却又出现最晚的一门。说它历史悠久是因为宋朝就有这行，且尊唐朝编撰《推背图》的袁天罡、李淳风为祖师爷，那时这门手艺叫作"西洋景"，比明清以后才日渐兴旺的评书、相声早得多。说它出现得晚是因为现在流行的洋片与宋朝不同，不再是单纯的画片，而是经过光学技术改造、通过暗箱和凸透镜观看的画片。

拉洋片的都要准备一个涂漆的木头暗箱，大的长达三米，小的也有一米半，里面安着玻璃，挂着画片，点着灯烛。箱子外侧开几个碗口大的孔洞，装上凸透镜，一般是四个镜头，行话叫"四开门"，最大号的箱子多达八个镜头，叫作"八开门"，可供八位客人同时看。客人来了就坐在暗箱前的板凳上，通过镜头看画片。另外，箱子上还有各种吸引人的装饰，讲究的雕纹画花，最不济的也要写上"西洋景"三个大字。在箱子顶上放着"锣鼓三件"，即小锣、单皮、铙钹，绑在一个木头架子上，用线绳串起来，只要一拉绳头，锣鼓三件有节奏地作响。拉洋片的就在一旁放声演唱，有时解释洋片上画的内容，有时则是随口逗笑吸引观众。

假金牙的摊位离陈大侠的把式场子不远，步行两分钟就到了，隔着老远就能听见锣鼓声。他用的是一架四开门的小箱，板凳只有两张，暗箱的装饰非常简陋。他本人更是怪模怪样——瘦小伶仃，却穿着一件非常宽大的蓝绸子马褂，下身是黑色灯笼裤，戴一顶黑呢子大檐帽，就像个纸糊的假人。他的相貌只能用"丑陋"二字来形容，也辨不清多大岁数，窄脑门儿、尖下颏、三角眼、细眉毛、扇风耳，唯独有个大鼻子"问鼎中原"，占了半张脸，却还是难看的翻鼻孔，两撇稀疏的小胡子，下边的嘴无论说不说话总咧着，露着七扭八歪的大白牙，其中却有一颗黄澄澄的，太阳一照闪闪发亮。

　　海青站在远处观望，瞧见那颗牙便问苦瓜道："他镶的那颗金牙是假的吧？"

　　"不，十足真金。"

　　"那他为什么叫假金牙？"

　　"你不知道，北京天桥有个著名的洋片艺人，叫焦金池，因为镶了两颗金牙，艺名叫'大金牙'。他借人家大金牙的'蔓儿'，唱词唱腔全都模仿人家，也镶了颗金牙，于是自称'小金牙'。哪知前几年'大金牙'收了徒弟，有地地道道的'小金牙'了，所以'三不管'的人拿他开玩笑，叫他'假金牙'。"

　　"这可真应了那句成语——拾人牙慧！我还是不明白，他本来长得就丑，为何还打扮得这么怪？"

　　"我们艺人有句老话'不占一帅，就占一怪'，如果不能率先创出独门技艺，就得把自己扮得与众不同，用怪异吸引观众。真正的大金牙我见过，那是一品人物，身量高，长得帅，还有一条好嗓子，更重要的是人家的片子好。画洋片是门独特的手艺，不但要妙笔善画，还要掌握胶片特性。在塘沽有个姓潘的画师，是此道翘楚，京津一带流行的洋片有九成是他画出来的，拉洋片的简直把他当作伏地圣人，都找他订画，小张的五元，大张的十元，有时等他作画就得等半年。大金牙与这位潘先生是亲戚，近水楼台先得月，画片不但精细而且便宜，还总有新内容，别的拉洋片的永远追不上。假金牙既没相貌又没嗓子，片子也不行，根本不可能模仿得像，即便学像了又有何出奇？所以只能扮怪。"

锣鼓敲了半天，动静闹得不小，却始终没人来看。假金牙有点儿沉不住气，亮开嗓门儿唱起来：

再往里头再看哪，又一层，来到了苏州城里您看个分明。那三趟大街长有十里，招牌幌儿挂在西东。门口站着一个小大姐，她十七八岁人家正年轻，唉……她十七八岁人家正年轻，上梳油头花髻大，在末根儿扎着的本是红头绳。有偏花、正花戴着两朵儿，掏耳挖子一丈青。耳衬八宝镀金坠，滴溜溜奔棱棱的九莲灯。她长了一对好看的眼儿，两盏弯月眉毛往上升。不搽官粉自来的俏，苏州胭脂嘴唇发红，在上身穿玫瑰紫的大夹袄，白狗牙绦子又把大襟绷，下边的中衣鹦哥绿，丝线的金莲两伶仃……

唱词很俏皮，可假金牙嗓子不好，嗞嗞啦啦跟破锣似的。但他边唱边扭、发托卖像，倒也有趣。饶是如此，引来的观众并不多，许多人瞧都不瞧一眼就从他身边走过，有几个驻足的也纯粹是被他的怪模样吸引，对洋片不感兴趣。海青不住地摇头："这么惨淡怎能挣钱？"

苦瓜却道："在天津当然不行，电影园子若没有好片都不上座，何况他这路玩意儿？可是到农村赶集赶会，乡下人还是很欢迎的，尤其小孩子。别看假金牙貌不惊人，却是有名的'腿儿长'。"

"他这么矮，腿怎么会长？"

"我说的'腿儿长'是'春点'，就是去过的地方多。整个直隶省乃至山东、河南，各处镇店码头他都走过。另外他还有个来钱的道儿，但是有点儿缺德。"

"什么来钱的道儿？"

"专门蒙骗外乡人。天津'三不管'的名气大，每年都有外乡艺人慕名而来，还有许多来做小买卖的、找工作的。假金牙'腿儿长'，会的外乡话也多，就冒充老乡接近那些人。老乡见老乡，两眼泪汪汪，还真有不少外乡人错拿他当了好心眼儿的。这些人初到'三不管',什么门路都不通,求他帮忙找饭门。假金牙满口答应却背后捣鬼,或是骗他们花钱,或是帮他们找了雇主却预提俩月工钱。等老乡明白过来,他早就揣着钱跑了,又到外地赶集,一走好几个月,哪儿找他去?"

海青不禁皱眉道:"那可真不地道。"

"就因为这宗毛病,大伙都不愿意理他,嫌他是祸害。这么跟你说吧,假金牙如果没在'三不管',就是到乡下挣钱去了,只要在'三不管',准是憋着骗人!"

"咳!他还真不闲着。崔大愣落到他手里,可能也吃了亏。"

"没错。无利不早起,他收留崔大愣必定有目的。你接着装崔大愣的表弟,咱们'把点开活'。"

拉洋片的唱纯粹是"圆粘儿",可是假金牙哑着嗓子唱了半晌,只有瞧热闹的,没人花钱看。于是,他换了更热闹的唱词,来了段《水漫金山》:

再往里头再看哪,又一片,白蛇许仙画在上边。杭州美景冠天下,西湖风光乐无边,漂漂悠悠来了两只船,船头之上站定许仙。少年郎游湖来望景,偏赶上,瓢泼大雨阴了天!唉……瓢泼大雨阴了天,青蛇白蛇也在船头上站,许仙搭船来借伞。那张天师撒开了张手雷,招来了,蛤蟆精啊,蛤蜊精啊,鲇鱼精啊,黑鱼精啊,闹得凶啊!王八精啊,闹得凶啊!鲤鱼精啊,闹得凶啊!螃蟹精啊,闹得凶啊……

"别唱啦!"苦瓜三两步蹿到近前,"哪有这么多妖精?就看你一个人闹得凶!"

"哈哈哈……"瞧热闹的一阵哄笑,各自散去。

"嘿!小苦瓜,你这不是成心搅我吗?"假金牙虽这么说,却并未生气,松开绳子停下锣鼓,"得!大中午的我也歇歇,省得别人以为我热病发作。"

"假大哥，我瞧你……"

"谁姓假？我姓……"

"都一样，你姓什么不吃饭呀？"苦瓜揶揄道，"我瞧你的金牙比以前更亮了，一定发了横财吧？"

假金牙也是个爱开玩笑的人，竟陪着他逗乐："发横财？没遭横祸就是万幸！你别光看我这金牙，说明不了什么，发不发财我也是一天刷六遍牙。什么钱都能省，唯独牙粉钱舍得花，这可是我的招牌，驴粪球外面光嘛。"

"瞧你说的，多脏呀！"苦瓜猛然压低声音，"大哥，我给你带生意来了。"

"什么生意？"假金牙一听说有钱可图，两眼放光。

"您往那儿瞧。"苦瓜指了指站在远处的海青。

海青看见苦瓜指了指自己，赶忙驼背低头，还故意拿衣袖抹鼻涕，显得很肮脏。假金牙专骗乡下人，一见此景笑逐颜开，拍着苦瓜的肩膀道："好兄弟，你真照顾我，果然奇货可居！他是哪里人？直隶的还是山东的？来'三不管'干什么？'撂地'还是务工？包在我身上，赚了钱咱俩四六分成。"

苦瓜嬉皮笑脸地道："既不'撂地'也不务工，他是来找人的。"

"找人?！"

"对，找他表哥崔大愣。"

假金牙一听这名字顿时变脸："领走！领走！提起来就晦气，那个死鬼害得我被警所拘问，花了二十多块才买放出来。刚消停几天你又领个灾星来。这事儿我不管！"

苦瓜却道："你不管不行啊！人是在你这儿死的，亲戚找来你得跟人家解释清楚呀！"说着便招手呼唤海青："来来来，你表哥就是死在他手里。"

"别胡扯！跟我一点儿关系都没有。"假金牙烦透了，可是崔大愣的"表弟"找来，不解释不行，于是指着海青的鼻子道："你给我听好了。你那个表哥在陈大侠的把式场子搭伙，叫人家轰出来，我好心好意收留他，给他碗饭吃，哪知黑更半夜来个恶徒把他打死了。他丢性命，害得我也跟着倒霉，又蹲班房又花钱，这案子至今未破，按理说我还得找你要赔偿呢！但我瞧你可怜，这码事就算了，至于你还想知道什么，去警所打听，或者去问陈大侠，与我无关，走走走！"

"这就完了？"苦瓜把眼一瞪，"会说的不如会听的，你好心好意收留崔大愣？不会吧？你叫他帮你干活了，对不对？"

"对。"假金牙不否认，"我叫他守夜，帮我看着箱子和板凳，省得我天天往家挑。天下没有白吃的饭，想吃饭就得干活，天经地义，这有什么不对？"

"工钱呢？你给他工钱了吗？"

假金牙略有些不好意思，却故作强硬地道："什么钱不钱的？他会干什么？不就守个夜吗？我管他饭就不错了。"

"嘿！你可真会巧使唤人。"苦瓜眼珠一转，索性就把人命赖在他头上，"无论如何崔大愣死在你这儿，黑不提白不提就完了？那天晚上就你和他俩人守着箱子，我看就是你谋害的。"

哪知此言一出，假金牙反倒笑了："你小子浑赖人命也不事先打听清楚，那天晚上我根本不在，就他一个人守着箱子。但凡我有一点嫌疑，警所能把我放出来？"

"我不信，谁不知你是包麻花的纸——油透啦！你会让崔大愣自己守着箱子？不怕他把东西偷走吗？"

"叫你说中了，我还真不怕。他姓崔的一个外乡人，在'三不管'既没朋友又没亲戚，兜里又没钱，偷了我的箱子往哪儿躲？再说他还有求于我呢。"

"兜里没钱？还有求于你？"苦瓜终于诓出内情，"明白啦！崔大愣离开把式场子没处去，你就趁火打劫，声称要帮他找饭门。陈大侠明明给了他钱，却叫你骗去，所以不得不跟着你。他还不知道呢，等你找到答应雇他的商铺，拐了工钱就跑，快被你卖了还帮你守夜呢！可是人算不如天算，他竟不明不白死了，你反倒吃'瓜落儿'，偷鸡不成蚀把米。"

假金牙显然被苦瓜戳中心事，恼羞成怒地道："放屁！没凭没据地胡说什么？不就是打算从我身上要钱吗？实话告诉你，老子身上没钱，有钱也不给你们！有本事告我去呀！滚！"说着话一阵推搡，海青冷不防，竟被他推了个趔趄，一屁股坐在地上，包袱也掉了，里面那两吊铜钱还硌了他的腰一下。

　　苦瓜却不急，仍是笑盈盈地道："告你？好啊！我要是真去告你，你吃得消吗？"说罢他走到洋片箱子侧面，低头瞧着缝隙——那是洋片的插口，画片用玻璃板夹好，就是从那里插进箱子的。

　　"你、你干什么？"假金牙突然紧张起来。

　　苦瓜阴阳怪气地道："变戏法瞒不了敲锣的，你这四开门的箱子里有七张画片，我没猜错的话有五张是苏杭美景，还有两张是男女二人光着屁股在那儿……"

　　"瞎说！"

　　"是不是瞎说，把片子拿出来看看呀！"

　　苦瓜说得一点儿都不假，近年来由于电影兴起，洋片的买卖越来越难做，尤其在城里，除了小孩几乎没人看。为此假金牙使了下作手段，弄了两张春宫图夹在里面，专门招引无赖子弟、好色之徒来看，还多找他们要钱。但这宗买卖只可意会不可言传，是见不得人的。眼见秘密要被拆穿，假金牙赶紧一个箭步堵在苦瓜身前道："你别胡闹，咱们一码归一码。"说话口气已软了不少。

　　苦瓜顺势揪住他衣服："自前年起，警所明令禁止洋片里夹带有伤风化之物，凡是逮住的，轻则抄没罚款，重则刑拘驱逐。我猜大哥您是警所的稀粥没喝够，想再回去尝尝。"

　　假金牙冷汗下来了，他是出名的"好事多为"，臭底子不少，前番因为崔大愣之死狠狠被警所敲了一笔，案底至今还在警所压着，要是再被举报箱子里有春宫图，即便不被抓走，上下打点不知又得破费多少。他被苦瓜攥住这把柄，再也强横不起来，便道："有话好商量。"

　　"早这样不就完了！"苦瓜松开他的衣服，"你不必拿小人之心度君子之腹，我不找你要钱，就为打听一件事，崔大愣为什么被陈大侠赶出来？"

"他跟贾胖子勾手，买假药吃黑钱。"

"不对！另有隐情。"

"我不知道。"

"你肯定知道，说不说？"

假金牙神色不定，似有难言之隐道："你、你去问陈大侠吧。"

"我问过陈大侠，他叫我问你。"

"不可能！他瞒还怕瞒不住呢，怎会叫你来问我……"

这句话泄了底，苦瓜越发笃定他知道内情，又道："不说？我可没耐心跟你耗，这就去举报你。"

"我说我说。"假金牙实在没办法，压低声音，"告诉你也可以，但你千万别声张。崔大愣自从投到把式场子，每天和三侠姑娘假打演戏，渐渐对三侠动了心思。有一次偷看姑娘洗脚，叫陈大侠撞见了。陈大侠原想揍他一顿把他轰走，又怕嚷嚷出去名声不好，有个会说不会听的，还以为崔大愣把三侠怎么样了呢。陈大侠就这么一个女儿，正正经经的黄花闺女，还想日后给她寻个好婆家，别再卖艺了。可要是坏了名节谁还肯要？所以他只能暂忍一时之气，给崔大愣下了套。"

"此话当真？"

"绝对是实。崔大愣后来也明白了，但黄泥巴抹在裤裆里，不是屎也是屎，他也只能认栽。"说到这儿，假金牙赧然一笑，"这其中的内情，我也是借着半斤酒从崔大愣口中套出来的，既然想从他身上牟利，岂能不摸底？"

苦瓜回想起陈大侠严厉的目光、三侠羞涩难言的神情，看来假金牙说得不假。崔大愣已被赶出把式场子，顶着吃黑钱的帽子名声也臭了，还有必要杀他吗？一时间陈大侠的那句话回荡在耳边，"自己要活着，但也得让别人活！"苦瓜已信九成，却有些不甘心，还奢望挖出点儿别的东西，于是又攥住假金牙的衣领，摇晃着喝问："不对！还有别的事儿！你说！"

"没有了，真的！"假金牙赌咒发誓，"你拿我当什么人？我也为了养家糊口，让老婆孩子过好日子，除了赚钱其他事也懒得掺和。我跟你说的若不是实话，叫我养活儿子没屁眼儿！"

海青听了这誓言想笑，苦瓜却丝毫笑不出来，缓缓松开手道："便宜你啦。"

假金牙长出一口气，却又嘱咐："你千万别往外说，要是叫陈大侠父女知道我走漏消息，非打断我的腿不可！你听见没有？"

苦瓜充耳不闻，领着海青垂头丧气地走了。

至此，他们所能调查的人都查了，仍是徒劳无功！

第六章
混了一年还照旧

午后的时光格外消沉，苦瓜和海青坐在一座冷清的茶棚里，相对无言，各怀心事。

逊德堂的三个伙计、沙二爸、老四、老五、陈大侠以及假金牙，所有与死者有关的人，苦瓜与海青都已走访过，非但一无所获，连先前的猜测也都落空。苦瓜已经一筹莫展。他宛如说相声时被观众喝了倒彩，一脸挫败的沮丧表情，木然注视着茶碗。

海青也好不到哪儿去，他终于把那身有虱子的衣服脱了，还特意花两个铜子儿找茶棚要了桶清水，仔仔细细地洗脸洗手后，还是觉得浑身上下瘙痒难受。早晨出门太仓促，只喝了一杯牛奶，肚子早就咕咕作响，但是见苦瓜这副无精打采的样子，也不好意思提吃饭的事。

就这样默然对坐半个钟头，苦瓜气恼地一拍桌案道："不对！一定有问题，还有咱们忽略的地方。"

海青没滋没味地嘬了口茶，惨笑道："咱不知道的事情太多了，比如发现崔大愣他们尸体时是何情形？当时谁在场？附近有没有可疑者？还有他们家里又是什么情况？毕竟咱们既不是警察也不是官面的人，不能名正言顺地查，许多情况根本无从了解。"

"是不了解，也没必要了解。"苦瓜反驳道，"事情出在'三不管'，这三个死鬼的起居、职业、交际也都在'三不管'，祸根也只能在这里。"

海青已经有些气馁了："我觉得你是钻牛角尖。或许事情没这么复杂，或许从一开始你的设想就不对，咱一直在找三桩命案的关联，但这也可能是没关联的三次杀人，不是一个人干的，只不过杀人手法相似。案情从头至尾不都仅仅是猜测吗？不要忘了，这里是'三不管'，死人不是什么新鲜事，哪天不死人呢？"

"不错，'三不管'几乎每天都死人，但不应该是这种死法！落魄烟鬼饿死街头，欠债之人被逼自杀，甚至有些人牵扯混混们的争斗被殴打致死，这都很正常。然而这三个人睡得好好的，深更半夜被人打烂脑袋，这不正常！谋财害命倒也罢了，可他们谁都没丢失钱财，可见凶手就是想取他们的性命。"

"疯子。"海青脱口而出，"凶手是疯子。"

"不可能！疯子杀人不会事先谋划。再看这三桩命案，过程中没人目睹或发生争斗。王三、贾胖子且不提，崔大愣好歹练过武，就不反抗一下吗？可见是在睡梦中被一击致命，哪个疯子能这么冷静准确地下手？况且疯子行凶不会有选择，'三不管'住着这么多艺人，怎会这么巧，他就偏偏撞进王三、崔大愣住的棚，又赶上他们独自睡在……"话说到一半苦瓜顿住了，两眼睁得大大的，嘴唇不住地颤抖。

"你怎么了？"海青吓一跳。

"我、我好像明白啦！"苦瓜莫名其妙地丢下这么一句话，随即一跃而起奔出茶棚。

"等等……"海青也紧跟着追出去。而海青身后还有个骂骂咧咧追他们俩的人——卖茶的！因为他们没给茶钱就跑啦！

苦瓜不理海青，倒像疯子一般在市场里跑来跑去，途经各处"撂地"场子，变戏法的、打把式的、练杂技的、唱野台子戏的……他一边跑一边左顾右盼，环顾这些艺人，突然又放声大笑道："我明白了！就是这么回事！哈哈哈……"午后宁静，艺人多在休息，三个一群五个一伙，或坐在树荫下乘凉，或躺在棚子里小憩。他们被苦瓜的大呼小叫惊扰，都皱着眉头朝他观望。

就这样连笑带跑好一阵，海青终于赶上，抓住苦瓜的肩膀再不叫他跑了，气喘吁吁地问："你明白什么了？"

苦瓜跑得满头大汗，却一脸笑容道："我明白为什么被杀的是崔大愣和王三了，我终于找到这三桩命案的关联啦！"说着竟扬起手连扇自己三个耳光："我是笨蛋！是傻子！是八百斤面蒸的寿桃——废物点心！一切都清清楚楚地摆在眼前，我怎么现在才发现？"

"你到底发现什么了？"

"走！咱回去说。"

海青耐着性子陪他走回茶棚，卖茶的人正站在桌边骂闲街："今儿我出门没看皇历，碰见俩蒙茶喝的！几个铜子儿的小便宜都占，真不是人养的！要是再让我遇见这俩兔崽子，我就……"

"嘿嘿嘿！骂谁呢？"苦瓜了却一桩心事，又变得伶牙俐齿，"你想怎么样？划出道来我接着。"

卖茶的很意外地道："你、你们怎么又回来了？"

"废话！还剩半壶没喝完呢。瞧你那脏心，拿我们当什么了？我们是正经人，光着屁股坐板凳——有板有眼！能不给茶钱就走吗？"

"啊？那你们慌慌张张跑出去干吗？……"

"我东西掉了，得赶紧找回来。"苦瓜随口编个瞎话。

"咳！误会了。"卖茶的连忙转怒为笑，幸好那半壶茶还没倒，又放回桌上，"您这人也真是急性子，找东西告诉我一声啊，害我也跟着追半天。"

"那你追一半怎么不追了？"

卖茶的嘻嘻一笑道："不瞒您说，我和我哥一起干这小买卖，我哥吃饭去了，他要是在这儿，我死活也得追上你们。可是这会儿就我自己，我撒丫子追你们去，万一来个贼把茶壶、板凳偷走，岂不是赔得更多？'三不管'这地方乱，不多个心眼儿不行啊！"

"对！这话说得太有道理了。"苦瓜朝海青一指，"你听见没有？这就是问题的关键！在'三不管'这个地方，白天尚且不安全，晚上谁会独自留宿棚里？除非有特殊情况。"

"哦。"海青似有所悟，"你是说王三和崔大愣……"

苦瓜却抬手打断他："你先别说话，让我静一静，我得把整件事的来龙去脉仔细捋一捋。"

又是将近半个小时的寂静，苦瓜沉思不语，与上次不同的是，他的表情越来越开朗，渐渐有了笑容，最后把茶碗往桌上一撂道："我知道凶手是谁了。"

海青惊喜不已："是谁？"

苦瓜狡猾地一笑："不告诉你。"

"你卖什么关子啊！故意耍我？"

"不是耍你，没有证据不能乱说。"

"你猜的？"

"对。虽然是猜的，但我确信是他，可惜咱没法让他认罪伏法，更重要的是我还不明白他为什么要杀人。"

"你是说……没有动机？"

"嗯。世上没有平白无故的恨，此人不疯不傻，为什么杀人？肯定有原因，只是我还不知道。"

海青早就急不可待了，道："你先告诉我是谁，行不行？"

"不行。"

"你真气死我啦！说好了彼此信任，说好了不玩'腥'的，难道你出尔反尔？咱可是要一起救甜姐儿的。"

"救甜姐儿？事到如今还有那个必要吗？"

"你这话什么意思？"海青有点儿挂火，"难道你不想救她了？"

哪知苦瓜露出一抹诡异的笑容，轻轻瞥他一眼道："好朋友，其实从一开始我就不该冒险去警所救她，对吗？"

轻飘飘的一句话，海青听来却似晴天霹雳："你……"

正在这时，有个人打断了他们不愉快的谈话——变戏法的老五拉着一辆驴车从远处过来。时隔一日他的精神面貌大不相同，迈着轻快的步子，脸上笑眯眯的，嘴里还哼着小曲。他的那辆车上载着桌子、椅子、鱼缸等许多东西，显然海青的钱起了作用，老五已把老婆孩子安排好，特意来这边当铺赎回王三的道具。

海青和苦瓜在茶棚里，老五没注意到，海青正犹豫要不要和他打声招呼，扭脸间又看见另一人——老四！他似乎是刚吃完饭，要回罗师傅的场子。

老四"污杵"赌钱，老五拐走道具，他俩已闹得很不愉快，偏偏冤家路窄，又迎面撞见。海青暗忖，这下有热闹瞧了。

果不其然，两人碰面皆是一愣，但这阵尴尬只维持了几秒，老四竟换了张笑脸，满面堆欢地跑到车前道："五哥，你回来了？几天没见可想死我啦！"他虽然排第四，年龄却比老五小，故而称呼五哥。

老五也拍着老四的肩膀，笑呵呵地道："哥哥也想你呀！听说你投奔了戏法罗，现在混得怎么样？"

"凑合吧，五嫂的病好了没有？"

"托兄弟的福，一天比一天见起色，如今在店里住着。"老五指指身后的车，"我找朋友借了点儿钱，又赁了辆车，赶紧把三哥的东西赎出来，年关时好给三嫂送回去。"

"对！这是正理，到时候我跟你一起去，咱们……"

海青本以为他俩会有一番争执，甚至大打出手，哪料到竟会是兄友弟恭、其乐融融的情景，不禁问苦瓜道："怎么回事？他俩和好了？"

苦瓜冷笑道："这才是真正的老江湖呢！无论自己心里怎么想，脸上绝不挂相，就算恨死对方，见面照样称兄道弟欢欢喜喜。你听老五说那话，年关时他把东西给三嫂送回去，那岂不全是他一面的道理？老四赶紧接茬儿，要跟着一起去，不能让老五背后说闲话。各自藏着心眼儿，哪是真的和好！"

海青不理解："为什么不直截了当闹一场？弄这套虚情假意。"

"闹起来有什么好处？老五要是把老四'污杵'要钱的事一宣扬，老四就没法在戏法罗的场子干了；反过来老四把老五偷卖道具的事一嚷嚷，老五也没脸见人。反正彼此心里有数，互相掐着把柄就行了。俗话说得好，多个朋友多条道，多个冤家多堵墙，艺人更是如此，无论'鸟市'还是'三不管'，总共那么大地方，都在一个马勺里混饭吃，低头不见抬头见，保不准日后走窄了还要合作，撕破脸还怎么挣钱？和气生财嘛！"

"你们这些人，鬼心眼儿就是多。"海青这话还真是有感而发。

苦瓜注视着虚情假意的老五和老四，忽然双眉一挑道："或许真如你所说，我钻了牛角尖。命案出在'三不管'，死者是'三不管'的人，凶手也在'三不管'，但罪恶的根源……"

"罪魁祸首不在'三不管'。"苦瓜离开茶棚时撂下这样一句话。

海青眨巴眨巴眼道："你何时有了这种想法？"

"就在刚才看见老五、老四说说笑笑的时候。"苦瓜的思绪已豁然开朗，边走边说，"不论'三不管'怎么藏污纳垢，终究是生意场，以和气生财为本，可这桩连环命案与这里的风气完全不同。想想被杀的人吧！王三是个老实憨厚甚至有点儿过于心慈手软的人；崔大愣虽然有些色迷心窍，说穿了其实是没多少心眼儿的乡下人，谁都能坑他；贾胖子固然爱贪小便宜，却也并非不近人情，而且从不坑害重病垂危之人。他们三个人谁都没有该杀之过，甚至谁都没有牟取大利、铸下大错的能力，谁会因为一点儿蝇头小利害他们性命？他们被杀纯粹是因为运气不好。"

"听你这么说，我更糊涂啦！被杀跟运气有何关系？难道凶手是个杀人狂？"

"你不是装糊涂，就是乱七八糟的故事看多了，世上哪有那么多以杀人为乐的狂人？皮裤套棉裤，必定有缘故，不是棉裤太薄，就是皮裤没毛……"

"你能说点儿有用的吗？"

"我的意思是说，杀他们绝对有原因，但这原因绝不可能是'三不管'的利益纠葛，艺人之间的事闹不到杀人放火的地步。你看看咱们走访的这些人，逊德堂的伙计，辛辛苦苦地工作就为了活下去；沙二爸自恃年长有些清高，但是看人很准，很会做买卖；老五本性不坏，纯粹是被情势所逼起了贪念；老四虽沾染恶习，但还是想好好混下去；陈大侠虽是个溜光水滑的老江湖，终归欺软怕硬，并没多大胆子；即便假金牙，他是干过不少缺德事，但正如他自己所言，不也是为了让老婆孩子过上好日子吗？就连中毒已深的陈铁嘴，不犯毒瘾时也挺有人情味儿的。你能想象他们这群人为点儿小利或者一时冲动，就去杀人吗？而且连杀三个人。江湖艺人即便有再大恩怨，到头来也还是像陈大侠那句话说的那样——自己要活着，但也得让别人活。"

"他们都不是凶手？"

"不！"苦瓜郑重其事地道，"但凶手就在他们之中。"

"我认输。"海青一脸无奈，"实在不懂你想说什么。"

"我想说的是，杀人的缘由与'三不管'的恩怨无关，那个杀人犯可能只是奉命行事，或者是被收买了，一定还有幕后指使者。那个幕后黑手一定有很大图谋，他想获得的好处绝非艺人间那点儿蝇头小利所能比。"

"幕后指使。"海青陷入一阵沉默，"不管有没有幕后之人，你能先告诉我杀人的是谁吗？"

"不能。"苦瓜又一次断然拒绝。

海青也拿他没脾气了，道："你打算瞒我到什么时候？"

"别着急，你早晚会知道，咱们现在要搞清杀人的原因，找出那个幕后黑手。"

"如果找不到呢？"

"就算找不到，我也绝不会放过这个凶手。"苦瓜眼中陡然流露出一丝狠辣，"敢向'三不管'的穷哥们儿下手，真是良心被狗吃了。三天之内若还查不清楚，我就自己出手了结这个畜生！"苦瓜毕竟是飞贼出身，又混迹"三不管"多年，深谙此地盘根错节的势力，自有取人性命的办法。

海青不禁悚然，沉寂片刻，平复了一下心情道："你说三天内查出幕后黑手，莫非已经有线索了？"

"线索倒未必，但我知道'三不管'有两个可疑之人。"

"谁？"

苦瓜没有答复，低头往前走，自顾自地喃喃道："这俩人虽然身在'三不管'，却与'三不管'格格不入，显然是隐藏身份混进来的，必定有所图谋，该好好查一下他们的底细。或许他们是和凶手接头的人，甚至可能就是幕后指使者。"

"你说的到底是谁？"海青迫不及待地想知道。

"看！那人就是其中之一。"苦瓜停下脚步，抬手指着前方。

海青顺着苦瓜手指的方向望去，见一家酒馆的后墙根儿底下有个小摊儿。一块靛青的布头铺在地上，松松散散摆着些万金油、仁丹、避瘟散之类的成药，还有几副扑克牌、梭胡牌[1]，以及挖耳勺、香烟盒之类的小物件。摆摊儿的是一个中年人，相貌再平庸不过，穿着半旧的灰大褂，肩上挎个布兜，在墙根儿下一蹲。这样装束的小贩在"三不管"少说也有三四十个。

"这人有何奇怪？我怎么瞧不出来？"

"你是'空子'，瞧不出，但落在老江湖眼里，他浑身上下皆是破绽。先说他卖的东西，仁丹和避瘟散也是皮门生意，卖仁丹行话叫'挑粒粒'，卖避瘟散之类的闻药叫'挑熏子'，跟贾胖子是一个路数，绝非他这种卖法。而且他那摊儿上还有扑克牌，如今彩门兴出一宗新玩意儿，行话叫'挑厨供'，就是教授简单的戏法，当然都是无须下苦功的小把戏，半'尖'半'腥'以此获利，这行人往往代卖扑克牌。这个摆摊儿的又卖成药又卖纸牌，买卖不大还两门抱，一看就是胡乱凑出了这些东西。你再看他摆摊儿的位置，酒馆后山墙，除了撒尿谁会去那旮儿？来往的人大多瞧不见他，他的东西要卖给谁？他蹲在那儿绝不是卖东西，而是在观察'三不管'的动静。"

"什么目的？"

"不知道。我注意他很久了，也没发觉他有何行径，以往井水不犯

---

1 梭胡牌，一种纸制的麻将牌。

河水，我也懒得管闲事，但现在有必要试探一下了。"

"怎么试探？咱们'把点开活'。"

"这次不用你。"

海青有些不快道："你要跟我'裂穴'？"

"咱俩根本没搭伙，裂的什么穴？你瞧着吧，这次我给他来个打草惊蛇。"说罢，苦瓜已大步向摊位走去。

摆摊的兀自东张西望，见苦瓜走来显然有些意外，却立刻绽出一脸笑容道："这位小爷，您买点儿什么？天热了来瓶万金油？咱这可是地道东西，不信您打开盖闻闻，薄荷、樟脑的清香直蹿鼻子眼儿，最是提神明目……"

苦瓜根本不听他说什么，直接抱拳道："辛苦辛苦。"

"三不管"有句谚语，"见面道辛苦，必定是江湖"。这"辛苦"二字是江湖人之间交流的开场词，等于向对方亮明自己也是江湖人，只要说出这二字，接下来不是盘道论门户，就是谈生意。摆摊的闻听此言依然在笑，却不那么自然了，轻轻回了句："不辛苦。"

"'合字儿'的？"

江湖人都是吃开口饭的，"人"加个"一"再加一个"口"谓之"合"，所以江湖人也自称"老合"，苦瓜这话就是问他是不是江湖，按理说他该回答"并肩字儿"，哪知摆摊的却摇摇头道："小买卖没人合伙，就我自己干。"

苦瓜又问："您是挑汉儿的？"

"我衣服薄，没出多少汗。"

"挑厨供的？"

"厨房没龛，不供灶王。"

连问三句全都对不上，苦瓜嘻嘻一笑道："朋友，这可就是你的不对了，都是江湖同道，何必拒人于千里之外？你道个'蔓儿'吧。"

摆摊的见他铁了心要打听自己的底细，也不再嬉皮笑脸，仰着头硬顶道："野鸡没名，草鞋没号，我是搭棚的竹竿——没'蔓儿'。"

"好'纲口'。"苦瓜也把脸一沉，"你故意跟我装糊涂，是不是？"

"没装，我这心里真的糊涂。"摆摊的眼皮一耷拉，"你既然不买我东西，远远走开便是，何必跟我瞎扯？"

苦瓜非但不走，反而更凑前几步蹲在他面前，随手摆弄着摊上的东西，道："你这买卖……"

"不买别摸！"

"好好好，脾气还不小。"苦瓜把手缩回来，"我瞧你卖的东西零零碎碎的，挣钱吗？"

"凑合糊口吧。"

"都在'三不管'混饭吃，有难处只管开口，兄弟我帮你。"

"多谢好意！"摆摊的略一拱手，"大路朝天各走半边，咱是各扫门前雪，休管他人瓦上霜。不是在下不懂得交朋友，实是交浅不可言深，谈不到谁帮谁。"

"嚯！真硬气。"

"那当然，我是人穷志不短，你挣十万两金子我不眼红，仨瓜俩枣照样过我自己的日子。您请便吧！"

这算是彻底说僵了，摆摊的下了逐客令，苦瓜猛然起身把眼一瞪："好小子！敢这么跟我说话，你知道我是谁吗？"

"不知道，也不想打听。"

"那你知道这片地方谁说了算吗？"

强龙不压地头蛇，摆摊的既身在"三不管"就无法回避，只好低声回答道："张七爷。"

"那是我们寨主！"

海青不禁诧异——难道苦瓜也是"锅伙"的人？略一思忖才醒悟，这是假充字号。

苦瓜直眉瞪眼横打鼻梁，摆足了无赖架势道："我是张七爷手下的大弟子，跺一跺脚，整个'三不管'都要晃三晃，哪个不知哪个不晓？老子瞧你小子顺眼，过来交朋友，是给你城楼大的脸面，你小子还敢爱答不理？难道活腻歪了？敞开窗户说亮话吧，今儿老子兜里一时不便，你先借我几块吧。"说是"借"，其实就是流氓混混儿威逼勒索那一套，"借"钱必然是不还的。

哪知摆摊的听了这话非但不怕，反而笑了道："扯虎皮做大旗，你个臭说相声的假充字号骗钱，当我是傻子吗？"

苦瓜扑哧一笑，憨着脸皮道："老兄还真精明，认出我来了。佩服佩服！今儿我认栽，你也别记恨，就当兄弟我跟你开玩笑，改天我请你喝酒。"说罢转身便走，海青连忙跟上。

俩人走出很远，直到拐了个弯儿再瞧不见那摆摊的，海青才开口道："怎么样？"

"这家伙很狡猾，他明明听得懂黑话，却故意不和我'盘道'，我猜他跟你差不多，也是在'三不管'耳濡目染学会的'春点'，没师承没门户，害怕说多了被我拆穿。不过没关系，饶他奸似鬼，照样喝我洗脚水，到最后还是露了马脚。"

"什么马脚？"

"他既说不认识我，后来怎么又认出我是说相声的呢？可见他还是知道。我敢打赌，大部分在这儿'撂地'的艺人他都略知底细，那必然是监视'三不管'无疑了。"

"他为何这样做？"

"不知道，或许和命案有关。"

"那接下来咱们怎么办？"

苦瓜早有算计，道："我挤这块疖子就为让它流脓！现在他也肯定意识到自己失言了，接下来不是挪地方就是回他老窝……"

"咱们跟踪他。"海青明白了。

"不！这家伙狡猾得很，想盯他恐怕不易。"

"那怎么办？"

"放心吧，我自有办法。"

苦瓜没再回那个小摊儿，反而领着海青去了另一个方向。在市场东边有许多小商贩，剃头的、缝穷的、炸麻花的、卖爆肚的，其中有一个卖糖炒栗子的很引人注目。那是个精壮汉子，看模样约莫三十岁，剃着大秃瓢。干这行不但需要手艺，也需要身体强健，天气正热却守着柴锅，其辛苦可想而知。那一大锅栗子加上糖和砂子，少说也有三四十斤，他却能将铁锨抡动如飞，一刻不停地翻炒。许多客人等着出锅，更有一群破衣烂衫的小孩围在旁边，不动眼珠地盯着锅里的栗子，口水都快滴到地上了。

海青远远望见甚是诧异道："这月份竟然有栗子，奇啦！"

"没点儿出奇的能在'三不管'立足？"苦瓜介绍，"他就是柱子，老四提过，还记得吧？他是遵化人，家乡盛产板栗，自他祖辈就干这个。一般栗子留不到来年，即便留到也干透了，唯独他家例外，隔年的栗子不走水汽，比新货差不了多少。据说他家有贮存栗子的独门秘法，地上挖个坑，用锯末、稻草什么的把栗子埋起来，还要定期倒换晾晒，麻烦得很。但到了来年能卖独份，虽说价钱贵，你跑遍天津卫也找不到第二家，自然不愁卖。他每天就炒两锅，来晚了都抢不上。"

海青慨叹："卖栗子也有绝活儿，真是行行出状元。你经常买他的栗子吃吗？"

"不，我们说相声的忌讳'吃栗子'[1]。"说着苦瓜已嘻嘻哈哈地凑过去，"柱子哥，买卖好兴旺啊！听说你最近耍钱也没少赢。"

"哈哈哈。"柱子喜笑颜开，"我是买卖好，手气也好，财运赌运两开花！"说着伸手从锅里抓了俩热栗子，使劲儿往地上一摔。那栗子的外壳炒得焦脆，在地上一磕立时碎裂，黄澄澄的栗仁迸射而出，真就像两朵金花。

众人一见，交口称赞。海青瞧明白了，他摔栗子一来是为了试试熟没熟透，二来也是招引大家的手段。而就在栗仁迸出的一刻，那群衣衫褴褛的孩子一拥而上——他们都是穷人家的孩子，没钱买零食，等的就是这一刻。其中有个七八岁的男孩，穿着浑身补丁的旧衣服，挎着个卖报的布兜。因为营养不良，脑袋大身子瘦，活像根豆芽菜，却大眼溜精

1　吃栗子，相声行话，指说话结巴、遗漏台词。

显得很聪明。他下手又快又准，眨眼间已将两枚栗仁全抢到手中，得意扬扬地吃起来。

苦瓜朝那男孩的后脑勺拍了一下道："小豆子，两颗栗子够吃吗？想不想赚点儿零花钱？"

男孩赶紧咕咚一下把栗子咽了，高声道："想！"

"跟我过来……"

海青这才明白，苦瓜找的不是柱子，是这个名叫小豆子的男孩，想跟过去已来不及——这时糖炒栗子出锅了，等候已久的买主蜂拥围上，把他也裹在中间。

"劳驾……借过……"海青挤了半天才从人群里出来，见苦瓜和小豆子站在远处一棵树下说话，苦瓜抓了把铜钱塞到小豆子手里，又伏在他耳边神秘兮兮地交代了些什么。

海青自觉不便打扰，就低着头在附近闲逛几步，忽听耳畔有个声音问："先生，剃头吗？"他抬头一看，是位笑容可掬的剃头师傅，忙笑着摆手："今天有事，改天再找您。"说改天再来纯属客套，他自小在新式的理发馆打理头发，何曾找过剃头摊儿？不过经这位师父一问，倒也来了兴趣，朝那剃头摊儿多看了几眼——那也是一副挑子的小买卖，扁担一头挂着一张凳子，那凳子下面有三个抽屉，盛放剃刀、肥皂、梳子等物；扁担另一头挂着一只装水的木桶，桶上有个脸盆，供客人洗头，到冬天时洗头要用热水，木桶就会换成一只小火炉，故而民间有句俗语，剃头挑子一头热。如今到了民国，男人的发型有了变化，不必剃头留辫子了，剃头匠也跟着改良，开始用剪刀理发。这位师父尤其细心，特意随身带一把小扫帚，帮客人扫去落在身上的头发楂儿，另外还有一架小帽镜，供客人观看发型。

海青不经意间对着那镜子照了一下，不禁大惊失色——镜中映照出的是一张白皙洁净的面孔。

糟糕！他这才意识到，在茶棚换衣服洗脸时把早晨抹在脸上的炉灰也洗掉了，暴露了本来面目。苦瓜疏忽了，没有发觉？还是瞧破不说？海青有心再弄点儿灰涂脸上，可这样一来更显做作。

正不知所措，苦瓜兴冲冲回来道："办妥了。"

海青强掩尴尬："你叫那孩子去跟踪？"

"对，小豆子的爹死得早，他娘是跛子，想再嫁也嫁不出去，母子俩只能相依为命。莫看他年纪小，却整日混迹'三不管'，要过饭、推过车、擦过皮鞋、卖过报纸，也算见多识广，鬼心眼儿多着呢！派他去盯梢再合适不过。"

"那咱们做什么？"

"电影没开场——等！"苦瓜伸个懒腰，"什么都做不了，等小豆子回来再说吧。"

自从开始查案，难得片刻清闲，忽然无事可做，海青觉得无聊，于是软磨硬泡，非拉着苦瓜去陈大头的相声场子。这会儿大头、麻子等人已开场，茶棚内外围了观众，大头瞧见他俩便如瞧见救星一样，忙招呼道："帮着'打杵'！"海青糊里糊涂地手里就被塞了一只敛钱的笸箩。

"怎、怎么敛呀？"

"说不清楚。"苦瓜也抓耳挠腮，"你就跟着我，慢慢学吧。"

"我学这个干吗？"

"你不是非嚷着学相声吗？'打杵'也是必须要会的。"

"可是……"海青不好意思。

"唉！谁叫你偏要过来凑热闹，被大头抓了壮丁吧？你就跟在我身后吧。"

这时一段相声正好说完，苦瓜满面堆欢挤进人群，拿起笸箩向观众要钱，时而高声吆喝，时而戏谑两句，遇见给得多的就高声报出数目，给这位观众脸上增光，遇见不给钱的就嬉皮笑脸道："您莫非赶上急事出门没带钱？要有急事您赶紧去办，别在我们这儿耽误工夫，倘若有个一差二错，我们这群穷鬼可担待不起。您若是兜里有钱怎么不赏呢？没有君子不养艺人，我看您也是穿绸裹缎的，家里站着有房、躺着有地。您少喝一碗茶、少抽一根烟就够我们吃的了，这点儿小钱还吝啬？"白看的人实在受不了他这通磨叽，又怕被旁人笑话，也就给了。海青不会这一套，脸皮又薄，只是低头捧着笸箩，连句话都不敢说，绕场一周才敛到三十多个铜子儿。

苦瓜见了发笑道："你这是姜太公钓鱼——愿者上钩啊！"

海青脸都臊红了："我长这么大哪曾找人要过一文钱？这、这不成了乞丐吗？"

"胡说！"苦瓜厉声批驳，"你看看我拿笸箩的姿势，不是像你那样手心向上捧着，是手心朝下，用三根手指捏着。手心向上那才是乞丐，手心向下是接钱，我们作艺的凭本事吃饭，不偷、不抢、不贪、不搂，并不低人一头。"

"是是是……"海青唯唯诺诺地应承，却还是拉不下脸，悄悄把笸箩撇在一边了。

从下午两点多直到傍晚，海青一直在陈大头的场子，与其说帮忙还不如说自己过瘾。《家堂令》《菜单子》《学满语》《怯洗澡》，好节目一段接一段，他根本没敛几次钱，光顾着自己看了。好在大头等人都知道他是"海青"，谁也不和他计较。不知不觉天色渐晚，这才见小豆子匆匆忙忙地跑回来。

苦瓜把他领到僻静处问："怎么样？"

小豆子有些失望地回答："那家伙还真狡猾，离开'三不管'往北边绕了一大圈，又向南去了日租界。我不敢跟太近，走到街口有买报的，我给人拿份报纸的工夫他就不见了。"

"他发现你了？"

"应该没有，我猜他可能进了某栋房子。"

"宫岛街和荣街交口？"海青走了过来，他对租界很熟悉，"那是日本领事馆。"

苦瓜灵机一动："对啦，你看看，这是国货还是日本货？"说着从兜里掏出个小盒递给海青。

海青一看就笑了——仁丹！原来苦瓜在那地摊儿上玩了个"袖里坤乾"，摸走一盒仁丹。仁丹是砂仁、豆蔻、薄荷等药材制成的小颗粒，有避暑、消食、解晕的功效。仁丹最早是日本人发明的，在亚洲风靡一时，后来中国药商也开始仿制，尤其"五四运动"以来，民众抵制日货，国产仁丹花样百出销量骤增。

海青仔细看了看那个药盒道："森下株式会社，日本货。"这次倒是他先一步醒悟："现在一般药店买不到日本仁丹，摆摊的却能弄到货，而且他偏偏消失在日本领事馆附近，八成是领事馆派出的密探。"

风水轮流转，苦瓜反倒一头雾水："日本密探为何监视'三不管'？"

"终于也有你请教我的时候。"海青笑道，"日本自袁世凯当权时就觊觎华北，段祺瑞政府又曾向其借款，此后日本又支持奉系军队，如今他们的势力遍布天津，刺探各方面情报。'三不管'离日租界这么近，派人监视也不稀奇。"

苦瓜闻听此言，原本炯炯的目光渐渐暗淡下来："不对啊……就算日本人监视'三不管'，有必要杀人吗？贾胖子、崔大愣他们算什么？无权无势，跟军阀政客、革命学生、民间团体都扯不上关系，日本人害他们有何意义？看来这个摆摊的应该和此案无关。"

"不是还有另一个可疑之人吗？咱们再去查他。"

苦瓜却没答复，打发走小豆子，垂头丧气道："好不容易有点儿进展，又钻进死胡同，实在太烦人啦！天快黑了，我有点儿累了，咱今天就查到这里吧。"

海青见他脸色不大好，不免替他担心："你也别太勉强，不是已经知道凶手了吗？早晚会搞清楚情况的。这样吧，明天咱们休息一下换换心情，去看场电影怎么样？"

苦瓜揉了揉眉头道："也好。"

"你想看什么片子？"

"稍等，我去撒泡尿……"

苦瓜虽然答应了海青，却还是放不下心事，一边思索凶手，一边朝戏台走去——那是一座草台班子的简易戏台，用竹竿和木板搭起来，占地并不大，上面有芦棚，三面围着褪色的旧台帐。这会儿天色已晚，唱梆子的艺人早就散了，台上没人，衣箱、桌椅都在那儿堆着，刀枪斧钺之类的道具也都插在架子上，还用绳子拴好了。这附近没有茅厕，苦瓜便绕到戏台后面，解开裤子撒尿。

哪知这泡尿撒了一半，他忽觉脑后有细微的响动，扭头一看——刀枪架子裹着台帐一并倒下，朝他脑袋砸来！

幸亏苦瓜飞贼出身反应机敏，他来不及提裤子，情急之下向旁边一扑，那刀枪架蹭着他的耳朵砸在地上，发出一声巨响。虽说演戏的武器是假的，毕竟也是木头做的，十几把这样的玩意儿连同架子一起从高处倒下，若被砸中，不死也得重伤。苦瓜倒在地上，吓得面如死灰，剩下半泡尿全撒裤子上了。

戏班的人听到动静一股脑儿跑过来问："咋回事？刀枪架怎会倒？明明绑在台柱上。你没事儿吧？"

苦瓜这才爬起身，提裤子系腰带，低头查看刀枪架，见那上面果然有一条断了的绳子。断口处是整整齐齐一道白茬，明显是被利器割断——这不是意外，有人要杀他！

果不出先前所料，该来的终于来了，凶手已知道苦瓜在调查，要杀他灭口。苦瓜立刻质问道："刚才谁在台上？"

戏班的人面面相觑，最后有个似乎是班主的人开了口："好像没人吧？半小时前就散戏了，我去张罗晚饭，他们几个刚才在台下跟收板凳的闲聊，再没别人了。或许有小孩偷偷地跑上去玩，我们没留心。实在对不起，你受伤了吗？要不要找大夫瞧瞧？"

苦瓜顾不得跟他废话，快步绕出戏台，见暮色下人影恍惚，并没有什么可疑者，而原本站在远处的海青不见了！

他在戏台周围找了一圈，仍不见海青踪影，不禁忧心忡忡，生出个恐怖的猜测，又不愿相信这是真的。他正呆呆发愣，忽觉背后被人轻轻拍了一下，他一时紧张来不及多想，脚尖点地纵身一跃，蹿出去一丈远，这才回头观看。

"好功夫。"后面来的正是海青，"怪不得你能蹿房越脊……"

"你死哪儿去了？"苦瓜没好气儿地问。

"抱歉，叫你久等了。"海青赧然一笑，"中午没吃饭，我实在是饿了，去买了俩火烧。已经吃了一个，还剩一个，你吃吗？另外我还买了份报纸，想查查明天有什么电影。"

苦瓜想把遇袭的事告诉他，却注意到海青用左手递来火烧，报纸也夹在左腋下，右手垂在身侧，指尖上隐隐有血迹。苦瓜立刻把想说的话咽了回去，转而问："你的手怎么了？"

"哦。"海青从兜里掏出几片碎玻璃，"都怪陈大侠那两串钱，我不是被假金牙推了一跤吗？铜钱把兜里的墨镜硌碎了，我也不知道，刚才掏钱把手划破了。"说着他随手扔了碎掉的墨镜，"你怎么了？"

苦瓜盯着地上那锋利的玻璃片，咽了口唾沫道："没什么。"

"你脸色很难看，是不是还在发愁？不是还有三天吗？越着急越办不成事。先别想那么多了，暂时放轻松。"海青打开报纸，"明天光明大戏院上映卓别林主演的《淘金记》，这家伙可逗乐了，咱就看这个吧。"

苦瓜沉默好一会儿，轻轻应了一声："好……"

沈海青走进家门时，客厅的落地座钟刚好响了八下，管家老吴一脸不耐烦地站在钟旁边，掏出他那块用了不知多少年的旧怀表，皱着眉头对了对时间。

"我跟你说过无数遍，你那块表该换了，在我印象里，它就从来没准过。"海青说着话一屁股坐在真皮沙发上——平时他很讲卫生，穿这身又脏又破的衣服绝不乱坐。可今天不一样，他实在太累了，感觉浑身的骨头都要散了。

"少爷。"老吴揣起怀表，板着脸踱到沙发旁，"我也跟你说过无数遍，要按时回家，你也从不听，而且一次比一次过分。天都已经黑了，厨子把晚饭热了两次，你要是再不回来我就要报警了。"

"何必这么大惊小怪？没那么严重。"

"不严重？你这两天没看报纸吧？各家报纸都撰文谈论'三不管'的混乱，坑蒙拐骗、偷拿卡要、杀人越货、流氓械斗。你要是被匪人绑票怎么办？我怎么跟老爷交代？"

"放心，我很安全，没人知道我的身份。"

"哼！没人知道？"老吴一阵冷笑，习惯性地摸了摸自己左额上的疤痕，"别说在'三不管'，在家里都快瞒不住了。上午厨子一直在抱怨，他在橱柜上留了一杯牛奶，准备做面包用，不知被谁偷喝了，为这事儿还和女仆吵了一架。"

"呃……是我喝的。"

"女仆向我报告，说楼梯上有奇怪的脏脚印。"

海青低头看了一眼脚上的破布鞋："也是我。"

"还有，隔壁的史密斯太太跟我说，今天早晨有个穿灰大褂的家伙从咱家后门溜出去，鬼鬼祟祟的，还戴着墨镜。"

提起墨镜，海青有些不快，他从兜里掏出空镜框往桌上一扔道："不到半个月碎了两次。"

"史密斯太太猜测，咱家可能进贼了，她特意来提醒我，还打算去巡捕房反映一下治安问题。"

"讨厌！"海青皱起眉头，"多管闲事的'色唐果'。"

"你说什么？"老吴没听懂。

"哦，'三不管'的人把外国人叫'色唐点'，女人叫'果食'，'色唐果'就是外国女人。"

"你这话比外语还难懂。"

"我原先也这么认为……你最后是怎么摆平这件事的？"

"我向史密斯太太和仆人们解释，说我家乡来了个远房侄子，那小子很不争气，吃喝嫖赌胡作非为。如今他兜里没钱找我借，我觉得不体面，不想让大伙看见他，就趁着没人从后门把他领进来，带他上楼拿了点儿钱。他说肚子饿，我又给他喝了杯牛奶，那小子竟然趁我不注意把少爷的墨镜偷走了，以后我不会再叫他来了。"

"精彩！"海青幻想满脸严肃的老吴编瞎话时的窘态，不禁发笑，"您老也有'把点开活'的本事。"

"唉！我跟随老爷二十年，一直兢兢业业，没办过一件错事，今天真把半辈子的老脸丢光了。整个下午仆人们都在我背后指指点点，议论我的私生活，我都听见了，他们猜测那人不是我的远房侄子，而是我的私生子。"

"哈哈，放轻松。您老人家一向'蔓儿正'，能'压点'，那些'展点''展果'也就是背后嘀咕，不敢把您怎么样。"

老吴眉头皱成个大疙瘩："你说的都是些什么呀？"

"都是'春点'，'蔓儿正'就是人品正，'压点'就是能镇住场面，'展点'是男仆，'展果'是女仆。"

"唉！自从您去了'三不管'，我发现咱们越来越难交流，不过好在我快熬出头了。"老吴从兜里掏出一封电报，"晚饭时刚接的，老爷下星期回家。"

海青一惊，接过来看了一眼道："徐州？不可能！他不是要去广州谈生意吗？最早十月份才能回来呀。"

"早就告诉你要看报，现在到处都在打仗，北伐军正与直系军在蚌埠激战。孙传芳这次恐怕大势已去了，虽然还能勉强支持，麾下将领多与南方政府暗通款曲，士兵也纷纷逃亡。老爷害怕被乱兵抢劫，已改变计划，把货物就地处理，货船也遣散了，过两天乘火车回来。"

"自由的日子快到头了。"海青只能接受现实。

"你胡闹了这么久，也该收收心了，该参加实业界人士的聚会，多关注一下时局和公司的业务，别再出去乱跑了。"

"可我在'三不管'的事还没办完……"

"够啦！"老吴生气了，"你已经完全偏离了初衷，整天和江湖艺人混在一起，你现在这副模样还像个体面人家的大学生吗？"在这栋房子里，老吴是唯一敢批评海青的下人，因为他是看着海青长大的。

海青依旧嘴硬："从来没任何人规定一个大学生应该怎样，而那些所谓的体面人家，所作所为也未必比卖艺的光彩。"说到这儿他忽然想起苦瓜下午那番话："作艺的不偷、不抢、不贪、不搂，并不低人一头。或许你觉得我在'三不管'是瞎混，可我不这么认为。你放心，如果惹出什么祸，一切后果我自己承担，绝不连累你。"

"你一直这么说，可是给我找的麻烦还少吗？光是警所，我就跑了四五趟。这事若是传扬出去，老爷肯定生气。不但你要受罚，我也会跟着倒霉，还是收敛些吧！"

"再给我三天时间，最后三天！好吗？"海青想起，苦瓜说三天内一定要查明真相。

"你……好吧，随你便。"老吴懒得跟他再费唇舌，"反正你是秋后的蚂蚱——蹦跶不了几天了。"

"咦？你也会说俏皮话。"

"被你传染的。"

"就这样吧！今朝有酒今朝醉。"海青打了一个哈欠，"我去换衣服，你赶紧叫厨子把晚饭再热一下，另外叫女仆准备一缸热水，我得泡泡澡。"他想起白天换的那身行头就恶心，身上到现在还痒痒。

"是，少爷。"老吴微一躬身转身便去，走出几步突然回头，支支吾吾道，"那个……请教一个问题，刚才你说男仆叫什么来着？'展点'？要是像我这样的老仆应该怎么称呼？"

海青眨眨眼睛想了想道："'苍展'。"

老吴很快就把一切安排妥当，海青换了日常的衣服来到餐厅，晚餐是奶油烤杂拌。热了三次已经完全变形，就像一团呕吐物，里面的牛肉也嚼不动了，还真不如"三不管"的火烧好吃。他耐着性子把那团乱糟糟的东西吃完，迫不及待地扑进浴缸，边泡澡边思考今天的事——苦瓜真的发现凶手了吗？为什么他不告诉我？真的有所谓幕后主使之人吗？还有，我的底细被他摸到多少？

当他从浴缸里爬出来时早过了晚上十点，仆人们都休息了，他一头倒在床上，再也没力气考虑任何问题……

也不知睡了多久，忽听一阵敲门声。

"进来……"海青挣扎着睁开眼，发现已经天光大亮。

老吴一脸严肃地站在卧室门口道："现在是八点半……哦，不！我的表快，是八点二十七分，你还不起床吗？"

"再睡会儿。"海青拉起被子蒙住脑袋，"我今天不去'三不管'，中午约了看电影……"

"好吧。但有件事得告诉你，今早有个破衣烂衫的男孩来到咱家门口，向门房老赵打听这是谁家，还问了一些关于你的事情，老赵没告诉他，那男孩不死心，又去向邻居家的仆人打听，似乎想确认你的身份。老赵立刻向我汇报，我想把那孩子叫过来盘问，但出去时他已经溜了。"说罢老吴又把卧室门关上了。

　　海青不耐烦地咕哝一声："知道了……"他停了一会儿突然睁开眼睛，一猛子坐起来——小男孩？确认身份？小豆子！

　　刹那间他想起苦瓜昨天下午说的话，"三不管"至少有两人可疑，他们与这个地方格格不入，应该好好调查。有一个人已证实是领事馆的密探，而另一人……

　　海青困意尽消，低头看了一眼扔在床下的灰布大褂——不再需要它了，我暴露啦！

第七章
时光更改，胜似先前

　　光明大戏院坐落于法租界福煦将军路，这个路名是为了纪念在世界大战中指挥协约国联军取得最后胜利的法国名将斐迪南·福煦，而这条路也像世界大战一样火药味十足。天津两大百货巨头——天祥市场、泰康商场——都在这条街上，离此不远还有刚落成就因白宗巍坠楼案声名鹊起的中原公司。另外，著名富商高氏家族也相中这块宝地，正在筹建天津劝业场，各大商家云集于此，竞争之激烈可想而知。

　　也正因为地段繁华，华北电影公司投资修建了光明大戏院。这家戏院装潢富丽、占地广阔。大门上悬挂着缤纷璀璨的霓虹灯，一进门是多达二十三级的大理石台阶，两旁是西式的雕花木质扶手，门厅内摆满迎宾花卉。舞台是西方歌剧院风格，上层包厢，下层散座，可同时容纳一千五百名观众，以放映电影为主。这里一开张就把其他影院都比下去了，成为殷实人家、时髦青年趋之若鹜的消遣佳地。

　　此时将近上午十点半，电影《淘金记》即将开演，观众早已迫不及待，陆续走进大厅准备检票。苦瓜不想再让海青请客，提前一小时就来了，买好票在休息区等候，奇怪的是一向喜欢热闹的海青竟迟迟不到。眼瞅着时间将至，苦瓜渐渐焦急，联想到昨日自己遇袭之事，又不免有些担忧，走到楼梯口向下张望。

恰在这时，一辆黑色福特小轿车停到戏院门口。司机率先下车，快步绕过车头到另一边，打开后排车门——有个西装革履、油头粉面的年轻人迈着庄重的步伐走出来。

他刚下车时苦瓜根本没看出是谁，直到走进门厅才觉得眼熟，忙迈下几层台阶仔细辨认，不禁笑了笑道："我就知道这小子家世不一般……嘿！我在这儿呢。"

海青明明看到招呼，反应却很冷淡，转身打发走汽车，这才不紧不慢走上台阶。苦瓜又迎下两步道："你这么一捯饬，还挺精神。应了那句老话，人配衣裳马配鞍，西湖景配洋片，狗戴铃铛跑得欢。"

海青似乎对这个玩笑有些不满："我是狗，你又算什么东西？"

"我是另一条狗。"苦瓜还跟他玩笑呢，"你怎么现在才来？再晚些别说淘金，连金子渣儿都不剩了。"

"本不想来的，但是既然定好不能爽约。"

苦瓜这才发觉他态度有些异样，便问："你怎么了？为何穿这身衣服来？"

"事已至此，我还有必要伪装吗？"

"哈哈，你终于亲口承认一直在伪装啦！"

"不承认能行吗？你一再跟踪我，早就弄清楚我是谁了，连我住的地方都知道，这场戏还有必要演下去吗？"

"跟踪你?！"苦瓜一阵蹙眉。

"承认吧，有什么不好意思的！难堪的应该是我，我还傻呵呵地跟着你'把点开活'，其实就是个小丑，演的都是戏中戏。"

听到"小丑"二字，苦瓜心头涌起一阵不快，却压抑着道："我没嘲笑过你。"

"那你让我穿有虮子的衣服？"

"调查需要，不是故意戏耍你。"

"或许吧，但你怀疑我是命案的幕后指使者，不是吗？"

苦瓜抿了抿嘴唇道："好吧，我承认。昨天我是有点儿疑心，可那是因为我撒尿时有人割断绳子，想用刀枪架砸死我，恰好你手上有锋利的碎玻璃……"

"别编故事啦！"海青根本不信，"凭你的身手，谁杀得了你？事情明摆着，你明明看出我脸干净了却不点破，是怕引起我的警惕吧？你明明猜到凶手是谁却不告诉我，是防备我通风报信吧？你说'三不管'有俩可疑的家伙，其中一人证实是领事馆密探，另一人呢？就是我，对不对？"

苦瓜无可否认道："不错，我提防过你，但现在已经不怀疑了。昨晚我思考很久，你……"

"昨晚？到现在你还撒谎，今天早晨你还派小豆子监视我家！"

"没有啊！不信你去问……"

"问小豆子？有用吗？你早跟他串通好了。"海青咄咄逼人，"人前一套背后一套，你从来就没信任过我。"

"你值得我信任吗？"苦瓜终于忍无可忍，和他争辩起来，"你这家伙冒冒失失来到'三不管'，平白无故跟我交朋友，却不透露自己的底细，莫说是我，就是换作别人，谁又能相信你呢？"

"我隐藏身份是怕被熟人认出来，如果我去'三不管'的事被家里长辈知道，就不准我出门了。"

"哼！您是高贵人，我们这等臭艺人本就不配与您交往。"

"你说话别这么阴阳怪气的，扪心自问，我何时亏待过你？我帮了你许多次，这还不够吗？"

苦瓜反问道："难道你没骗过我？你对这桩案子没有丝毫隐瞒？"

"没有。"

"你睁着眼睛说瞎话！"苦瓜气哼哼地解开衣襟，从大褂里掏出一张报纸，"这份《益世报》还记得吧？就是登载劫牢事件的那张，我一直留着呢！这上面写的什么，你再念一遍！"

海青立时无言以对。

"怎么哑巴了？不敢念？怕念出来跟上次不一样？从一开始你就在骗我！我找其他识字的人问过了，什么'火案罪犯脱逃'？明明写的是'火柴新品上市'！不愧是读书人，真有学问，手指着报纸一个字一个字地编，弄个火柴广告就把我耍得团团转，都成段子啦！"

"你什么时候发现的？"

"当天晚上我就知道你说瞎话。你难道忘了那天小梆子是怎么描述劫牢之人的吗？警察目睹的是一个身穿黑衣、长着白脸、有酒糟鼻子的人。这才对呀！你那面具是从威……威什么的地方弄来的，整个'三不管'没人识货，警察也没见过，再加上深更半夜光线恍惚，看到我不过是一瞬间的事。他们根本没瞧出我戴着面具，误以为长相怪异。可你读的报纸是怎么写的？头戴异国戏剧面具，不但知道是面具，还知道是演戏用的，甚至知道是外国货！哈哈，真是笑话！警察都没认出来，报馆又怎么知道？唯一合理的解释就是当时你也在场，你亲眼看到我把甜姐儿救走了。"

"不，我没在场，去警所的是我们管家老吴。"

"嚯！真了不起！"苦瓜挖苦道，"去警所都不必亲自出面，派管家去就搞定了。你家真是有钱有势啊！"

"你知道我叫他去警所干什么吗？"

"有钱人家的事，我不想知道。"

海青气不打一处来，道："我派他去买放甜姐儿！"

"哦？谢谢你。"话虽这么说，苦瓜无丝毫感激之态，"我早就告诉过你，不用你多管闲事，我自己能救她。"

"就凭你？你还真以为自己多了不起呢。"海青讥讽道，"若不是我花五十块大洋上下打点，跟警所打好招呼，他们怎么可能把甜姐儿单独提出来？若甜姐儿还在牢里关着，你一辈子也救不到！而且你逃跑时警察已经要开枪了，若不是老吴阻拦，你这条命早没啦！"

苦瓜回忆那晚的情形，果如海青所言，却道："那你为什么不直截了当告诉我？还编那个假新闻？"

"我是想……"海青自觉有点儿理亏，"想和你学相声。"

"你就是想掐住我的短处，要挟我！"

"别说得这么难听。"

"话难听，难道你不是这么干的？我不答应跟你一起行动，你就揭我老底，这不就是要挟吗？后来发现贾胖子也是被人害死的，三桩命案有关联，你是不是更开心啦？多好的侦探游戏，花多少钱都买不来这样的消遣，变戏法的、练把式的、拉洋片的……大少爷，你玩痛快了吧？"

"放你娘的臭狗屁！"这时前一场电影正好散场，楼梯上下挤满了人。大伙被他俩的争吵吸引，眼见这位西服革履的年轻人说脏话，都不禁咂舌皱眉。

苦瓜一脸不屑道："满口仁义道德，一肚子男盗女娼。原来你这样的大少爷也会骂街。"

"跟你学的！你知道我替你担了多少麻烦吗？本来老吴把甜姐儿接出来，这事儿就完了。可你偏偏自作聪明，非要在警察面前把人救走。你以为这几天我光跟着你查案？为了不让警所追究，我又派老吴跑了好几趟，又多花好几十块才把这一案买平。"

"钱！钱！钱！你就知道钱，我在乎的是人。"

"我不在乎人？我若不在乎，救甜姐儿干吗？"

"哼！谁知道你对甜姐儿安的什么心！"苦瓜这句话竟透着一股酸溜溜的醋劲儿。

"好心。"海青冷笑，"我可不像某些人，明明惦记人家闺女，嘴上却不敢承认。"

这句话戳到苦瓜的痛处，他说道："你、你再说一遍！我抽你！"

"你打呀？花了我的钱，受了我的恩，反过来还要打我，难怪都说你们戏子无义。"

"好，我无义！"苦瓜把衣兜翻个底朝天，把所有钱都掏出来，"你怎么救甜姐儿、怎么周济老五，都是你自己的事，我管不着。你统共就给我十块钱，其中给陈铁嘴那两块昨天已还了你，剩下的也一并还你吧！"说着也不管银圆、铜钱还是纸币，他照着海青就扔过去。稀里哗啦一阵响，那些钱如天女散花般散落。

两枚硬币打在海青脸上，海青觉得这是莫大的羞辱，而且是拿他的钱羞辱他自己，脸都气白了，道："你这是要画地绝交？"

"对！你瞧不起我，我还瞧不上你呢！别看你穿得人模狗样，谁知道是人是鬼？为了跟我套近乎还编故事。说什么你也父母双亡，也不怕遭天谴！你的钱我拿着扎手，谁知道你哪儿来的这些损阴丧德、断子绝孙的昧心财！"

"浑蛋！"海青怒不可遏，照他脸上就是一拳。

苦瓜也气得五迷三道，什么功夫全忘了，竟没能躲开，海青这拳正打在太阳穴上。他岂能吃这个亏，回手还了一记耳光。

海青从小到大没挨过打，今天被苦瓜这一巴掌打得半边脸都木了，缓过神儿来更是大怒，往前一扑抓住苦瓜衣襟道："我跟你拼啦！"说着就要撞脑袋。

"你撒开！撒开！"苦瓜边躲闪边拍海青的肩膀，无奈他死死揪着不松手，"你属王八的，咬住不撒嘴，瞧这手儿！"说着话抬腿朝海青的脚踝一勾。海青被他绊了个趔趄，却仍不松手，拽着苦瓜同时一歪——俩人抱成一团顺着楼梯滚了下去！

门厅里顿时一片骚乱，楼梯上的人左躲右闪，几个太太、小姐吓得大喊大叫，门童趁乱争抢撒在地上的钱。他们俩连滚十几层台阶，重重摔在一楼地板上，海青周身剧痛，嘴唇也硌破了，"呸"地吐了一口血唾沫，又薅住苦瓜的衣领。苦瓜后脑勺磕了一个大疙瘩，挣扎着爬起来，也反手掐住海青的脖子道："浑小子！没想到你被窝里放屁——能文能武啊！"

"对……"海青气喘吁吁，"别以为我好欺负。"

"你还没完没了啦？撒手！"

"少来这套，撒开你就没影儿了。"

"你放心，我不跑，打你这路货色用不着功夫。"

"好！有种咱到外面解决，别在人家店里耍浑蛋。"

"走啊！不管到哪儿我也不怕你呀！"

俩人薅着衣服出了戏院，顿时一通死缠烂打。正是人来人往的时候，又在繁华的商业街，围观的足有百余人。天津人爱看热闹，更爱开玩笑，竟有人扯着脖子叫好："嘿！这俩愣子比卓别林还哏儿！"

虽说海青比苦瓜魁梧，苦瓜终究是飞贼出身，几个翻滚后将海青压在身下，右手卡脖子，左手挥拳就打。他刚在海青胸口捶了两拳，忽觉脖子一紧，似是有人从后面抓住他衣领，还没来得及扭过头看是谁，脸上已挨了一巴掌。

苦瓜眼冒金星跌坐在地，抬头一看出手之人，不禁目瞪口呆。此人正值而立之年，身材魁伟，方额广颐，五官端正，剃着光头，穿一身宝蓝色大褂，足蹬礼服呢牛皮底布鞋，周身上下收拾得一尘不染，年纪不甚高却有长者威严。莫说苦瓜，连海青也吃惊非小——这不是当今相声第一人，鼎鼎大名的张寿爷吗？

由于竞争激烈，天祥市场和泰康商场都绞尽脑汁吸引顾客，不约而同地开设茶座，表演各种曲艺节目。近来张寿爷恰在泰康商场的歌舞楼献艺。按照曲艺场的规矩，越是名角越晚登台，歌舞楼攒底的是"鼓界大王"刘宝全，寿爷压轴，倒数第二个登台，所以每天十点多才过来。今天他走到福煦将军路被看热闹的堵住，幸而许多市民认得寿爷，纷纷热情相让。他本想溜边儿过去，只是下意识地朝打架的人瞥一眼，正瞧见苦瓜抢拳，不由得火冒三丈，冲上前扇了他一记耳光。

苦瓜一见寿爷，凶巴巴的气势顿时没了，如老鼠见猫，扑通一声跪倒在地道："师叔……"海青也蒙了，他久慕寿爷大名却无缘结交，没想到竟会在这种情势下碰面，赶紧爬起来，拍打身上灰土。

寿爷面沉似水，却抱拳拱手，向围观众人作了个罗圈揖道："众位先生太太，这是我门户里一个师侄，他年少无知、做事荒唐，在大庭广众之下打架，挡了大家的路，扰了大家清静，太不像话啦！我会好好管教他。还请大家不要笑话，也给我们叔侄留点儿脸，别瞧这热闹啦！"

他名声赫赫，观众们都喜欢，话音刚落，立刻有人回应："这话说远啦！我们听您讲笑话，哪能看您笑话？孩子年轻，别生气。我们不打搅了，走吧走吧……"只片刻工夫，围观众人走得干干净净——这便是相声名家的人缘。

寿爷又扫了苦瓜一眼："跟我来。"说完向路边一个胡同走去，苦瓜蔫头耷脑跟在后面，海青也过去了。

待到僻静处，寿爷蓦然转过脸来道："你怎么回事？"

苦瓜再次跪倒，开口便道："我错了。"

"有句老话叫'相不游街'，你懂不懂？"

"懂……"苦瓜怯生生地回答。

"我看你不懂！"寿爷劈头盖脸数落道，"咱说相声的台上可以戏谑胡闹，下了台就要规规矩矩做人，过分的玩笑都不能乱讲，更何况当街打人？别忘了你是作艺的，大小有个'蔓儿'，今天你这般行为要是被熟人看见，成什么话？幸而我来得早，若是惊动巡捕把你抓走，今后你还要不要脸面？"

"我知错了……"

"少搪塞我！瞧你这德行，衣服都破了，头也好几天没剃，哪还有规矩？昨儿我跟戏法罗赶一个堂会，他说你连着好几天没做买卖，整日在'三不管'闲逛，到底怎么回事？"

"我……"苦瓜不便说查案的事，只能硬着头皮道，"没什么。"

"没什么？哼！"寿爷显然是误会了，"我告诉你，人学好不易，学坏容易得很。瞧'三不管'边边角角那些落魄艺人，固然有些人命运不济，但更多的人是吃喝嫖赌自己作的。还有那些不知上进的小子，不好好磨炼真本事，就知道蹭吃蹭喝、酗酒耍钱，整天绞尽脑汁占观众们的便宜。我原以为你小子吃过苦，懂得是非好歹，与那帮浑小子不同，哪知都一样德行。你拍拍胸口想一想，当初你师父死时你会什么？若不是我吩咐各处的场子关照你，你能有今天吗？"

海青在旁听着，忽然想起甜姐儿提过，苦瓜曾得一位前辈关照，原来就是寿爷。

苦瓜丝毫不敢辩解，叩头道："我对不起您老人家。"

"对不起我？与我何干？我也不指望你报答我什么，只觉得你是可造之才，将来成角儿成'蔓儿'给咱说相声的露脸！哪知你小子不走正路，刚吃几天饱饭就胡作非为，枉费我一片苦心啊……"说到这儿寿爷一声长叹，似乎不仅是生气，更多的是失望痛心，随即转而向海青抱拳道，"这位小兄弟……"

海青受宠若惊，连忙摆手道："不敢当！不敢当！您是前辈。"

"唉！我看你仪表不俗，想必是正经人家的少爷。不用问，必是小苦瓜坑骗你，花了你许多钱才惹起这场争斗。我代他向你道歉。"

海青一个劲儿摇头道："没有没有，苦瓜没坑骗我。"

寿爷还以为他客套，赶紧说道："没关系，究竟什么事您但说无妨，若有损失我叫他赔给您，钱不够我替他补偿。"

"您多心了，他确实没坑我。"

"没有？"寿爷摸不着头脑了，"那你们为何打架？"

"这、这……"怎么解释呢？海青也不知说啥好了，"我跟苦瓜是朋友，一直挺好的，今天……哦，逗着玩！逗着逗着……就急眼了，我打他一拳，他绊我一跤，就、就打起来了……咳！其实这事儿不怨他，也不怨我，总之……我们俩吃饱了撑的！"

苦瓜跪在旁边，听着海青这蹩脚的解释，忍不住发笑——到这会儿海青还在维护我，确实是个值得交的朋友，或许真是我错啦！从小到大作贼作艺、受苦受累，心中伤痕千沟万壑，早已经不相信陌生人了。可无论这世界多糟糕，毕竟还是有真心待你的人，就因为自己的痛苦和自卑把所有人都拒之门外，这未免太狭隘啦！

回想海青急人所急帮助甜姐儿，不忍宝子他们挨饿去买吃的，慷慨解囊周济老五，见到四侠被父亲责打就要给钱……自己怎么会怀疑这样一位好心人？苦瓜由衷惭愧，笑着笑着竟已流下泪水。

寿爷好心来管闲事，没料到海青这样答复，反而尴尬，道："嘿！周瑜打黄盖——两头情愿！"以他的阅历自然看得出海青说瞎话，但初次见面不便训斥人家，便想再数落苦瓜几句。哪知一回头，见苦瓜笑得眼泪都下来了，更是火上浇油，扬起巴掌又要打。

忽然有人叫："师哥！消消气儿！孩子们胡闹，何必当真？"胡同外又来一人，年纪略比寿爷年轻，也是相声艺人打扮，相貌端正举止优雅，左手背在身后，右手轻摇折扇，迈着不紧不慢的四方步，竟有些文人气质——苦瓜和海青都认识，是寿爷的搭档陶先生。

"唉！"寿爷长叹一声，手又摆下了，指着苦瓜的鼻子道，"你小子就笑吧！有你哭的时候。别以为现在混得不错就一世无忧，十年前的'三不管'曾经何等兴旺，我比你清楚。那时'三不管'比现在大好几倍，'摆地'卖艺的一眼望不到边，不过十年光景，大半的地都被富商买下建房，卖艺的地儿越来越少。如今时局动荡，北伐军一路得胜，津京一带许多达官贵人已暗中投靠南方。奉军政府缺钱，'三不管'又一再出乱子，剩下的地迟早也要卖，那时你到哪儿混饭吃？绕岸车鸣水欲干，鱼儿相逐尚相欢。无人挈入沧江去，汝死哪知世界宽！我本想提携你到曲艺园子里表演，趁早谋个出路，以后还能喜鹊登高更进一步，可是瞧你小子嘻嘻哈哈的样子，好像不在乎。也罢，算我多管闲事！你这皇帝不急，我这太……太上皇也没必要替你操心。"

"师哥，快走吧。"陶先生凑前几步，"时候不早了，咱再不去，前场的金先生下不了台啦！"说着推着寿爷的背把他劝走，却又回头对苦瓜道，"说你是为你好，换旁人还懒得管呢，你小子好好反省吧。"

海青很想跟寿爷攀谈几句，可这会儿明显不是时候，只能眼巴巴看他们走远，这才回头瞧苦瓜道："怎么样？这次又多亏有我吧？"

"哈哈哈……"苦瓜兀自大笑，"没你还打不起来呢。"

"唉！瞧你这副模样，我也没心思跟你打了。"

苦瓜笑着摆了摆手："不打了，不打了……"

"你可真是没心没肺，被寿爷这般教训，咋还笑得出来？"

"我当然要笑！"苦瓜突然一拍大腿，"我明白啦！终于发现连环命案的动机啦！"

拳打脚踢把彼此的火气泄了，便如雨过天晴。苦瓜把海青领到自己的住处——这是一家位于老城西南角的小店，再普通不过，店里住的都是艺人，也就是所谓的"老合店"。

海青看着房间里简陋的陈设，笑了："哟！这就是你那座没有门牌号的房子呀！不是前后都有门吗？在哪儿？"

"你记性还挺好，还记得那些胡诌的话。"苦瓜翻箱倒柜，"带你来不为别的，快把衣服换了。"

刚才一番扭打，俩人衣服都撕坏了。苦瓜犹可，本来就是件旧大褂，海青穿的却是西装，袖子都快扯掉了，裤裆也裂了，在地上滚得满是灰土。好在俩人身形相差不多，他换上苦瓜的大褂，又脱掉皮鞋换布鞋道："下一步行动是什么？既然你已发现动机，说说吧。"

"不忙，先去接甜姐儿。警所早被你买平，风头也过去了，其实从一开始他们父女就没必要藏。"

"唉。"海青这才意识到自己编的那些瞎话给人家添了多少不必要的麻烦，"他们藏的地方远吗？"

"远！"苦瓜皱着眉头叹了一声，"走到天黑咱都未必能到。"

"没关系，今天无论多晚咱也得把甜姐儿接回来，不能再让她担惊受怕——'马前俏'[1]！"

"嘿，你这黑话说得越来越熟练了。"

海青暗自做好走远路的准备，甚至已盘算好若是一夜未归该怎么和老吴解释。哪知刚出店面，苦瓜只领他往西走了两趟街，便指着路边一个宅门说："到了。"

"就这儿？你不是说天黑都到不了吗？"

"是啊，要是往东走天黑都到不了……"

"废话！南辕北辙一辈子也到不了。我还以为你把甜姐儿藏到什么偏远地方了呢，竟然就在家门口。"

"好包袱都是出人意料的。"

海青上下打量，这间屋子三层石头台阶，两扇木头门，似乎就是一户普通民宅："你跟这户认识？"

"当然了，这是李先生家，城西一带谁不晓得？"

"这位李先生很有名吗？"

"是啊。据说李家原籍直隶沧县，是官宦门庭，后来迁居天津。到李先生这代愤于军阀腐败不走仕途，在家立了私塾，教附近孩子读书，

---

1 马前俏，江湖春点，意思是赶紧走。

遇到贫苦的学生分文不取，还给纸笔。而且李先生精通医道，专攻疑难杂症，常有人求医问药，十有八九能治好，所以在这一带很受人尊敬，谁家有解决不了的事也请他公断，简直拿他当城隍爷。若非怜贫惜老、仗义不平之人，我怎敢轻易将甜姐儿相托？"

"真是位了不起的人物。"海青嘻嘻一笑，"其实你把甜姐儿托付我也行呀。"

"得了吧！我怕《托妻献子》[1]。"说着苦瓜已推开院门。

海青跟进去，发现这户宅院比他想象的要大许多，正堂的门开着，里面很宽敞，摆着许多小桌案，似是教书的教室，此时却空无一人。苦瓜这才呼唤道："李先生，您在吗？"

东屋传来回应："苦瓜吗？我正给田叔把脉，过来吧。"

海青又跟着苦瓜来到东屋，一迈进门槛便觉清雅脱俗——墙上挂着字画，一望可知尽是名家手笔。书架上陈列着经史子集各类书籍，多有宋元古本。最抢眼的是东墙下有一张条案，放着博山炉和一张乌黑的古琴，墙上还挂着单弦、琵琶、月琴、二胡、八角鼓等物，头上有块匾，写着"琴庵"两个大字。看来这位李先生不仅医术高明、学识渊博，还精通音律，是抚琴的高手。

初见李先生时海青颇感意外，此人脸庞白净，虽说颔下故意留了撮胡须，给人老成稳重的印象，但明显不到三十岁。海青冒出的第一想法是搞错了，这是李先生的儿子，却听苦瓜问候道："先生这几天可好？老先生身体可还硬朗？"既然问"老先生"，那自是李先生之父，看来这年轻人确系李先生无疑了。

李先生摆摆左手，示意苦瓜别出声，右手兀自搭在田大叔腕上。海青以前在茶摊见过田大叔，只是从未交谈过。他其实年纪并不老，似乎和老吴差不多，但多年起早贪黑辛苦劳作，又独自拉扯女儿，已耗尽男人的青春。现在的他弓背弯腰、皮包骨头，满脸都是刀刻般的皱纹，单以相貌而言，很难想象他会是甜姐儿的父亲。

1　《托妻献子》，传统相声节目。

"嗯，大有起色。"李先生笑微微地移开右手，"您是不是觉得腿脚有劲儿了？"

田大叔点点头："是啊！比原先强多了。"

李先生话锋一转："但痰喘的毛病恐怕不易根除，这方子您继续吃，更重要的是不能劳乏，不能着急，要把心放宽。您这个病呀，三分治，七分养。"

"唉！"田大叔愁眉苦脸，"我也想养，可偏偏摊上这倒霉事，天生苦命啊……"

苦瓜赶紧抓住话头："您老的命不错，遇到难处有贵人相助。"

"你这话说谁？"田大叔满脸不屑地瞥他一眼，"我可不念你小子的好，人家李先生才是贵人！"

"好好好。"苦瓜不跟他计较，"心病还需心来医，我今天过来就是给您除病根的。恭喜恭喜，你们父女俩总算否极泰来啦！"随即把完案的事说了，当然没提海青编造新闻之事。

田大叔这才有了笑模样，把甜姐儿从后宅唤出来。一听说田家父女要走，李太太也特意出来，还带着一包袱衣服要送给甜姐儿。甜姐儿再三推辞道："逃难之人蒙您救助，已是天大恩德，先生还治好了我爹的病，我这心里已过意不去，哪还能要您东西。"李太太道："你在这儿天天帮着洗衣、做饭，又给老爷子端茶送水，都成我们家的使唤丫头啦！我谢你还谢不过来。这些衣服都是我以前穿的，也不值什么，再不收着就是嫌弃我喽。"

甜姐儿这才收下，父女俩千恩万谢，苦瓜也一个劲儿作揖。李先生却道："苦瓜，若要谢我就帮我办件事，什么时候单弦大王荣剑尘先生再来天津献艺，一定给我送个信儿，我有几个曲牌请教。"

"您放心吧。"苦瓜拍着胸口道，"哪能只送个信儿？到时候我托同行前辈，引荐您和荣先生认识。"

"哦？"李先生闻听此言很高兴，"君子一言？"

"快马一鞭！"苦瓜爽快地答应了。

出门时甜姐儿一手挎着包袱，一手搀着她爹，苦瓜见状连忙去搀田大叔另一臂："您老身子刚好，留神……"

"去去去！"田大叔皱着眉头将他推开，"不用你管。"

"爹……"甜姐儿道，"这次若不是苦瓜帮忙，咱还不知是好是歹呢！李先生跟咱非亲非故，全是瞧在苦瓜的面子上给您治病。女儿我也是苦瓜救……苦瓜里里外外打点，才被偷放出来的。"显然甜姐儿没向她爹透露苦瓜的根底。

田大叔丝毫不领情："我看他是黄鼠狼给鸡拜年——没安好心！咱家摊上这倒霉事，八成是他妨的！不跟他来往，哪儿来这么大晦气？"

"唉！"苦瓜无奈自嘲，"我是背着石头上泰山——受累不讨好。"

海青见状讪笑着凑前："大叔，您别生他气，我挽您……"

"躲开！你又是哪棵葱？"

甜姐儿忙道："这不是常来咱摊上的海青吗？也帮咱不少忙。"

"呸！什么海青？瞧他这副穷酸相！又是个臭说相声的……"

海青听田大叔骂自己是"臭说相声的"，心里竟有一丝得意，觉得自己学艺越来越有希望了。

说话间苦瓜已拦下一辆洋车道："去'三不管'。"

田大叔牛眼一瞪："回家呀！去'三不管'干吗？"

苦瓜笑道："自打甜姐儿被警所抓走，'三不管'的人可惦记啦！我有什么本事？不过跑跑腿儿，多亏大家相助。如今您没事儿了，还不赶紧回'三不管'见见大家？以后还仰赖大伙多多照顾呢。"

"这话也在理，那就去吧。"田大叔这才上车。

海青却觉得不对劲儿，忙咬着苦瓜的耳朵问："你什么意思？"

"嘿嘿，我要稳住凶手……"

田大叔独自坐在车上，苦瓜三人步行跟随，离得本就不远，不多时已来到"三不管"，依旧到逊德堂门口摆茶摊的地方。苦瓜真有主意，先向小梆子报信。小梆子是个爱管闲事的人，听说甜姐儿回来，就敲着梆子一通嚷，把附近"撂地"的人都引了过来。

田大叔虽不卖艺，也是"三不管"的老人。大伙同情他家的遭遇，纷纷嘘寒问暖。唱西河的连芳、唱梅花的翠宝、踩钢丝的秀姑以及陈大侠的女儿三侠，这几个姑娘跟甜姐儿年纪差不多，也都搁下买卖聚拢过来，抓着甜姐儿的手，叽叽喳喳地有说有笑。苦瓜突然朝众人作了个罗圈揖道："爷儿几个、姐儿几个先静一静，我有话要说。自从逊德堂着火，这场乱子闹得不小，甜姐儿险些被抓去抵罪，幸而吉人自有天相。前番唱的是《拷红》，今天这段是《荣归》，大难不死必有后福！可现今还有个难处，田家的桌椅板凳烧了，茶壶茶碗摔了，买卖做不成，我提议咱大伙都表示表示，帮他们把这买卖重新立起来。"

"好啊！"海青没忘给他"量活"，率先掏出两块钱。

一来由苦瓜号召，二来田家本就有人缘，在场的艺人纷纷解囊，你一块我两块，那场景就像募捐。连兜里并不富裕的老四、宝子、顺子、长福，乃至陈铁嘴、假金牙也象征性地给了几个铜子儿，三侠和罗师傅更是每人掏了五块，不一会儿工夫零零整整竟凑了三十多块，不仅够田家采买桌椅茶具的，连田大叔的药钱也够了——穷帮穷，苦帮苦，这便是艺人之间的义气！

小梆子神秘兮兮地把甜姐儿拉到一边，低声问："救你逃走的那个酒糟鼻子大白脸是谁？"

甜姐儿早跟苦瓜串通好了，怎会实言相告？只道："哪有什么劫牢的，那是胡扯。其实我遇到两个巡警是老乡，他们还爱听苦瓜的相声，又托海青花点儿钱，才买放出来的。警所怕对上面不好交代，所以故意编出个劫牢的故事往外宣扬，想不到你也上当了。"

"是吗？"小梆子半信半疑。

甜姐儿又嘱咐道："这事儿你知道就行，别到处胡嚷嚷，也别到警所打听放我的是谁，弄不好会砸人家饭碗的。"

"是是是。"小梆子往上推了推警帽，装作一脸明白，"有这样的好朋友，我岂能害人家？一定把嘴闭紧，就当什么事儿都没发生……"

苦瓜满脸笑容，却暗自审视在场每一人，故意提高嗓门儿道："人逢喜事精神爽，田大叔一回来我这精神就涨！大伙可能也知道，自从他家出了事儿，我连做买卖的心思都没了，整天到处胡溜达，查找逊德堂的火头。如今好了，田大叔和甜姐儿平安无事，我也不必再费心查访了，旁人的事儿我也懒得管，从明天开始踏踏实实'撂地儿'，该挣钱喽。"

海青明白——这话是故意说给凶手听的，叫他放松戒备！

却听到有个阴森森的声音插话道："哼！什么查访火头，我看你小子是别有用心。"

不但海青，所有人都愣住，大家齐刷刷回头望去——只见陈铁嘴佝偻着背，手里晃悠着卦筒。

苦瓜不动声色地道："你这话是什么意思？"

"咳咳咳。"陈铁嘴连咳带喘，"我替你小子起了一卦，早算得明明白白。你哪是查访火头，分明是惦记人家闺女呀！"

"哈哈哈……"众人一阵哄笑，苦瓜羞得脸跟大红布一样。

苦瓜和海青将甜姐儿父女送回家，没再折返，而是在"三不管"附近找家饭馆。这会儿早过了中午，饭馆很清静，苦瓜还是特意挑了二楼窗边最清静的座位，要了一碟扒肉条、一碟回锅肉，还有一壶好茶。

海青见他这副正儿八经的样子，还真有点儿不习惯道："怎么不吃大碗面了？这么隆重。"

"当然。"苦瓜拿起茶壶给海青满上，郑重其事道，"从现在开始咱俩算是正式结交，还有事情要办，先以茶代酒。"

"好，咱们也算不打不相识。"海青有些激动，双手捧茶，"我先干为敬。"就像喝酒一样仰面灌下去。

苦瓜也郑重其事地把茶喝干，放下杯道："你姓什么、叫什么，究竟是何来历，可以告诉我了吧？"

"你真的还不知道？"海青也懒得再争辩，"我家是经商的，利盛商行，你听说过吧？"

苦瓜惊得眼珠差点儿掉出来——怎会没听说过？利盛商行是富豪郑氏家族的企业。郑家原籍江浙，祖上在清廷为官，至《辛丑条约》签订后投身商界，在天津创立利盛商行，涉及金融、外贸、海运等多领域，是国人资本中首屈一指的大公司，在天津的影响力足可与怡和洋行、太古洋行等跨国公司比肩。而且现今利盛的老板郑秉善，精明能干，交际广泛，无论在南方还是北方，都是政界、军界、工商界大人物们的座上宾。

苦瓜猜到海青是有钱人家的孩子，可没想到这么有钱，讶异半晌才喃喃道："原来你姓郑。"

"不！我确实姓沈，叫沈海青，郑秉善是我舅舅。我父亲是利盛商行的襄理，负责海外业务，十多年前他和我母亲乘船去英国谈一笔生意，没想到遭逢海难，就再也没回来。那年我还不到六岁……"

苦瓜望着海青愁苦的表情，愧疚道："错怪你了，看来你以前说的话大体是实，你还真是无父无母的孤儿。"

"是啊，咱该一人买一本狄更斯的《孤星血泪》[1]纪念一下。"海青硬挤出一丝笑容，"我比你运气好得多，用不着流浪，舅舅收养了我。他没有子女，待我就像亲儿子，家里人也都称呼我少爷。我原本在南方读书，因为舅舅生意上的变迁，曾辗转上海、汉口等地。直到两年前舅舅增加在天津的投资，又在英租界新开辟的爱丁堡道买了一幢洋房，便把我接到这里准备上大学，并参与公司的业务。"

"看来你舅舅打算把你培养成接班人。"

"没错。"海青却很苦恼，"或许我天生不是经商的材料，对行情根本不感冒，更不喜欢跟政界的人打交道。因为多年辗转搬迁，我本来就没什么朋友，来到天津后又与同学断了联系，实在开心不起来。直到有一天我偷偷跑到'三不管'闲逛，看见了你……"

苦瓜眨巴眨巴眼："怎么有一见钟情的感觉。"

"别臭美，吸引我的是相声。"

"哈哈，没什么比活得快乐更重要，爱笑的人运气不会太差。从那以后你就天天乔装改扮？"

"是啊！"说起来海青自己都想笑，"我这种家庭你也知道，规矩特别多。舅舅管我很严，要是被他发现我去'三不管'，以后就不准我出门啦！所以我不得不化装，不仅要防备舅舅，还得留神仆人们，除了

---

1 现多译为《雾都孤儿》。

管家老吴没人知道这秘密。近来舅舅去南方谈生意，倒还好些，他在天津的日子，我每天都准备两套衣服，上午西服革履到租界办事，下午换上破大褂到'三不管'找你，回家还得绞尽脑汁编瞎话。我整天窜来跑去，不知闹出多少笑话。"

苦瓜听了时而点头，时而摇头，好半天才撇着嘴道："想不到，天底下竟还有你这样来回'赶场'的'海青'。若非亲眼所见，这些话说出来谁能相信呀。"

海青凝望苦瓜那震惊且茫然的表情，心里隐隐有个念头——人与人的地位、处境乃至思想是不一样的，或许我错啦，自恃有钱、有身份，贸然闯入别人的生活，且自以为对人有情有义甚至有恩，殊不知在别人看来，那些付出反倒是难以偿还的负担！

回想苦瓜明明很喜欢甜姐儿，却因为自卑不敢明言，眼睁睁看着甜姐儿被抓走却只能强装笑脸，为打探点儿不要紧的消息和陈铁嘴斗智，为了寻求真相向陈大侠苦苦哀求……自己虽然和他周游数日，真的设身处地地体谅过这个人吗？海青木然摇头，朋友之间比利益更重要的是坦诚和理解。

"不管那么多，反正你这朋友我交定了。"苦瓜伸出手来。

"谢谢。"这是他们的第二次握手，比先前坦然许多。

苦瓜夹起块肥肉塞进嘴里，仔细品味一番，接着道："你也是一块大肥肉啊！"

"嘿！"海青吃了片胡萝卜，笑道，"你小子知道我有钱，是不是也打算吃我、喝我、占我便宜？"

"不。有你这个利盛商行的大少爷，破案简单多了。"

话题终于回到案情上，海青甚是兴奋："你说你已经知道杀人动机了，究竟是什么？"

苦瓜扬手往窗外一指："就是这'三不管'的地啊！"

"地?!"

"没错。上午寿爷那番教训点醒了我，师父在世时也说过，昔日的'三不管'比现在大好几倍，'撂地'的人也多，后来大片的地都盖了房。几年前政府本想一起改造，艺人和商贩唯恐最后的地盘也被夺去，以后无法谋生，于是联名上书向政府请愿，才保住剩下的空地。可现在形势又变了……"苦瓜手扶窗台，眺望对面人来人往的露天市场，"若有人把'三不管'剩下的地吞掉，岂不比张老七还厉害？"

"咳！"海青摇摇头，"你就知道交地钱，要是把这一大片地都拿到手，岂能只收点儿租金？那时酒楼、戏院、饭店、澡堂，什么不能干？即便都建成公寓，获利也很可观。更何况'三不管'所剩的地都临近租界，倘若时局变动，外国扩大在华利益，这片地区还可以改造成高级洋房，出租甚至是直接卖给外国人，那赚的钱就更多了。"

"可恶！"苦瓜扭过头来，"你家既然身在商界，能不能查到南市这一带的地产情况。"

"这还用查？"海青笑了，"商界人所共知，南市的地产多半都在荣业、东兴两家公司手中。"

"这我倒听说过，南市有荣业大街、东兴大街，就是因这两家公司得名。荣业房产公司是逊帝的岳丈郭布罗·荣源[1]创办的吗？"

"民间传说，并无根据。其实荣业公司的老板姓岳，北京通县人。岳家创业很不容易，他们祖上原本只是金店的伙计，凭着勤劳努力才出人头地，后来成为官银号提调[2]，积累大量资金。清末以来，南市清淤改造，岳家抓住机会开办房产公司，从政府手中买下许多无主空地，但近年来有所收敛，不再扩充了。"

"为什么？"

"荣业公司买得较早，那时南市还很落后，所以修建的都是简陋的木质房屋，主要靠出租获利。二十年下来，许多房屋已破旧损漏，需要大笔维修费用，而且几年前他们收购了南市大舞台，想改造成新的豪华剧院，因此占用大量资金，现在无力再添置新的地产。"

"那另一家公司呢？"

1　郭布罗·荣源，达斡尔族，满洲正白旗人。清末宣统皇后郭布罗·婉容之父，一品荫生，京师大学堂毕业，在宣统年间任蒙古副都统、宫廷内务大臣等要职。
2　提调，指晚清官商机构的经理人。

"东兴经租处，是原任江苏都督李纯创办的。李纯是本地人，天津武备学堂出身，受袁世凯、冯国璋提拔。此人功过暂且不提，他对天津的公益事业很热心，曾给南开大学捐款。当然，他自己也没少挣钱，但李纯已在七年前去世，据说是自杀，也有人说是被仇人谋害。这也是桩说不清道不明的公案，姑且不论。这些年东兴公司主要是坐享原有的收益。"

　　苦瓜皱起眉头："照你这么说，荣业和东兴都没有进一步扩充地产的打算？"

　　"应该没有。"

　　"还有没有其他商人？"

　　"有啊。虽说荣业、东兴势力雄厚，占了南市一多半的地，但还是有其他小公司的，毕竟南市，特别是'三不管'，尚有油水可榨。还有一些富商也多多少少在这儿买块地，也不拘经营什么，好歹盖间房租出去，就为坐等升值。即便他们资金不足，也可以找银行贷款。"

　　"贷款？"苦瓜不明白。

　　"就是找银行借钱。"海青尽量用浅显的话为他解释，"再大的公司也可能一时不便，在需要囤货或者买地时因为钱不够，就要向银行借一部分，赚了钱再还。比如和荣业公司关系最深的是盐业银行，和我家有业务来往的是金城银行。"

　　"是咱中国人开办的？"

　　"对，金城、盐业、大陆、中南，是国人创办的四大银行，都在英租界维多利亚大道附近。为了抵御外资银行的冲击，四行联合起来设立准备库[1]，主要为国人开办的企业投资。"

　　苦瓜终于笑了："谁说你不是经商的材料？这些事你不是很熟悉吗？能不能通过关系查出逊德堂那片地产的拥有者是谁？"

　　"可以……查那做什么？"

　　"傻瓜！"苦瓜当头棒喝，"那就是连环命案的幕后黑手！"

1　准备库，即四行准备库。

海青瞠目结舌道："真、真的？"

"错不了。"苦瓜一口咬定，"逊德堂失火以来，房东表现得很反常，就算张老七飞扬跋扈，自家产业受了这么大损失，总该来看一看，可房东竟置若罔闻，既不追究责任者也没苛责药铺的人，你觉得这正常吗？更重要的是，也唯有房东才能跟行凶者保持联系。"

"凶手是谁？时至今日可以告诉我了吧？"

"嗯……好吧，告诉你。"

"我的妈呀！问这么多次，总算肯说了。"

"'三翻四抖'嘛！"苦瓜凑到他耳畔，把那人名字说了。

海青听罢眉头紧皱："是他？其实我也怀疑过……但有一点得跟你讲明，房东未必就是地产者。"

"此话怎讲？"

"地产者拥有的是地，可以自己建房出租，也可把地租给别人，别人盖了房再转租，这叫作浮房。所以咱既要弄清楚地产者是谁，也要查清谁把房子租给贾胖子，或许是同一人，或许不是。我可以查地产者是谁，可是房东……"

"交给我吧，我去查。"

"你有办法？怎么……"

"等等！"话未说完苦瓜突然打断，扒着窗户往外张望，"有人监视咱们。"

"哪儿？"海青也站起来。

"已经走了。"苦瓜指着街对面一间小店铺，"刚才在那房檐底下有个人，朝咱这边张望。我第一次站起来就注意到了，他似乎也提防着我，故意走开了。第二次他又躲到房子侧面，探头探脑盯着咱，被我发觉就跑了。"

"是凶手吗？"

"他戴着草帽，看不清。但我觉得不像那个凶犯，太矮了。"

"离这么远，他听不见咱说的话。"

"那也不得不防。"苦瓜的脸阴沉下来，"事不宜迟，咱得抓紧时间行动了。"

"干什么？"

"了结此案，将凶手和幕后黑手一网打尽！"

"就、就凭咱俩？"海青觉得这太不现实，他觉得此案背后隐约有一股势力，岂是他二人制裁得了的？

"放心吧。有力使力，无力使智……"

"有智也不行，咱没势力，怎么抓人？"

"平地抠饼，对面拿贼，办法都是人想出来的，放开胆量，哪能没上台就'顶瓜'[1]？就算没势力，可以借势力！咱们给他来个引蛇出洞、瓮中捉鳖。"苦瓜胸有成竹，"听好了，接下来咱分头行动，你去查地产者，我去查房东，核实消息后我派小豆子给你送信儿，然后……"他滔滔不绝地把整个计划说了一遍，如何抓捕凶手，如何给幕后黑手下套，如何假人之手将他们绳之以法。

海青听得浑身是汗，直勾勾地凝视苦瓜，心里除了佩服竟还感到一丝恐惧："你、你小子是人吗？这样的办法也想得出来。"

苦瓜急急忙忙地朝楼下喊道："伙计！四碗米饭，大碗的……"转过脸对海青说："没时间耽搁了，吃完立刻行动，顺利的话明天这一切就结束啦！"

"明天……明天……"海青已明白整个计划，仍觉难以置信，恍恍惚犹在梦中。四碗米饭摆上桌，他瞅了一眼："我吃不下两碗。"

"知道呀。"苦瓜朝他鼻子上一指，"我的活儿比你多，你一碗，我三碗！"说罢也不管海青还夹不夹，端起回锅肉往自己碗里一倒，又开始狼吞虎咽。

傍晚五点多，在"三不管"里"撂地"的人买卖都散了，苦瓜拎着一个四四方方的草纸包，独自站在张记饺子馆门前，思考了好一阵子，终于鼓足勇气走进去。即便他这样的老江湖，到这门口也会紧张，因为

---

1 顶瓜，江湖春点，表示紧张。

即将面对的是吃人不吐骨头的魔鬼。

这家店从表面看与街上随处可见的小饭馆别无二致，但仔细观察会发现格局有问题，明明占地很大的一片院落，厅堂却很局促，里面只有五六张桌子，都是散座，似乎后厨比前堂大好几倍。这里主营的是荤素水饺，还有简单的时令小菜，不卖酒。此时正是饭口，生意却不怎么红火，只零零散散地坐着两三位客人。这些人面相朴实、衣着平庸，边吃边聊显得很悠闲，一看就是不常逛"三不管"的普通市民，不了解这里的底细，若知道这家店实际上是混混窝子，敢进来才怪！

苦瓜刚迈过门槛，立刻有个跑堂的迎上来，笑嘻嘻地问："您用点儿什么？"苦瓜略一作揖，和颜悦色地回答："不忙，我先找柜上商量点儿事。"随即径直向栏柜走去。站柜的是个大胖子，少说有二百斤，肚子顶着柜台，俩手都快摸不到算盘了。他有着一张胖乎乎的大圆脸，两只眼睛被肥肥的脸蛋挤得都快睁不开了，倒是很喜气，瞧谁都乐呵呵的，活像庙里的大肚弥勒佛——按勤行的说法这叫"老虎柜"，就是故意挑个胖乎乎的人站柜台，一来喜气洋洋壮门面，二来也是变相广告，自己的伙计都喂这么肥，手艺能差吗？

不待胖子询问，苦瓜抢先开口，声音压得很低："辛苦辛苦，七爷在后头吗？在下斗胆请见。"

胖子仍是那副笑呵呵的模样，眼睛里却流露出一丝诡谲，瓮声瓮气地道："您说什么？没听清。"

"我想见七爷。"

胖子笑得越发和善，口气却大不一样："你是小苦瓜吧？咋不懂规矩？七爷是何等人物，你一个说相声的想见就见？"

"瞧您说的，我也在'三不管'混好几年了，有什么不懂的？"苦瓜把手中的草纸包高高一举，"若没有惊天动地的大事，也不敢惊动真神呀！这包东西是我孝敬七爷的，瓜子不饱是人心，您好歹先帮我通禀一声。七爷要说肯见，是我八辈子修来的福分，他要说不见，我立刻抱着脑袋滚出去，哪怕七爷放个屁我也兜起大褂接着，兜回家放祖宗龛上供着。只要您把东西送进去、把话带到，我就感恩戴德，保佑您财源广进日进斗金，这一身的肥膘还得长。"

"哈哈。"胖子这回真笑了，"你们这些说相声的真能'泡蘑菇'……等着吧。"说罢接过纸包，掀起身后的蓝布门帘，腆着大肚子晃晃悠悠奔后面去了。

几个堂倌隐约听到他们的对话，都往这边瞭，苦瓜装作没看见，垂首在栏柜边等着。等了三四分钟，又见门帘一挑，胖子从后面探出半个身子朝他招手道："上人见喜，有请！"

听到"请"字，苦瓜真有点儿受宠若惊，别看都是街面上混饭的，混混儿瞧不起艺人，平日没少辱骂勒索，今天张老七能对他说出"有请"，是给他天大的面子。胖子对寨主俯首听命，简直跟遵从圣旨一样，七爷既然说请，就得有请的样子，于是站在那儿替苦瓜掀着帘子，一副恭敬礼让的姿态。这反倒难坏了苦瓜，门洞本来就不宽，大胖子那身板堵了多半边，他只能侧着身子往里钻。可胖子实在太肥，俩人身子贴身子，都憋红了脸，费半天劲儿才挤进去，不禁相顾而笑——这是破天荒的事。但凡有身份的人来访，张老七会亲自出迎。若是"锅伙"自己的人来，张老七也不至于说"请"。要是来的人很多，干脆就开后门放行了。从饭馆前面被单独请进去的人，苦瓜还是头一位！

进入门洞后右边是厨房，饺子馆不需大厨，三四个伙计忙活着，有的擀面皮，有的包饺子，有的拌凉菜。一大锅开水片刻不停地烧着，随时待用，少了就往里兑凉的，因为煮过的饺子太多早已变得浑浊，冒着热腾腾的白气。胖子抹了抹满头的热汗，又做了个向前的手势道："您往里走，后院有人接。"便不再跟随。

苦瓜沿着漆黑的门道走了几步，顿时感到豁然开朗——后院天井比店面大出两三倍，青砖砌的墙上倚着棍棒、斧把、镐头等打架的家伙，还有几块练劲儿的石锁、石磴。角落里拴着条狗，有七八个混混儿或站或蹲，正在院里聊天。这帮人都穿着青色灯笼裤，有褂子不好好穿，光着膀子往肩上搭。一个个斜肩拉胯、刺青画虎，歪戴帽子斜瞪眼，一瞧就不是正经人，与前面热情周到的勤行做派大相径庭。

苦瓜正考虑要不要跟他们打个招呼，忽听耳旁有个声音道："慢行一步。"这才发觉门洞旁隐着一人，正是昨天早晨去逊德堂传话的那个混混儿头目。这次离得近，苦瓜看到他胸口左右各刺着一条龙，猛然想起他的名字，赶紧抱拳道："是二龙哥哥吧？"这绰号自然是从他身上的刺青得来。

"不敢当。"二龙虽是混混儿，相貌却很英俊，举止也比其他流氓规矩很多，正儿八经还个礼，"怠慢了。"伸手便往苦瓜身上摸，从前胸一直摸到脚踝，确定没带任何利器，才微笑道，"堂上请。"

苦瓜心里明白，对一个说相声的没必要如此小心，但张老七是大混混儿，凡事要立规矩，更要讲排场，今天若不以这样的规矩待他，日后如何接待别人？因此苦瓜更需谨慎，故意低头做出诚惶诚恐的样子，跟在二龙身后来到堂屋，还没踏上台阶就听里面传来留声机的声音，放的是一首小曲：

　　　一阵金风扑面吹，树叶子唰啦啦一趸一堆，白露惨秋回，哎嗨嗨，行路的君子早把家归。佳人儿怕冷，闷坐香闺暖阁内，愁皱着蛾眉盼想郎回。有郎的盼郎，无有郎的盼谁？

苦瓜一听就知道，这是高五姑的时调《喜荣归》，没想到张老七也喜欢鼓曲，不禁抬头瞧了一眼——见这座后堂坐北朝南甚是敞亮，左右各有四张花梨木椅子，对脸摆着，却没人就座。正中摆着一张大条案，供着武圣人关云长，条案左右也各有一把椅子，张老七坐在东道主位置上，身后站着两个混混儿。这俩人与外面那些小流氓截然不同，穿灰布大褂，脚下蹬着缎鞋，但他们的马褂袖子比一般人的长，完全盖住双手，其实手里攥着斧把，而且腿上扎着带子，里面暗藏匕首，这两人貌似仆从，实际是张老七的心腹打手。

至于张老七本人，穿戴更讲究，一身黑色的拷纱大褂，所有纽襻都一丝不苟地系着。他的左手拿一把湘妃竹的折扇，右臂倚在案上，手指随着唱片节奏叩打着桌案。他四十多岁，一张圆圆的白净脸，两撇小胡子，略有些谢顶的头发一律梳向右边，还抹着发油，不明底细的人见到这副尊容必定以为他是某个大商铺的老板——越是大流氓越和蔼沉稳。

堂上静得出奇，张老七不作声，打手自然不敢说话，所有人都闭紧嘴巴欣赏唱片，那架势就像某种虔诚的仪式。苦瓜正要进门施礼，二龙却抢先喊了声："苦爷来啦！"这就叫人敬人高，被请进来的人无论身份高低、是敌是友，都得恭维，抬高别人身价也就抬高了自己。

苦瓜暗笑——今天我也成爷啦！可惜我的姓实在不好，还没登场先喊"苦"，不知道的还以为我是唱老旦的呢！

这事不能迟缓，苦瓜欢天喜地快步登阶，连作揖都免了，直接单腿跪地请了个安道："七爷，您老人家好。"

张老七略一躬身，想站起来搀扶，可似乎意识到彼此的身份差距，又坐下了，笑着扬扬手道："好好好，劳你惦记着，快请坐。"

那条案另一边的椅子是给其他"锅伙"的寨主预备的，左右两侧的椅子也是有身份的贵客才能坐的，连二龙那样的头目都不敢碰，苦瓜哪敢坐？他赶忙推辞道："七爷面前哪有我的座位！"

"坐下好说话。"

"您准我进来就是城门大的脸面，瞧我这埋汰样儿，别再脏了您的椅子，不敢不敢。"

张老七虚客套两句也就不再让了，从桌上拿起那包礼物道："明顺昌的酱肉，你还知道我爱这口，真是有心人。"说着迫不及待拆开纸包，身后的打手似乎怕这肉有问题，想阻拦，他却不在意，用手指捏起一片就往嘴里塞。

明顺昌是天津有名的酱货铺，那儿的酱肉很出名，张老七对此情有独钟，皆因为他早年在馆子学徒吃苦受累，整天看别人吃吃喝喝，自己却沾不到唇，所以有点儿钱便到明顺昌买块酱肉解馋。如今与其说他爱吃酱肉，还不如说是借此回溯往昔。苦瓜早打听清楚，这块肉就是敲门砖，真比拉一车金子来都管用。

张老七也不说话，一片接一片地吃着，每片都细细咀嚼，双眼茫然望着墙角的留声机，直到这段五分半钟的唱片放完，他才把剩下的肉一股脑儿都填进嘴里，大嚼了几口笑道："听五姑的坠子，吃我最爱的酱肉，这福分真不小！哈哈哈！"打手递过手绢，他仔仔细细地擦了擦手和嘴，这才对苦瓜说："你小子太客气了，弄得我心里怪不忍的。你是想换块地方做买卖，还是跟什么人结仇想叫我替你出气？但说无妨，既然吃了你的肉，我一定帮你办。"

"谢谢七爷。小的一不换地儿，二不找旁人晦气，只想请教您老一件事——逊德堂那房子的房东是谁？"

话音刚落，站在张老七左手边的那名打手嚷道："住口！这轮得到你问吗？谁不知这片地方的规矩，但凡租赁店铺一律是七爷中保，房钱也是我们代收，一手托两家。你个臭说相声的打听得着吗？也不撒泡尿照照自己的德行，给脸不要脸……"

"别骂。"张老七抬手制止，"俗话说得好，伸手不打笑脸人，何况人家是拎着礼物来的，你骂骂咧咧的太没礼貌。"

"是。"打手不言语了，可张老七也没了话，低头摇着扇子，也不再搭理苦瓜了，意思很明显——你打听不该打听的事儿已犯了忌讳，本来该打该骂，但因为你带了礼物来，这顿打免了，滚吧！

苦瓜岂会不明白，却憨着脸皮解释着："七爷，您就是借我一万个胆我也不敢打听您老的事儿，可这其中关联甚大，牵扯到这月发生的连环命案。"

张老七闻听此言一愣，笑面佛霎时变成怒目金刚，他横眉立目腾地站起，将扇子照桌上一摔道："混账东西！"凶恶嘴脸总算暴露无遗。

伴着这声怒吼，院里的混混儿一哄而上闯到堂口，两名打手也掏出家伙要朝苦瓜下手。苦瓜没料到这话会捅娄子，忙扭头找窗户——想施展轻功蹿出去，一个跟头纵身上房，这辈子再不回"三不管"啦！却听张老七又吼道："放肆！还敢慢待贵客？我骂的是你们！一群只知道喝酒耍钱的废物！"

众混混儿一阵哆嗦，赶紧缩脖低头。俗话说盗亦有道，张老七固然不在乎旁人死活，但事关脸面，既然他收了艺人和商铺的钱就得保他们平安，故而崔大愣、王三死后他也曾派手下明察暗访。他尤其怀疑是其他"锅伙"干的，故意在他地盘上杀人扫他颜面。可是混混儿们四处访查毫无头绪，为此还糊里糊涂跟北边的"锅伙"打了两架，伤了十几个弟兄也没弄明白是怎么回事。而今天区区一个说相声的竟了解内情，他能不怨手下人无能吗？

眼见大小混混儿噤若寒蝉，张老七怒气稍解道："都躲开，别碍眼！"说着挥退众喽啰，再次落座后他又恢复和蔼的神情，朝苦瓜略一拱手："小兄弟，你知道些什么，还望不吝赐教。"

苦瓜暗忖——不愧是能屈能伸的大流氓！却也不敢得意，仍是赔笑道："不敢当，不敢当！据小的所知，逊德堂失火与崔大愣、王三之死乃是一案。贾掌柜也是被打破脑袋致死的，凶手是同一人，药铺起火是杀人焚尸。"

"你怎么知道？"

"七爷不必问我如何得知，就当我半夜做梦，包公托梦相告吧。"

"哦？这么神秘？"

"我个穷'撂地'的，见着谁都得赔笑脸，也不光七爷您，'三不管'里里外外尽是得罪不起的人。您老别再追问了，反正我所言是实，凶手是谁我也知道。"

"是谁？"张老七立刻追问。

苦瓜却卖起关子，不紧不慢地道："七爷，您是大人办大事儿，大笔写大字儿，小的万万不敢唐突。可今天既来到您面前，入宝山不可空手而回，我斗胆跟您做个'交易'，行不行？"

"放屁！"刚才骂苦瓜的那个打手又插嘴，"你小子算个鸟？也配在这屋里谈交易？"

"你才是放屁。"张老七瞪他一眼。打手吓得一激灵，竟抬手扇了自己一记耳光。张老七回过头来又道："苦瓜，实话告诉你，在这房檐底下只讲我自己的理，就凭你嘴里吐出'交易'二字，就该打折你一条腿。可你这小子有趣，我也欣赏你这份胆色，今天破个例，倒想听听你有什么条件。说！"

"我无权无势，即便知道凶手也拿他没办法。不过我已暂时把他稳住了，如果他回过味儿来肯定要跑，所以我告诉您他是谁，您得立刻把他抓起来……"

"这话不用你提，敢在我的地盘上随便杀人，老子饶不了他，非把他剐零碎了不可。"张老七满面笑容，眼里却泛出阴冷的杀气。

"您圣明！"放着河水不洗船，苦瓜索性卖起人情，"小的这也是为您老人家着想，在您地盘上出的事儿就得让您亲自了结，那才显出您的威名，看以后谁还敢在太岁头上动土。"

张老七听着这两句马屁很受用，却有些狐疑，便道："你小子别邀功，这事到底有谱儿没有？该不会是你想借刀杀人吧？万一弄错了，老子岂不更没面子？"

"您老放心，一准儿没错！要是错了，您打断我两条……不，打断我这下面三条腿，我也绝无怨言。"

"哈哈哈……"莫说张老七，连那两个打手也忍不住笑了，"你这张贫嘴呀！行，我就信你一次。"

苦瓜把眼皮一翻道："另外您得把逊德堂房东的身份告诉我。"

"呵呵呵……你为什么一再打听此人？"

苦瓜没正面回答，而是直起腰来环顾厅堂，感慨道："七爷的排场好大啊！为何这么威风？全仗'三不管'这块宝地。只要想在这儿干买卖，是龙也得盘着，是虎也得卧着，哪个敢不服七爷？可是……"他话锋一转："若是有财大气粗之人动了心思，打算把半个'三不管'的地都买下，把铺面都拆掉，把艺人都赶走，改成公寓楼，或者租借给外国人，那可就砸了七爷您的金元宝啦！"

张老七再也笑不出来了，脸庞抽动了几下道："你说这话什么意思？"

"七爷呀，您是绝顶聪明之人，但智者千虑也有一失。这世上比您心机更深的人也不是没有，凡事留个心眼儿，可能人家都打算砸您饭碗了，您还帮人家敛房租呢。"

张老七身子一颤，眼中再现杀机："好！我告诉你……"

与此同时，爱丁堡路的郑氏公馆也灯火通明。沈海青坐在他舅舅的书房里，面前摊着十几张写得密密麻麻的信纸。他时而奋笔疾书，时而搁笔凝思，逐行逐字斟酌词句。

突然，书房门被轻轻打开，管家老吴走进来——他穿着一件深棕色的大褂，头上戴着圆顶礼帽，左手拄着文明棍，腋下夹着个牛皮纸的文件袋。他显然刚从外面回来，右手却端着一只碟子。

"砰"的一声响，老吴不耐烦地把碟子连同上面的三明治撂在桌上："这么晚了，你不饿吗？厨子叫你两次你都不理，还得我送上来，你要是能把这废寝忘食的劲头儿用在正经工作上该多好！"

海青这才想起，自从他与苦瓜分手回家就开始做这项工作，已过去五六个小时，连晚饭都没顾得上吃。他这会儿也确实有点儿饿了，忙放下笔，抓起三明治大口吃起来，一边嚼一边问："我要的……东西……你弄来了吗？"

"到手了。"老吴习惯性地掏出怀表，比照桌上的钟对准时间，"再重申一遍，这是最后一次帮你，以后别再给我找麻烦。"

"好好好，顺利的话明天就结束了，我已经对您感激不尽啦。"

老吴苦笑道："你随便动动嘴，我险些跑断腿。为你这点儿事我先去了盐业银行、金城银行，又到荣业公司、东兴经租处，还跑了另外几家公司，总算搞到这些资料，南市绝大部分房产档案都在这里。"说着他把文件袋放在桌上。

"太好啦！呃……"海青一高兴险些噎住，忙灌了一大口水，拍了拍胸口才缓过气儿来，"没、没遇到什么麻烦吧？"

"没有，接待我的都是熟人，尤其是银行职员，瞧见我两眼放光，还以为咱公司要投资地产，那叫一个配合。他们还巴望着老爷找他们贷款呢，立刻就把资料给我了，你要查什么你赶紧看，明天一早我还得送回去。过几天老爷就回来了，可不能让他知道。"

"明白。"海青把最后一口面包塞进嘴里，又掏出手绢仔仔细细擦了擦手，这才打开文件袋——资料来源不一，非常散乱，有公司的文件，有银行的表格，也有抄录的资料，摊开来铺满了整个桌子，基本囊括了南市各地段，哪块地属于哪家公司，所有人是谁，有没有参股人或银行贷款，只要耐心查阅都能搞清。

可海青看得很马虎，大部分文件只是一扫而过，有些看都不看直接扔到一边，最后只捡出一页纸——这上面清清楚楚写着逊德堂、顺义斋等处地产所有人的名字。

"原来是他……"海青把那张纸往桌上一摔，长出一口气，"总算弄清楚了。"

"这就完了？"老吴有点儿不高兴，"我花了大半天心思，你就看其中一份，那为何叫我全弄来？"

"掩人耳目呀！"海青神秘兮兮地一笑，"不能让人看出咱查的是哪块地，我也不想因为这件事给咱家惹麻烦。"

老吴莫名其妙："少爷，虽然我猜不透你想干什么，但我觉得这次你玩得有些过分，或许……"

"玩？我在干正经事。"

"正不正经不知道，但这一定是件很大的事吧？"

"不错！"海青愈加认真，"这关乎三条无辜的性命，甚至牵扯无数人的生计。"

"牵扯无辜性命……"老吴自言自语陷入沉思。

这时又传来"咚、咚、咚"的敲门声。

"进来！"

书房门再次轻轻打开，来的是门房老赵，他满脸嫌弃地说："少爷，外面来了个破衣烂衫的小孩，非嚷着要见您。"

"哈哈。"海青笑了，"老赵，你跟那孩子也算老朋友了，就是今天早晨来打听我的那个孩子吧？"

"好像不是。"

"不是?！"海青一怔，随即快步奔出书房跑下楼梯，一直来到前门。他趁着月光看见一个七八岁的男孩正扒着铁栅栏门往院里探头探脑——正是小豆子。

海青松口气道："果然是你。"

"不是我是谁？"

"没什么，门房把你给忘了。"

小豆子兀自东张西望："原来你住在这么体面的地方……嘿！那边还有花园亭子，你家是做什么的？"

海青知道解释起来肯定没完没了，索性把脸一板，反问道："你来这儿干什么？"

"哦。"小豆子赶忙收敛好奇心，"苦瓜哥派我给你传个口信。"

"什么口信？"

"我也不明白，他没头没脑只说了个名字，让我告诉你。"

那就对啦！海青明白，苦瓜已打听出逊德堂的房东是谁了，赶忙把耳朵贴到栅栏边："说吧。"

小豆子把那名字说了，海青听罢暗自咬牙——房东和地产所有者果然是同一人！此人就是那个罪大恶极的幕后黑手！

"很好，辛苦你了，你可以走了。"

"不让我进去玩会儿吗？"

海青倒不嫌他脏，只是这已经引起仆人怀疑了，要是再放他进来瞎溜达，老赵他们岂能不汇报舅舅？于是敷衍道："今天太晚，我正准备休息，你改天再进来玩吧。"

小豆子很失望地道："我还是第一次来这条街，苦瓜说的地址也不怎么清楚，找到你家可真不容易，我还没吃饭呢。"

"什么？"海青震惊不已，"你第一次来我家？"

"是啊。"

望着小豆子天真无邪的表情，海青心头泛起疑惑——看来苦瓜说的是实话，他并没派小豆子跟踪我，老赵也确实没见过这孩子。那么今天早晨来调查我的又是谁呢？

"怎么了？你在想什么？"

"没什么……"海青回头对跟着出来的老赵道，"你去厨房问问还有三明治没，这孩子没吃饭，给他拿两块，若是没了就给他点儿面包、香肠。"

"谢谢！"小豆子高兴了，"那三……三什么的，好吃吗？比糖三角怎么样？"

海青没心情再理会，低头走回门厅——真是一波未平一波又起，刚弄清命案指使者是谁，又发现另有跟踪者，这两者之间该不会有什么关联吧？凶手袭击过苦瓜，没成功，接下来会不会把黑手伸向我？可事到如今，箭在弦上，只剩一天时间就能将罪人绳之以法，无论如何只能放手一搏。苦瓜有句话说得好，到台上绝不能"顶瓜"！

回到书房时，海青已重新鼓起勇气，却见老吴仍站在办公桌旁，便问道："怎么了？还没唠叨完？跟你说过一百次了，我会小心谨慎的……"

"不。我是想问问少爷，还需要我帮什么忙吗？"

"咦，你不是说再也不帮我了吗？"

老吴摸了摸额上的疤痕，支支吾吾道："反正过几天老爷就要回来了，你再胡闹也折腾不了多久，而且……"说到这儿他忽然顿住，隔了片刻终于露出一丝微笑："好吧，我说心里话。我是看着少爷长大的，在我印象中你从未像近些日子这样快乐过，也从未像这次一样认认真真做过事。我很高兴看到你的改变，也相信你是善良的。既然你说事关人命，管他会有什么乱子呢……我这'苍展'愿意再帮你一次。"

"太棒啦！"海青给了老吴一个拥抱，"吴叔，你太好了，或许大伙猜得有道理，我该不会真是你的私生子吧？"

"别胡说！"老吴赶紧挣开海青，唯恐这话被别的仆人听见。

"闹着玩嘛。"

"这也是闹着玩的？跟着说相声的不学好！"

"别计较那么多了，来来来！现在正有件事要你帮忙。"海青指着书桌道，"需要写几封信，大部分我已酝酿好。我刚才得到消息，最重要的一封也知道如何下笔了，但我不便暴露笔迹，请你抄一遍。"

老吴瞧了瞧那满桌的信纸，足有十几封，立时皱起眉头："这么多？我收回刚才的承诺，行不行？"

"晚啦晚啦！言出必行。"海青强把他按到椅子上，"明天晚饭之前必须把这些信全部送到，快写吧。"

明天，最后时刻……

第八章
闲着说话，晚上喝茶

南市不仅是娱乐中心，也是美食云集之地，有各种小吃，东兴大街附近还坐落着太白楼、同福楼、天和玉、泰丰楼等大饭庄，其中最负盛名的当数登瀛楼。

这家饭庄创建于民国二年，据《史记·秦始皇本纪》记载："齐人徐芾等上书，言海中有三神山，名曰蓬莱、方丈、瀛洲，仙人居之。"所以"登瀛"二字不但从方位上暗喻这里经营的是鲁菜，也给人飘然若仙的感觉。洁净的厅堂，华丽的陈设，精美的菜品，周到的服务，吸引了各界名流光顾。连普通市民攒点儿钱也愿意来这里消费，哪怕只点一道菜也觉得是荣耀，是享受。

此刻是傍晚七点钟，正是饭庄最繁忙的时候，一辆锃亮的奔驰车停到登瀛楼门前。司机毕恭毕敬地拉开车门，一位年近六旬的长者走下车来——这个人身材高大，穿的虽是纺绸大褂，却腰板笔直，透着威严，左手拄着一根亮银包头的文明棍，右手戴着两枚亮闪闪的宝石戒指。他相貌还算端正，只是天生的鹰钩鼻、三角眼，留着一部浓密的络腮胡，透着几分煞气。他才刚站定，又从车上下来两个三十多岁的男子，也都人高马大、体格健壮。他们穿着褐色大褂，一左一右站在他身边，与其说是仆人，不如说是仆人，不如说是贴身保镖。

门上的伙计早瞧见这三人，却没过去迎接，而是匆忙往店里跑。不多时登瀛楼的王经理亲自迎出大门道："贵客临门！好久不见，陈督军，您近来可好？"

　　那长者不苟言笑，摆了摆手道："如今哪还有什么督军？老皇历——翻不得喽。"

　　"瞧您说的。"王经理久在勤行阅人无数，最晓得这些老军头爱听什么，"老骥伏枥，志在千里。您现在不过是退归林下不带兵了，倘若带兵打仗依旧是千军万马指挥若定。什么先生、老板，这些称呼都不中听，还是叫您督军最相宜！"

　　"哈哈哈……"这话说到那人心坎里了，他不禁仰天大笑，竟带着几分粗野狂态。

　　此人姓陈，确实曾担任过督军，不过纵观他这半辈子的作为，实在担不起"千军万马指挥若定"的考语。他出身保定军校，是清末新军的一分子，北洋军嫡系，隶属段祺瑞麾下。后来风云变幻直皖交锋，他审时度势，在决战前投降吴佩孚，还在战后荣升督军。没过几年，直奉战争爆发，他拥兵自重坐观局势，权衡利弊又投降奉军。但他这次行动有些迟缓，而且有两次投敌的历史，奉系不想要这个"三姓家奴"，便责令他交权下野。兵马他倒是如数交出了，可战前发的军饷却被他鲸吞，再加上多年纵兵劫掠的不义之财，可谓腰缠万贯。于是他在天津法租界买了洋房，又投资了两家公司，使奴唤婢当起了寓公。

　　或许连他都知道自己名声不佳，故而深居简出行踪隐秘，在各大商会组织的宴会上才偶尔露一面。他不接受单独宴请，今天是例外——邀请者的名头太亮，要谈的生意也太具诱惑力。

　　王经理"例行公事"地寒暄几句，随即引领他往店里走，踏上台阶的那一刻，陈督军随口问道："请客的人来了吗？"

　　"还没有。"王经理仍不忘恭维，紧跟着补充一句，"您不愧是军人出身，做事规矩守时，一般人比不了。"说着抬起右手，做了个请进的动作。

　　陈督军迈进大门，扫视宽阔的店堂，当年手握兵权时，他也常来这里，因此并不感到陌生，所以便道："在哪个包间？"

"不是包间，是二楼散座。"

"嗯？"陈督军面露不快——虽说他已下野，毕竟手眼通天、财大气粗，吃饭从来都在包间，何曾坐过散座？

"您有所不知，二楼拐角那一桌紧邻两扇窗户，不仅通风凉爽，还能俯瞰街景，多少人排队想订呢！宴请您的人可能喜好热闹，特意选了那桌。"

本来尴尬的情况被王经理打圆场圆得大好，陈督军愠色稍解道："是利盛商行郑老板订的吧？"

"具体情况我不清楚，据柜上的人跟我说，今早订桌的是个穿大褂的年轻人，姓梅，有点儿南方口音，举止规规矩矩，说今晚您和郑老板要来，务必准备得丰盛些，而且出手阔绰，预付二十元押柜。我猜可能是郑家的仆人。"

"嗯。"陈督军点点头——郑秉善这样的大老板总不会因为一顿饭就亲自跑趟饭庄吧？肯定是手下人订的。

想至此，他不再犹豫，快步向楼梯走去。在天津卫一般的饭馆，堂倌都很热情，瞧见客人离着老远就喊"里面请！"，若是熟客还要报出名姓"张爷、李爷、赵爷，三位楼上请！"，为的是给来客脸上增光，也显得兴隆热闹。可像登瀛楼这样的高级饭馆，用餐者大半是达官贵人，高声喊嚷反倒显得粗俗，而且容易暴露客人隐私，所以来往堂倌看到陈督军只是笑着行礼，拘谨而不失礼貌。

王经理边上楼边滔滔不绝地介绍："今天的鱼翅非常好，鲍鱼也很不错。我记得您最爱吃扒驼掌，如今兵荒马乱的，我们弄来点儿新鲜驼掌实在不容易，若非您这样的贵客，我还舍不得上呢。"

说话间已到订好的座位，果然临近窗户通风良好，餐桌上铺着洁净的绣花桌布，摆着青花瓷餐具，并不比包间差，唯一的缺点是离楼梯有些近。陈督军没再抱怨什么，只是道："毕竟是人家请客，等郑老板来了再点菜。"

"好的。"王经理答应一声，随即招呼堂头，"快给陈督军泡茶，要上等毛尖……哈哈，下面很忙，我暂且失陪，郑老板一到我亲自把他领上来。"说罢鞠躬而退——王经理认识的上层人物数不胜数，也未必把现在的陈督军看得有多重；但是买卖人和气生财，对任何一位客人都恭敬有礼。

陈督军把椅子转向窗边，紧靠窗台坐下，边喝茶边向外张望，两名随从就站在他身后——按理说主人与贵客吃饭，仆从没资格在旁。但陈督军在沙场上混了半辈子，干过无数杀生害命的勾当，保不准遇到什么仇家，凡事小心为妙，他们要等另一方到场，确认身份之后才能回车里等候。

对于郑秉善这个人，陈督军并不熟，只在宴会上见过几面，记得他五十岁上下，个子不高，有一张胖乎乎的圆脸，参加活动总是穿着黑色燕尾服，系一个红色领结，完全是西式做派。他说话略有点儿南方口音，十分亲切和气，却绵里藏针，不失商人的精明。

傍晚的南市车水马龙，登瀛楼更是熙熙攘攘，时而有汽车或洋车停靠在门前，送来形形色色的客人，穿绸裹缎的士绅，西装革履的老板，抱着哈巴狗的阔太太，甚至还有金发碧眼的洋人……却始终不见郑秉善那雍容的身影。

陈督军感觉手中的茶杯凉了，街上行人渐渐变得模糊，才意味到天色已晚，忙回头问随从："几点了？"

一人掏出怀表看了看："七点半。"

"怎么回事？姓郑的戏弄我？"陈督军渐渐失去耐心，"这要是在过去……"后面的话没继续说——要是在他手里有兵的时候，谁敢这么藐视他，早被他抓起来枪毙啦！

就在这时，楼梯传来一阵"噔、噔、噔"的脚步声，那明显不是堂倌急促的小碎步，而是端庄的客人。三人齐刷刷望过去，只见上来个英俊的年轻人，二十岁出头，穿着名贵却很花哨的西装。

"又不是……"陈督军不耐烦地抱怨一句，正打算起身下楼，取消这次会面，却见年轻人讪笑着走过来。

"您是陈督军吗？"

"嗯？"姓陈的一愣，"正是。"

"晚上好……"年轻人想握手，似乎又觉得不恭敬，把伸出一半的手缩回去，深深鞠了一躬，自我介绍，"我是利盛商行郑先生的外甥，也是公司的临时负责人，我叫沈海青。"

陈督军被这状况闹蒙了，道："郑老板临时遇到什么事了吗？"

"没有啊。他在徐州，一切都很好。"

"徐州？！"陈督军顿了片刻似乎想明白了，"今天这顿饭是你借你舅舅之名请我喽？"冲着郑秉善的大名他竭力克制，但言语间已流露出不满——这么个毛头小子也要跟我谈生意，简直是胡闹！

哪知海青露出困惑的表情道："我宴请您？今天不是您要和我舅舅谈生意才订在这里吗？事情太仓促，请柬中午才递到我手里，舅舅在外地回不来，我还怕随便派人不恭敬，亲自过来的。"

"什么？！我找你们谈生意？"

"对呀。您请柬上说，'三不管'有块地想卖，所以……"

"不对！明明是你们资金周转不便，有块地希望尽快出手，想低价卖给我……咱的请柬呢？"

一名随从麻利地从怀中掏出请柬，与此同时海青也拿出张请柬。这两张都是做工精良、有印花的硬纸柬，还散发着香水的味道，任谁一看必定是尊贵之人送出的。恰好此时堂倌打开二楼电灯，四人围成一团，将两份请柬一比照——双方谁都没说谎。

海青一脸惊讶道："内容相反的两份请柬，这是怎么回事？"

"混账！"陈督军把两张柬往桌上一拍，"笔迹是一样的。"

海青心中暗笑——怎会不一样？都是老吴写的嘛！等着瞧，好戏在后头。他心里得意，却装作无辜："是不是有人开玩笑？您和我舅舅有共同的朋友吗？"

话音未落又听见上楼的脚步声，继而传来一阵爽朗的大笑："哈哈哈……郑老板！陈督军！你们真给面子，我得好好感谢你们呀！"

"来啦！"陈督军瞪起眼睛，想看看戏要自己的是什么人。却见来的是个身材微胖的中年男人，头戴警帽，身穿警服。他的警服上有两枚亮闪闪的肩章，身后还跟着一名魁梧的年轻警察，像是他的勤务员。陈督军认识，此人是直隶警察厅的二把手——曹副厅长。

"是你?!"

"当然是我，您和郑老板联名下帖，我敢不来吗？哈哈哈……怎么了？"曹副厅长也意识到气氛有点儿不对，"郑老板呢？"

海青鞠了个躬，有礼貌地回答："我是郑先生的外甥。"接着又故意试探："您也是接到请柬来的吗？"

"当然喽，有什么不对吗？"曹副厅长摘下帽子递给随行警员，从兜里掏出请柬。

陈督军也顾不得礼数了，夺过来便看，这不看还好，看完更是暗憋怒气——自从北伐战争开始，直系军阀落败，奉军的日子也不好过，北方政府面临财政压力，虽说从日本弄到一笔贷款，但主要用于军事开销，其他部门依旧缺钱。如今警察勒索钱财、吃拿卡要，固然是积习所致，却也因开不出工资，实在没办法。曹副厅长目前最重要的职责就是想方设法为警察厅筹钱。而给他的这封请柬上竟写着，陈督军和郑老板有意组建一个福利会，呼吁各界人士给警务部门捐款，以确保警察的清廉，维持市面安定，因此恭请曹副厅长共商此事。有这天上掉馅饼的美事，难怪姓曹的一上楼就道谢！

海青尴尬地笑了："这里面恐怕有些误会。"说着把另两份请柬递到曹副厅长面前。

厅长看后也很诧异道："怎么回事？谁下的这些请柬？"

海青赶紧推说："我这张原本是送到商行的，中午才由秘书转递到家里，我也不清楚是什么人送的。"

"哼！"陈督军冷冷道，"今早我家门口来个小子，自称是你们郑家的仆人，把请柬交到门房就走了。"

曹副厅长也道："我这张也是警察厅接待处代收的，下午才递到我手中。丁厅长还取笑说，当天下帖当天吃饭可真够急的。我问过接待处的人，说来送请柬的也是个年轻人。看来咱们谁都没亲眼见到这人呀！

这顿饭也是他订的吗？王经理，你知道是怎么回事吗？"

王经理见厅长驾临，也跟着一起上来，见他们仨话头不对赶紧转身下楼，到柜台把订餐名册捧了来，当着众人的面翻开，又指着今早订桌的那一行——二楼靠窗散座，押柜二十，交款人梅颖。

"梅颖……梅颖……"厅长反复念叨这名字，似乎品味到什么，露出一丝笑容，"这事儿有意思……"

陈督军却笑不出来，追问："还能不能找到这人？"

王经理很为难："既无电话，也没留下地址，到哪里去找？他给了二十元押柜，谁能想到是恶作剧？"

"哈哈哈……"厅长已忍不住仰面大笑，"甭找了。你们还没瞧明白那名字？梅颖！早就没影儿啦！"他说着倒释然了，福利会的事看来是一场笑话，但和这两家财神爷多套套近乎总不会吃亏，兴许真能筹到点儿钱。

王经理也笑了，自然要说几句场面话，赶紧抱拳拱手道："今天这事真是意想不到，全怪我未能详察。不过话又说回来，三位皆是我请都请不来的贵客，托这位匿名朋友的福竟然全都驾临。没说的，既然有押柜的钱，我叫灶上做一桌上等宴席，再奉送一坛陈年佳酿，三位务必赏光尽兴……"

突然，一个响亮的声音打断王经理的话："还轮不到你借花献佛，请客的来啦！"

众人皆是一惊，循声音望去——窗台上蹲着一个人，浑身上下裹着黑色衣裤，脸上戴着面具。

苍白的脸庞，圆圆的鼻子，笑盈盈的嘴唇弯而上翘，两只笑眯眯的眼睛，眼角下却挂着一滴血泪。这面具太怪了，瞧见苦瓜的那一刻，在场的所有人都愣住了，包括海青在内。

经过一番驴唇不对马嘴的交涉，此时已将近八点。外面天色已渐渐黑了，虽说南市是热闹地段，毕竟比不上租界，只有几盏路灯。小丑蹲在窗台上，身后就是沉沉的夜幕，他又穿着黑衣服，几乎与夜色融为一体，却使那张面孔更加醒目，便如悬浮于半空中，这情景令人毛骨悚然。众人之中唯有海青知道是怎么回事，也唯有他识货，知道这叫小丑面具，可他面对这张笑脸竟也感觉头皮发麻——不错，小丑的表情永远是笑，而在这夸张得近乎疯狂的欢乐背后究竟隐藏着什么？是阴险的算计还是痛苦的哀号？持续盯着这张脸你不会觉得可笑，只能感受到诡异和恐怖。

片刻惊诧之后，首先缓过神儿来的是陈督军那两名仆从，他们立刻向腰间摸去。

苦瓜早看出他们带着枪，挖苦道："嘿！不愧是当兵的出身，反应比警察还快，我猜你们俩原先是陈督军的副官吧，与人做犬都已经习惯了。"

两人一愣，似是被苦瓜点破身份，但还是把手枪掏出来，陈督军也偷偷摸向后腰——他本人也带着枪呢！

"哈哈哈……"苦瓜一阵大笑，"我好心好意请诸位吃饭，你们却拿枪对着我，太不够意思了吧？再说警察厅长在座，你们就敢掏家伙，还有王法吗？"他的声音比平常尖细，还略带点儿天津口音，与说相声时的京腔京味儿大不相同，这是为了隐藏身份故意为之。相声艺人有一门技艺叫"倒口"，就是模仿各地方言，表演《学四省》《绕口令》《怯洗澡》等段子时会使用。苦瓜精于此道，今早他也是故意操着南方口音订桌。至于那个送请柬的年轻人则是海青，经过这些日子"修炼"，海青的乔装也炉火纯青，谁能想到清早那个低眉顺目、谨小慎微的年轻仆人和现在这个自信满满、谈吐潇洒的少东家竟是同一人？

听了苦瓜这番话，曹副厅长紧皱双眉，回过头瞪了一眼陈督军的那俩仆人，似是怪他们无礼，又似嫌他们比自己的随从掏枪还快，抢了风头。那俩仆人脸上皆是一红，赶紧把枪收回去。厅长却已沉住气，打个哈哈道："朋友，你就是那个'没影儿'吧？遮遮掩掩不敢以真面目见人，就凭你编造谎言诓骗我们，我就可以抓你！"

"厅长，您大人不记小人过，我身份低微、相貌丑陋，实在见不得人，若不用这个办法，怎能把各位邀来？王经理，愣着干什么？上菜呀！二十块大洋交您了，今天咱是照着脑袋做帽子，千万别替我省，什么好上什么。"

海青心里暗骂——是别替你省，还是别替我省？饭是你订的，可钱是我给你的呀！

王经理主持饭庄多年，什么场面没见过？一开始有点儿震惊，但略一思忖，谁花钱不也是自己赚吗？于是又露出了招牌一般的笑容，还故意卖弄，亲自对堂头唱起菜名："听好，清炖鱼翅、红烧鲍鱼、清炒虾仁、葱烧海参、糟熘鱼片、九转大肠、清汤银耳、油爆双脆、香酥鸡、扒驼掌、干烧鱼、烩三丝……"一口气将二十多道上等菜肴背出，如行云流水一般。

海青没料到今晚还能听到一段别开生面的《报菜名》，高兴地鼓起掌道："好！太精彩啦！"话一出口才意识到这与紧张的气氛格格不入，又把手撂下了。

曹副厅长也在笑，却不是好笑："看来今天这顿非吃不可喽！不过老话说得好，礼下于人必有所求，吃这顿饭是有代价的吧？"

苦瓜耸了耸肩道："别说得这么难听。代价？兴许对厅长您还有莫大好处呢。"

"无聊！"陈督军拍案而起，"你算什么东西？我可没工夫陪你戏耍。"说着便要离开。

"且慢。"苦瓜阻拦道，"今晚来的人，论年纪您最长，多大的水也漫不过您这只鸭子！拍屁股一走岂不扫兴？"

陈督军听他把自己比作鸭子，气哼哼地回头瞪他一眼。而论现在的地位，曹副厅长最高，听他这话竟没把自己当成主要客人，也有些不快地道："敞开窗户说亮话吧，你意欲何为？"

"当然要说，不过得等客人来齐再说。"

"还有别的客人？"

苦瓜侧身往楼下瞥了一眼，笑道："这不就来了嘛……"

话音刚落，就听下面乱起来，似乎有人争执，吵吵闹闹的，而且动静越来越大。不多时传来杂沓的脚步声，一群人乱哄哄拥上楼，有的背着挎包，有的举着相机和镁光灯，有的拿着铅笔和笔记本——来的是一大群记者。

海青暗笑，这都是他让老吴写信请的。《大公报》《益世报》《大风报》《庸报》《商报》《北洋画报》等多家报馆同时接到密函，称今晚八点将有人在登瀛楼二楼揭开一桩命案真相，届时警察厅曹副厅长将会把犯人绳之以法。这样的大新闻，他们能不来吗？苦瓜之所以不订包间，就是考虑到要有足够的空间让记者旁观。来的人如此之多，先冲上来的已经架起闪光灯，后面的还在楼梯上与堂倌争执，推推搡搡好不热闹。

王经理当机立断道："别拦着，让他们都上来。"他想开了，反正已经这样了，来就来吧，明天登报还能顺带着给饭店做广告呢！

楼梯被记者们堵得严严实实，陈督军想走都走不了，连敲手杖高声呵斥道："让路！你们给我闪开！"

根本没人搭理，大伙的目光都被窗户上的人吸引了。记者们见识广博，接触新事物也多，一下就认出来："咦，那不是洋人马戏团的小丑吗？"纷纷抢着拍照。

眼见所有的聚光灯都对着窗口的怪人，曹副厅长很伤自尊——这是怎么了？都比我抢风头，即便是个副职，我好歹也是个厅长，怎么就这么没有存在感啊！他一跃而起，指着记者们咆哮："别照啦！都给我安静！"跟他来的那个警察也随着一起呵止。

一两个记者可能会害怕，但是现在挤着十几家报社的人，法不责众，互相壮胆。这会儿别说副厅长，就是副市长阻拦也没用。苦瓜见状哈哈大笑："陈督军、曹厅长，你们别嚷了，人不留客天留客，快坐下歇歇吧。"

陈督军无可奈何，这时掏枪肯定会被照下来，再扣他一个心怀鬼胎、威胁记者的恶名，他只能悻悻然回到座位："你到底想干什么？"

曹副厅长却没说话，气馁地往椅背上一靠——今天算是上贼船了，见机行事吧。

苦瓜起身，却没下窗台，手扶窗框居高临下站在那儿道："诸位，静一静。实不相瞒，是我写信把你们请来的……"这句话一出口，记者们顿时不吵了，而且静得出奇，只闻拿笔记录的沙沙声。"正如我信上所述，请各位来是为了揭开一桩命案，各位皆是见证。"说着苦瓜又往曹副厅长身上一指，"今晚曹厅长好比包公临凡、海瑞降世，听完我的陈述由他来处置这一案。"

千穿万穿马屁不穿，曹副厅长听了这话总算找回点儿尊严，从怀里掏出一把小梳子，梳了梳刚才因为咆哮弄乱的头发，又整理了一下自己的衣服，准备照相。

终于开始了，苦瓜弯腰从桌上拿起个茶碗，往地上一摔，"啪"的一声清响，众人正诧异为何有此举动，却听他悠然开口道："守法朝朝忧闷，强梁夜夜欢歌，损人利己骑马骡，正直公平挨饿，修桥补路瞎眼，杀人放火儿多。我到西天问我佛，佛说——我也没辙。"记者们听到这滑稽的顺口溜，先是一愣，继而都笑出声来，连曹副厅长也忍不住扑哧一下。

海青暗自埋怨——这又不是单口相声，你念什么定场诗啊！

"诸位不要笑，听完我说的这起案件，或许你们会觉得这首诗写得格外真实……七天前'三不管'起了场火，一家字号叫逊德堂的药铺被烧，掌柜的姓贾，当场被烧死，若不是附近的人及时救助，恐怕会殃及整个'三不管'，将会有无数人丧命。这场火因何而起，至今似乎也没弄清楚，也没人愿意详细调查，总之警察当场抓了两个人：一个是那家药铺的伙计，叫李长福；另一个是药铺门前卖茶的姑娘，她的炉子每晚都寄存在药铺里……"

海青注意到，苦瓜没提甜姐儿的名字，看来有意回护，不想让记者滋扰她。听到这儿，曹副厅长已有些不耐烦地道："就为这鸡毛蒜皮的案子，你就把我们找来？还惊动这么多报馆？真是无理取闹。"

"您别着急，请各位来自有请各位来的道理，案子是大是小听完了再下结论……要说这俩被抓的人真是可怜，无凭无据就被投到监牢里，幸而这世上还是好人多。"苦瓜突然抬手朝海青一指，"这位！利盛商行的少老板，他办了件好事。"

众人目光都聚焦到海青身上，海青故意显得有些惊慌，左顾右盼了一番，随即低下头。

"众位恐怕还不了解吧？这位少老板出身豪富、挥金如土，可就是不爱往正道上走。他整日游手好闲混迹市井，听戏看曲，拈花惹草，经常到'三不管'瞎逛……"苦瓜故意把海青说得十分不堪，实则是掩护，怕众人猜出他俩是同伙，"事有凑巧，他到逊德堂门口的茶摊喝茶，风流性子一发作，就看上那位卖茶姑娘了。他三天两头跑去纠缠，无奈那姑娘不允，他急得百爪挠心没办法。正在这时药铺着火姑娘被抓，少老板灵机一动，来个'英雄救美'，派人到警所疏通，竟将那位姑娘买放出来。"

苦瓜故意隐去劫牢之事，对警所而言，被人从内部把犯人救走是非常丢脸的，何况郑家早已花钱打点，不会声张。拿钱买放都是瞒上不瞒下的，曹副厅长一无所知，不禁以异样的眼光盯着海青，仿佛重新认识了这个年轻人。

海青很不好意思，头压得更低，偏偏苦瓜还故意问："少老板，您可真是大善人啊！怎么样？美人一定骗到手了吧？是不是已经成其美事了？"

"你、你……"真是胡说八道，我和甜姐儿什么事儿都没有，这你还不清楚？有话不能明说，海青脸憋得通红。

"哼！"苦瓜越发冷笑，"无话可说吧？亏你出身名门、衣冠楚楚，其实是个道貌岸然、色胆包天、乘人之危的骗子！逊德堂那把火就是你放的，你为了诓骗卖茶姑娘故意行出此事。"

"胡说！"海青听不下去了，额头上青筋暴起，早忘了是做戏，跳起来嚷道，"你胡说八道！血口喷人！"这两声喊得声嘶力竭，记者们架好相机对他一通狂拍。镁光灯闪过，海青猛然醒悟——假戏不如真唱，苦瓜就是要激我生气，留下这印象深刻的场景，以后就没人猜疑我跟他串通了。

果不其然，苦瓜一阵大笑，又把话往回收："别动怒，我跟你开个玩笑。你不过是个没用的花花公子，唯独对女人花心思，杀人放火你没那个胆。不论你出于好心还是色心，那位姑娘好歹得脱牢笼，就算是你一桩功德吧。至于被抓的另一人，竟也遇到好心人……"说着他又伸手指向陈督军，"李长福是您买放的，对吧？"

"瞎说。"陈督军不急不躁，端起茶杯抿了一口，"我和他无亲无故的，为什么买放他？"说着他还朝记者们瞟了一眼，"难道那人也秀色可餐？"

记者们都笑了，觉得他很风趣。

苦瓜却道："您当真跟他无亲无故吗？我给您提个醒，逊德堂以南那块地是您的，房子也是您的，您是他们的房东啊。"

"我……"陈督军想否认，可想起诓骗他和海青的请柬，看来地产的事儿此人早就摸清了，于是改口，"就算我是逊德堂的房东又如何？也不能证明李长福是我买放的。"

"嘿嘿，害人不留名很正常，救人不留名的还真没几个。'三不管'的人都认为李长福是倒霉蛋，只是着了一场火叫他赶上了，碰巧其他两个伙计年纪太小，警所不愿抓，因而拿他抵罪。明明是您把他捞出来的，怎么不认呢？厅长，要不您派人把那片警所的所长找来，当面把这事儿问清楚？"

曹副厅长脸色很难看，自己的手下胡乱抓人、要钱买放的事儿被公然抖搂出来，正无处撒火，随即一拍桌子道："不像话！抛开案情不论，怎么能随便抓人又随便放呢？三令五申不准勒索，若不拿一个作法，只怕也刹不住这股歪风。李大彪！"

"在！"那个魁梧的勤务警立正应道。

当着众记者的面，曹副厅长要树立自己廉洁公正的形象，厉声吩咐道："你现在就去六所，把所长给我叫来！"

"是！"

"慢着……"陈督军笑着阻拦，"别查了，那人确实是我打发手下人买放的。"纸里包不住火，此事一问就明。

厅长依旧板着脸："即便您承认，我还是要追究。这不是您自己的事，是关乎纪律的大……"

陈督军拍了拍他的手："既在公门内，也是好修行。兄弟们的日子也不好过，能把人放出来就是恩德，卖给我个面子，这事儿您就别多问了。"说这话时他低垂双目，竟显得很慈祥。

"不错。"苦瓜接过话茬儿，"陈督军是地地道道的善心人，干的好事还不止这一桩。"

"你这话可不像恭维。"陈督军喝了口茶，对着苦瓜微微一笑——就算我承认李长福是我买放的，你又能奈我何？

"怎么不是恭维？诸位有所不知，陈督军不但救出了李长福，还对药铺的伙计网开一面，没叫他们赔偿房屋损失，连最后一个月的租金都没要。天底下有几个这样的房东？"

"这不算什么，我只是觉得他们可怜。"

"您做善事一点儿都不张扬，从始至终连脸都没露，全是通过中间人跟药铺交涉。"

"没错。"陈督军大言不惭，"我去干什么？小小一点儿恩惠，难道还叫人家立个长生牌给我磕头？"

苦瓜猛然问道："莫非您跟那几个伙计见过面很熟？"

"我哪有工夫见他们？房租的事自有手下人管。那几个伙计，包括被抓的李长福，我从来没见过。"

"不对吧？您真的一个都不认识？"

"一个都没见过。"陈督军笑着又喝口茶，那杯喝干了，堂倌赶忙拿起茶壶又给他续上一杯。

"好好好，您真好……"苦瓜突然口气一变，提高嗓音痛骂，"好个心如蛇蝎的伪君子！"

那两个随从见他口出不逊，往前凑了几步，现在是不能掏枪了，却要动手打苦瓜。陈督军却将他们拦住道："别与他治气，有拾金的，有拾银的，没有拾骂的。骂人不理骂自己，骂人不答骂爹妈，叫他骂！骂够了厅长自会处置。"

苦瓜似是彻底看穿了陈督军的嘴脸，也不再搭理他，转而向记者们说："陈督军救出的李长福不是无辜之人，是凶犯！逊德堂的火也不是意外，是杀人焚尸！那位贾掌柜不是被烧死的，而是被打破脑袋致死，他的尸体就埋在西郊，一验便知……"记者们本来已有些失望，闻听此言又来了精神，赶紧奋笔疾书。"事情还不止如此，就在贾掌柜被杀前，'三不管'还接连死了两个人，一个练把式的叫崔大愣，还有个变戏法的叫王三，绰号'快手王'，都是被击裂头部致死，凶手也是李长福！而这一切的背后主使者就是陈督军。"

记者们一个个瞪大眼睛，"哦"的一声惊呼。对于"三不管"曾发生的命案，他们从不在意，似乎那里死人很正常，至于崔大愣、王三的名字他们也根本没留心过，充其量不过是街头艺人，值得重视吗？然而此刻一切都不同了，一桩连环命案，牵扯到一位下野督军，还有小丑的噱头，这绝对是爆炸新闻。不管小丑说的是真是假，这事都能上报纸头条。

"嘿嘿嘿。"陈督军故意笑了几声，"你夸夸其谈也得有个限度，乱给人栽赃是要蹲班房的。"说罢又喝了口茶——他喉咙似乎很干，总是在喝水。

半晌无言的海青插了一句道："你这小丑就会胡言乱语，陈督军何等人物？怎会无缘无故杀几个'三不管'的艺人？"那口气似是在为陈督军鸣不平。

苦瓜心道——好！这句捧的正在节骨眼儿！赶紧接过话茬儿："谁说无缘无故？他有他的阴谋。"

"什么阴谋？"记者们纷纷追问。

"他要谋夺'三不管'的地！"

陈督军面不更色，手里却紧紧攥住茶杯，似是要把它捏碎。

"各位，南市一带过去是几个大水坑，自清末以来填平开发，民国之后渐渐兴盛，其中大片的地都被商人买下。'三不管'作为南市的一部分，原本也是很大的，容留的艺人商贩很多。可是近十年来被买走的地越来越多，卖艺的场所越来越少，故而前几年'三不管'、东兴市场乃至'鸟市'这几处的艺人商家纷纷向政府请愿，希望保留市场让他们维持生计，再加上流氓混混儿盘根错节，这帮人也有势力，都向政府施压，进一步改造的计划才无限期搁置。然而现在情况不同了，南北开战以来政府很缺钱，正在到处筹款……"

"唉！"听到这句话，曹副厅长竟深有感触地发出一声叹息。

"'三不管'的地无疑是来钱的道，可是下面抗拒很大，强行卖地又怕招惹事端，要是闹出什么乱子，无异于自乱阵脚，还怎么和北伐军打？不过世上的事就是这样，不怕贼偷，就怕贼惦记。早有奸商惦记着这块肥肉，比如这位陈督军……"

"够啦！"陈督军终于听不下去了，"这是公然诽谤！利用报纸煽动舆论，给我泼污！"

"我煽动舆论？"苦瓜反问道，"难道你没利用报纸煽动舆论？你干得比我成功，也比我狠毒。那个李长福被你派到'三不管'，就是为了制造事端引起混乱。他先杀了崔大愣，见没什么反应，又杀了王三，影响力还是不够，所以你授意他放了把火。这次终于闹大了，一时间'三不管'的新闻铺天盖地，都是批评市面混乱、事故频出的，连广大市民也开始担心那个地方，政府终于可以卖地了，你也早就上下都疏通好了吧？呵呵呵，可是有谁知道，你烧的恰恰是你名下的房产。烧别人的产业人家不会罢休，追查起来很麻烦，弄不好会露馅儿，对吧？烧你自己的房就容易多了，即便抓了李长福你还能把他捞出来。当然了，在处理善后时你不便露面，太活跃容易引人注意，对你接下来的行动不利，所以你才大发善心，没要赔偿就打发药铺的伙计们走。反正对你而言那几间破房不值几个钱，若以此为契机弄到更多的地，可以翻出几十倍利润。'三不管'离租界那么近，兴许你还有更深的算计，盼着外国趁内战之机扩大在天津的地盘，那时你可以把地租给外国人，获利更丰厚。你想发国难财，对不对？"

陈督军脸色铁青，若不是在场之人众多，他早就开枪把这个揭穿他阴谋的人打死啦！他强压心头怒火，阴沉沉地对曹副厅长道："要给人安罪名得拿出证据，这家伙无凭无据在这儿胡说八道，您就坐视不管吗？"

"这……"曹副厅长一时拿不定主意，小丑的话似乎不是瞎说，可陈督军也不好惹，到最后拿不出证据终究是瞎闹，自己没必要为一个连真面目都不敢露的人得罪姓陈的。他脑筋一转，笑呵呵道："您着什么急呀？尽管让他闹，反正今天他跑不了。"说罢朝站在身旁的李大彪撇撇嘴，李大彪会意，仗着身强体壮硬挤出人群——调集人手包围饭庄。

曹副厅长又笑嘻嘻地道："您放心，交给我吧。他折腾不了多久，等我把他抓进监狱……"说着把嘴凑到陈督军耳边："要死的要活的全凭您一句话。"

"哼！"陈督军气哼哼应了一声——那时确实凭我一句话，但给你递话能白递吗？得花钱！哪有不吃腥的猫？可事到如今他没有别的办法，只能认了。

"各位朋友，请让一让！"人群中传来王经理的声音，"我们给客人上菜。"只见他张着双臂分开人群，几个堂倌紧随其后，把一道道菜肴摆上桌——本就是上等宴席，王经理还嘱咐摆盘时要多用心，期盼记者照相时连菜一起照上，给饭庄做宣传。后厨下足功夫，真是精雕细琢，每碟菜都跟艺术品一样，果然引得众人一阵惊叹。

就在这混乱当口儿，海青站起身，一步步往人群里溜达——快八点半了，他得躲起来。好在这时他已不再是记者关注的焦点，餐桌旁的人各怀心事，谁也没在意他。

好菜摆上桌了，可谁还有心思吃？陈督军表面镇定，心里早就烦透了，虽说这个小丑伤不到他分毫，可地产的计划被当众揭穿，先前的努力都白费了。他越想越生气，夹起一块驼掌塞进嘴里，又倒了盅酒一饮而尽，随即起身道："曹厅长，恕陈某少陪，以后咱再联系。"

曹副厅长自然明白他说"以后联系"是什么意思，笑着点点头。

"这就要走吗？"苦瓜出言阻拦。

陈督军冷笑道："菜我也吃了，酒我也喝了，腿长在我身上，想走就走，你能奈我何？"他说这话时的嚣张样子已不再像个有身份的寓公，简直是死猪不怕开水烫的无赖。

"我无权无势能把您怎么样？只是菜还没上齐呢，还差一道。"

"你留着自己吃吧，小心吃不了兜着走。"

海青挤在人群中暗暗着急，难道叫这家伙逍遥法外？低头看了一眼手表，已过了八点半，怎么还不来？

恰在此时，楼梯传来脚步声，还有个嘹亮的嗓音，故意拿腔作调道："哎哟！紧赶慢赶还是来晚了，见谅见谅……诸位让一让，今儿这桌饭可不能没有我呀……"

其实苦瓜的心也一直悬着，听到这人的说话声才松口气。他双手抱膝往窗台上一坐，坏笑道："陈督军，你恐怕回不去家了，撑死你的最后一道菜来了。"

记者们闪开一条道，见来者似乎也是个富商，长袍马褂穿戴讲究，白白净净一张笑脸，左手拿着折扇，右手揉着两枚保定铁球。往他身后看，排场可真不小，跟着七八个随从，也都穿绸裹缎。

这人举止很怪，来到二楼谁都没理，先奔那桌菜去了，绕着桌子边看边赞叹："好！不愧是登瀛楼的手艺，看着就喜欢。这烩三丝，芡汁挂得又薄又凉，瞧这鱿鱼切得跟菊花一样……"他嘀嘀咕咕念叨半天，突然一抬头，指着王经理的鼻子道："姓王的，你不地道！以往我来这儿吃饭，怎么没给我上过这么大的鲍鱼？"

王经理泰然自若，笑着应对道："再好的鲍鱼您吃着也不合口，还是明顺昌的酱肉最好，对吧？"

"哈哈哈，难怪你是这一行的魁元，真厉害！"他一转身，瞧见曹副厅长，忙鞠躬致意，"厅长，久仰您的大名，处事干练、断案如神，您是民之青天啊！"

厅长不认识此人，但听他如此吹捧，便也客套道："过奖了，幸会幸会。您是……"

"哦，我是买卖人，跟王经理也算半个同行，在'三不管'开了个小小的饺子馆，鄙姓张，张春贵，人称张老七。"

张老七！没见过人，还没听说过名儿吗？厅长气大了——客气半天竟然是他，这混混儿头子怎么也来了？

张老七又把目光瞥向陈督军道："这位先生相貌堂堂有尚武精神，

我没猜错的话，您就是陈督军吧？虽然没见过面，咱们有交情，您手下人肯定认得我，我一直替您敛房租。"

"知道。"陈督军把脸一扭。他的麻烦事够多了，不想再跟混混儿扯上干系。

"您这是瞧不起我呀。"张老七咂舌摇头，"其实我心里也明白，在您这样的大人物面前，我姓张的算个鸟！不过嘛……嘿嘿嘿，若是有人要砸我的鸟食罐，我也得扑腾扑腾。"

"张老七。"苦瓜插言，"你来晚了，险些耽误这顿饭。"

张老七这才发觉窗台上还坐着个人，身穿黑衣，头戴面具，神神秘秘的，摸不清路数，便对那个人道："哟！这唱的是哪出戏？《九龙杯》还是《盗银壶》？您是……"

"这顿饭我做东！"

"哦？是您下的帖子？"张老七也接到请柬，与众不同的是他那张请柬没落款，也没人递，是苦瓜偷偷用匕首钉在饺子馆门板上的，"原来如此，莫非也是您让说相声的小苦瓜告诉我那些话？"

"正是。"苦瓜暗笑——我不就在你面前吗？

张老七根本没认出苦瓜，不仅因为苦瓜戴着面具、变了声音，更是因为"三不管"的艺人慑于他的淫威，一向对他卑躬屈膝，哪会想到苦瓜也有挺胸抬头的一面？他倒是能屈能伸，立刻整了整衣袍，恭恭敬敬地向苦瓜深施一礼道："枉我在'三不管'混了半辈子，落入人家算计尚且不知，您可帮了我的大忙啦！可否将名姓相告？"

苦瓜不耐烦道："您是爽利人，今儿怎么也磨叽起来？"说着朝楼梯口一指："再啰唆他可就溜了。"

张老七回头一看，陈督军拄着手杖正往人群里挤，忙嚷道："姓陈的，您先别走！"随着这一声嚷，跟他来的七八个人立刻将陈督军围上——这帮人都是混混儿，今天到体面地方来才换穿长袍，袖子里都藏着家伙呢。

海青瞧见这场面，终于领会到"没势力，可以借势力"这句话的含义。此刻陈督军有枪却不能随便开，而且只带来俩人，明显落于下风。

他虽不知张老七想干什么，但他图谋"三不管"就等于动了张老七的根基，张老七此来一定不是好意。他没搭理张老七，而是扭头望着曹副厅长："这帮家伙是什么来历，想必您心里有数。您身为警察厅长，难道就看着他们胡作非为？还不……"

"冤枉呀！"张老七嬉皮笑脸道，"我哪敢胡作非为？不过是想跟您聊几句，好不容易见一面，连杯酒还没敬您呢。"

陈督军依旧不理他："厅长，这事儿你管还是不管？"

曹副厅长微微一笑："相见便是有缘，人家也没把您怎么样，且听他说些什么。"他心里自有算计——这帮混混儿是不要命的主儿，逼急了什么事都干得出来，不能吃眼前亏，李大彪已去调集警力，暂且坐山观虎斗，等我的人包围这里，你们谁都蹦不出我的手心！

张老七皮笑肉不笑，一步步凑过来道："陈督军，我刚来您就嚷着要走，多扫兴呀！初次见面，我还为您准备了一份见面礼呢。"说到这儿他把脸一沉，朝楼下嚷道："来人哪！给陈督军添个菜！"

众人皆感惶恐，也不知他带来多少手下。又是一阵杂乱的楼梯声，当先上来的是张老七的得力打手二龙，肩上扛着个麻袋；后面还有几个混混儿，宝子、顺子也裹挟其中。

海青又往人堆里挤了挤，避免被宝子他们看见，只能隐在一名记者身后偷偷窥视。他见二龙把麻袋往陈督军面前一摔，解开绳扣，往下一扒——众人不禁惊叫，原来里面装着个人！

这人显然遭受过残酷的殴打，浑身血迹斑斑，尤其两只手已血肉模糊，躺在地上浑浑噩噩，神志不清。陈督军身子一颤道："长……"只吐出这一个字，赶忙闭口。

"哈哈哈。"苦瓜笑道，"对！您得管住嘴，千万别叫。您刚才当着大伙的面说了，逊德堂的伙计一个都不认识，叫出来就露馅儿了。"

张老七也阴笑道："俗话说得好，好汉护三村，好狗护三邻。有人在'三不管'杀人放火，我当然得管。这小子骨头硬，倒也是条汉子。我把他抓起来问是谁指使的他，他不肯说，我就打断了他的左腿；他还不说，我就再打断他的右腿。最后我把他的指甲一根根拔下来，终于……唉！陈督军，我万万没想到，您是有钱有势的人，何必非要砸我们的饭碗呢？"

陈督军恶狠狠地瞪着张老七，双目似要喷出火："栽赃！你这是故意栽赃，我跟这个人半点儿关系都没有。"事到如今他只想自保，顾不得李长福死活。

忽然，有个稚嫩的声音嚷着："是他们！就是他们！"只见宝子冲到陈督军那两个随从面前："起火前一天，来我们铺子买茯苓霜的就是这俩人。"

两名仆人面露慌张，其中一人竟下意识地掏出手枪，蓦地里人影一晃——只见二龙猛地向前一蹿，飞起一脚，将那人的枪踢飞，怒吼道："休想杀人灭口！"

苦瓜见宝子无恙，松了口气，冷笑道："哪个大宅门的人会去逊德堂买药？那是他们约定的暗号。李长福一到'三不管'就投入逊德堂，吃住都在药铺，其间和陈督军没有联系，那必然有事先定好的暗号。上个月陈督军声称在'三不管'丢了钱包，到警所大闹一场，弄得'三不管'尽人皆知。那就是行动开始的暗号吧？那件事过后没多久，崔大愣就被杀了。至于这两位去逊德堂买药，则是最后的暗号，他们一露面李长福就明白，该放火啦！"

"胡说！"陈督军额上已渗出冷汗，兀自嘴硬，"你们串通好了，一起陷害我。我从来没派人到那家药铺买过药，凭一个半死不活的伙计和一个满口谎话的小孩，就想给我定罪？"

苦瓜连连摇头道："您是炖熟的鸭子——肉烂嘴不烂！也罢，您家住在法租界对不对？实不相瞒，昨天后半夜我去您家串了个门，还在厨房拿了点儿东西。"说着他往怀里一摸："曹厅长，接住了，这可是证据！"

曹副厅长见他抛来一物，忙伸手接住，见是个鸡蛋大小的纸团，打开一看，里面裹着块石头。他举着石头端详半晌，实在不得要领，不禁发问："这能证明什么？"

"证明你笨！"苦瓜笑道，"包块石头为的是扔起来方便，证据是那两张纸。"

众人不禁发笑，曹副厅长脸都臊红了，直喘粗气，当着这么多人的面也不好发作，心说——等我的人来了再跟你算账！他展开包石头的纸，果然有两张，四四方方并不出奇，上面用墨笔写着"逊德堂"三个字……不！一张写着"逊德堂"，另一张是"孙德堂"。

苦瓜解说道："那个开药铺的贾掌柜不是什么规矩人，他卖的东西有真有假，用山药粉冒充茯苓霜。由于假货从外观上看太像真的，连他自己都真假难辨，于是做了一个记号。装茯苓霜的竹篓底部都放一张纸，真货写的是字号'逊德堂'，假货是'孙德堂'。陈督军，您口口声声说，从没派人到逊德堂买过药，您家又怎么会有这两张纸？即便跑遍天津卫，能侥幸找到一家和逊德堂同名的字号吗？孙德堂又到何处去寻？独此一家绝无分店。哈哈，您大意啦！那日这两位仁兄在逊德堂买了四篓茯苓霜，两真两假，我真假各取一张，还有两篓原封没动，现在还在您家厨房里放着呢……曹厅长，派人去查吧，一查便知。"

陈督军高大的身躯渐渐开始颤抖，也不知是因为愤怒还是恐惧。

苦瓜不紧不慢，接着道："厅长，我再给您提个建议，陈督军虽然有钱，恐怕也不能一口吞下'三不管'，要干成这件事必会找银行贷款。像什么金城银行、中南银行、盐业银行，您不妨都去查查，问问陈督军最近有没有跟他们商量贷款。"

"你、你……"陈督军双唇抖动，说不出话来。

"若嫌这些证据不够，咱不妨再打个赌。"苦瓜站起身来，朝记者们喊道，"诸位朋友，请你们来的信里写得明白，叫你们搜集陈督军的新闻，要带照片的，拿来了吗？"记者们乱了一阵，不少人从包里掏出自家报馆历年的报纸，苦瓜又说："陈督军既然把这重要的差事交给李长福，必是亲信之人。我猜在他以往的照片里一定能找到李长福。"

一时间翻动报纸的哗哗声响彻二楼，不多时有个站在前排的记者像发现宝藏一样放声大叫："果然有！在这儿哪！"众人顿时一拥而上纷纷争看。

"给我！"曹副厅长上前夺过，低头一看——是七年前陈督军就任时的照片。那时的陈督军一身戎装，手持军刀，胸前挂满了勋章，威风凛凛不可一世。他左右站着两名马弁，正是现在保护他的两个随从。在他身后还有几个部下，其中之一便是此刻倒在地上气息奄奄的李长福，虽然照片上的李长福身着戎装，但面貌依稀可辨。

这时又有个孩子冲出人群——顺子始终不相信长福是凶手，觉得他是被张老七屈打成招。直至此刻铁证如山，他实在抑制不住情绪，骑到长福身上，一边扇耳光一边质问道："你为什么要杀人？为什么要害掌柜的？为什么骗我们？浑蛋！浑蛋！……"不知不觉竟垂下泪来。

此时李长福是身负重大嫌疑的要犯，几名混混儿立刻上前将顺子拉开。李长福似是被这几个耳光打醒了，睁开迷离的双眼，恍惚瞥见了顺子，喃喃道："对不起……"又昏厥过去。

片刻之间曹副厅长已拿定主意，转过身把那张报纸往陈督军面前一举道："您说不认识李长福，这张照片怎么解释？现在人证、物证都有，恐怕您得跟我走一趟了。"他说这话完全是一副公事公办的严肃表情，与方才戏谑耳语时判若两人。

陈督军自知大势已去，心底已泛起难以遏制的恐惧，但他还有最后一根救命稻草，强打精神挤出一缕微笑道："厅长，您仔细想想，'三不管'的地卖给谁岂是我说了算的？想买地的人很多，怎能断定会落入我手？您可要想清楚。"

这轻飘飘的一句话在曹副厅长听来如当头棒喝——对啊！他怎么能断定那块地必然会卖给他？但人证、物证摆在眼前，这桩连环命案肯定是他指使，这不是自相矛盾吗？难道……没错！他早就暗中疏通好了，相关官员已许下重贿，只怕连褚督办都被他买通啦！抓他会不会给我惹来麻烦？

"厅长，您不能犹豫啊。"张老七笑呵呵走过来，他已经把陈督军得罪苦了，绝不能容其翻身，必要置于死地，"先前白宗巍跳楼闹得民怨纷纷，影响很不好。今天当着这么多记者的面，您务必要秉公执法，不能再给褚督办添骂名啦！再者……"他凑到厅长耳畔小声嘀咕，"抓了也未必马上要判，他有的是钱，就算审他个三年五载也不打紧呀。"

审个三年五载？厅长眼睛一亮——对啊！把他抓起来，既不判也不放，上头交代得过去，还能从他身上得好处。往大了说可以筹集到不少警务资金，往小了说我自己也能捞油水，细水长流一点点榨，直到把他所有的财产榨干为止。

"嘿嘿嘿。"想至此曹副厅长笑了，竟觉得这个混混儿头子很够朋友，"你说得有道理，此案我定会秉公处置。"

张老七抱拳拱手道："您真是曹青天啊！哈哈哈……"

完啦！陈督军望着这两个奸诈的家伙，一屁股跌坐在椅子上，一个小时前他还是颐指气使的大人物，现在却成了任人宰割的羔羊。这一切是谁造成的？他扭脸盯着苦瓜："你到底是谁？把面具摘下来！咱们肯定认识，你一定跟我有仇！"

苦瓜冷冷地道："你只说对一半，咱们素未谋面，但确实有仇，因为你残害'三不管'的艺人。"

陈督军的表情与其说是愤恨，还不如说是哭笑不得："难道你就为了几个臭卖艺的跟我过不去？那三条贱命算得了什么？"

"放屁！这世上没有谁的命是贱的，你卑鄙无耻、滥杀无辜，只要还是个人就该和你有仇！"

陈督军二目通红，伸手便要摸枪，就在这时外面传来一声闷响，紧跟着骚动起来，吵吵嚷嚷，人声鼎沸。楼上也乱了，记者、堂倌乃至混混儿纷纷跑下去观看，不多时有人笑着回来道："那位利盛商行的少老板，被这场面吓坏了，想开汽车赶快溜走，一不留神撞在厅长的警车上了。"众人听了都笑起来。

"笨蛋！"曹副厅长不禁抱怨，"真是个没用的少爷秧子。"

嘲笑声中，也不知谁突然叫道："咦，那个小丑不见啦！"陈督军回过神儿来，再向窗口看去，小丑果然已不见踪影，只留下一片漆黑无垠的夜空。

"报告！"李大彪跑上楼来，立正敬礼，"附近三个所的警力已抽调过来，请厅长指示。"说着从一楼拥上来大批警察，其中有不少是持枪的。

此时餐桌旁只剩下陈督军，他坐在饕餮盛宴之前，望着数不清的警察、记者还有流氓混混儿，所有人的眼睛都直勾勾盯着他。这些人都曾被他利用过，而此刻仿佛变成了一群索命阎罗。

他茫茫然呆坐片刻，终于掏出了手枪……

第九章
我走了

两天后，天津河东中学。

操场上扯起一道道幕布，挂着数十幅书法、绘画作品，真草隶篆花鸟鱼虫，这些字画都出于同一人之手——白宗巍。

白宗巍坠楼案经《大公报》《益世报》连续报道，早已轰动津门，世人皆知直隶督办的亲哥哥强抢民妻，逼出人命。虽说白宗巍的悲剧一定程度上也是他自己导致的，但还是博得了广大民众的同情。一时间激起了反对军阀、反对官商勾结的热潮。正是在这种情势下，社会名流纷纷搜集白宗巍的作品，举办书画展，并给这次展览取了个响亮的名字——"艺术的不幸"。

观展之人络绎不绝，竟使宽阔的操场显得有些拥挤，京津两地不少文人墨客专程来欣赏字画，但更多的人纯粹激于义愤，特意来悼念这位不幸的艺术家。展会正中央悬挂着白宗巍生前的自画像，还有他跳楼前写的那份控诉书。摩肩接踵观者如堵，叹息、愤慨、咒骂之声此起彼伏不绝于耳。海青和苦瓜也在观展的人群中，却明显有些心不在焉，聊的完全是另一桩案子。

"没想到陈督军最后会饮弹自尽，倒还有点儿气魄。"

"气魄？"苦瓜不这么认为，"关进监牢，能有什么好结局？就算不判他死罪，不把家产耗光才怪！自杀反倒省事，死了一了百了，至少不会拖累家人，现有的那些昧心财尚能保全。"

听他这么一说，海青也觉得有理，便回话道："是啊，妻儿老小若嫌名声不好可以变卖产业迁往南方，照样过有钱人的生活。"

"哼！他们过好日子，可被杀之人的亲属过着什么生活？有皇帝的年头不好，但我觉得官员犯罪株连家小却是有道理的。"

"回顾那晚陈督军、曹厅长的表现，那些人的弯弯绕一点儿也不比'三不管'少。"

"没错，何处不是江湖啊！"苦瓜这句话透着无奈，"昨晚小梆子告诉我，李长福伤重不治，死在牢里了。"

"到现在我还不大明白，你究竟是如何发觉李长福是凶手的？"

"唉！"苦瓜未开言先叹气，"马尾拴豆腐——甭提啦！其实这一案很简单，咱们把它想复杂了。在我发现崔大愣、王三和贾胖子三者的联系后就认定李长福是凶手了。原先我怀疑崔大愣、王三和贾胖子之间有不可告人之事，实际上根本没有，他们彼此也不熟悉，兴许还没我了解得多呢。要说崔大愣和王三有共同点，那就是事发时他们都独自睡在帐篷里。在'三不管'这地方，晚上搭篷过夜不奇怪，但独自一人就很罕见。留宿者都是成群结伙，变戏法的、练把式的，人多互相照应。可话又说回来，篷里的情况外面人看不见，不知道篷里有多少人也就不敢轻起歹念。凶手既敢肆无忌惮下手，必定事先了解，知道他们独自过夜。"

"这与李长福有什么关系？"

"你怎么忘了自己说过的话？当初我抱怨查到的事情没用，你说现在看或许是鸡毛蒜皮的小事，以后可能很重要。还真应了你这话。想想咱查到的情况，陈大侠设圈套要撺走崔大愣，去跟贾胖子商量此事，虽说他俩在小屋里偷偷嘀咕，但我猜伙计们还是听到了，就算没听到也不要紧，后来陈大侠退货，明确提到崔大愣已被赶走，再往后崔大愣投奔假金牙，晚上帮忙守夜，只要一打听就能知道这些情况。这还不算什么，王三的情况更清楚，还记得宝子是怎么说的吗？老五央求贾胖子配药时，他们三个伙计就贴着门缝偷听，老五陪老婆孩子住店，老四天天夜里要钱，王三独自睡在篷里，他们都知道。更耐人寻味的是第三个被杀的贾胖子，他是三名死者中唯一没独自过夜的，却是逊德堂的掌柜，把这三起命案联系起来你会得出什么结论？"

"凶手就在逊德堂的三名伙计之中。"

"对呀！说来惭愧，从一开始咱就落入了凶手的诡计。他在杀死贾胖子后故意把后门敞开，制造外人行凶的假象，而且我以前干的营生也误导了我。事后仔细想想，后面灶台上那扇窗户确实可以爬进爬出，却不是谁都能办到，我爬窗户毫不费劲儿，换别人很麻烦，还会弄出很大动静，飞贼可不是人人都能当的。"

海青笑了，又一次忍不住好奇地问："你跟谁学的偷盗功夫？又为什么改行说相声？"

"小孩没娘，说起来话长。"苦瓜明显不想说，"与此案无关，以后再告诉你吧。"

"好吧。"海青也不再追问，转而道，"逊德堂有三名伙计，你怎么认定凶手是李长福？就因为你对宝子、顺子了解得多吗？"

"也不尽然。我承认我跟宝子、顺子关系不错，从心里不认为他们会行凶，但更重要的是线索明确指向李长福。"

"什么线索？"

"首先是性格。沙二爸是个了不起的老家伙，看人非常准，还记得他对三个伙计的评价吗？宝子聪明细致，顺子大大咧咧，长福是个心里有事儿的闷葫芦。哈哈！的确如此。回忆一下咱第一次去逊德堂调查时的情景，我每提出一个问题，顺子的答案都很模糊，或是说错或不清楚，因为他粗心大意，根本不留意细节，每次都是他说完宝子又纠正。长福呢？他总在宝子明确答复之后支支吾吾随声附和，似乎很符合胆怯懦弱的性格。只有一次他一反常态，回答得非常肯定，那就是他提到后门没关的时候！这对他太重要了，是他设的圈套，所以一定要把这个情况咬死，转移调查者的注意力。更关键的是睡觉时的位置，长福睡在外侧，宝子、顺子睡里面。几个人睡在一张床板上，唯有长福能在不打扰其他二人的情况下起来活动。宝子说过，长福刚到药铺时经常早起，打扫完卫生再叫他俩起床。在宝子、顺子看来那是长福照顾他们，其实不然，长福是在试探他们睡得如何。在确定这俩小家伙每天都睡得跟死狗一样之后，他就可以放手行动了。实际上半夜溜出药铺的不仅有贾胖子，还有李长福。"

"是啊，他深更半夜杀死了崔大愣和王三，而且干得很漂亮，随便找件重物，悄悄进入帐篷照脑袋上一砸……"说到这儿，海青不禁打个寒战，"这样杀人太迅速了，本来是随机行动，他却事先摸清情况，知道要杀的都是独自一人。锁定明确目标，从溜出药铺到杀完人回来也就不到一刻钟，别说宝子、顺子感觉不到，就是有所察觉他也可以谎称自己是方便去了。"

"作为陈督军的副官，李长福……或许他根本不叫这名字，到现在咱们已无从得知他的真名实姓了。反正他是个训练有素的军人，不像看上去那么窝囊，而且很狡猾，他知道再严谨的伪装也会有破绽，沙二爸不就曾断言他有亏心事儿吗？所以他欲盖弥彰，精心设计了一个故事，声称自己以前杀过人，是负罪潜逃来到天津的。这真是奇思妙想，意想不到的包袱！用一桩虚假的罪行包装自己，去遮掩另一桩真实的罪行。但他还是失算了，也可能是没把我们放在眼里，以为咱们只是胡闹，根本没料到我会挖坟验尸，证实三起命案的关系。当咱们调查一大圈又回到逊德堂时，他终于慌神儿了，意识到事情马上就要暴露，所以在戏台后面偷袭，想用刀枪架子砸死我……"

海青扬手打断苦瓜道："偏偏这时我不在场，你怀疑是我干的。"

"没怀疑多久。"苦瓜赶忙辩解，"事后细想想，咱俩在一起的时间很多，你要下手没必要非在那个时候。你可以在我吃面时下毒，可以把我推到电车道上让车撞死我，可以在路过海河时把我……"

"停停停！我没你想得那么恶毒。"

"举例子嘛。"

"那我也不爱听。"

"好好好，不说了。总之那天上午我刚在逊德堂提到三起命案有关联，下午就遭到暗算，这不很明显吗？他混入'三不管'之前肯定杀过人，但那是在战场上，谋杀可能没干过。他第一次杀人其实很谨慎，崔大愣在天津无亲无故，死了也没人用心调查，杀这个人毫无风险。可问题是崔大愣的死没造成任何影响，所以第二次他又向王三下手，'快手王'在'三不管'小有名气，这次是有风险的。虽然老五无意中透露情况，但他无法确定那一晚老四是否去赌钱……唉！老天不开眼，又叫他得逞了。这次有了点儿影响，开始有人为'三不管'的治安担忧了，但还远没收到陈督军需要的效果。于是那俩副官登门示意，他终于向贾胖子下手了。这事儿越想越可怕，其实从贾胖子收留李长福那天起就已经给自己判了死刑！陈督军早就决心豁出那两座破房子，放火是最后手段，此事一出必然见诸报端，引发民众对'三不管'的反感，从而促成改造卖地的决议。而他一定已经暗中打点，早已向高官许下回扣，到时候'三不管'的地会优先卖给他。"

"真厉害！姓陈的比直接杀人的李长福更凶恶。"

"没错。"苦瓜露出一丝惨淡的微笑，"前天晚上，当李长福对顺子说出那句'对不起'时，我相信那是真心的。毕竟他跟宝子、顺子相处几个月，也可怜这俩孩子，尤其是准备散伙时宝子、顺子替他着想，还多分他钱。他说'大恩大德容图后报'或许不是空话，试想陈督军若是得到那片地，他给两个孩子安排一个差事就很容易。而且回想逊德堂那场火，他根本没必要亲手杀贾胖子，只要将前后门锁死，放一把大火，除他以外的三人都活不了，本来就是闹得越大越好，死人越多越好。为什么他还要单独杀贾胖子，把宝子、顺子叫醒一起救火？"

海青领悟到了："因为他不忍心杀俩孩子，跟他们长期相处有感情了，可又需要闹出人命，只好单独把贾胖子杀了……唉！这样一个人，可惜啦！"

"有什么可惜？段子本身不好，'现挂'[1]响了有什么用？就算他良心未泯，也不能掩盖滥杀无辜的事实。他依旧是人渣，顶多是个良心未

1　现挂，指相声中临场发挥的笑料。

泯的人渣。"

海青没反驳，心里却在想——这世上有谁是天生的人渣吗？说到底不过是地位不同、想法不同、利益不同，彼此少几分了解和同情罢了。试想李长福若不是陈督军的麾下，或者到"三不管"后与陈督军断了联系，恐怕不会是这个结果吧？世人不论穷富贤愚，只要他不是故意骑在别人头上作威作福敲骨吸髓，都是可以做朋友的。

苦瓜突然又笑道："今早我听到个传闻，南运河捞出两具男尸，还不清楚是谁，但以后若查明是陈督军身边另外那俩副官，我绝不会感到意外。"

海青想了想："张老七干的？"

"还能有谁？陈督军自尽，李长福作为凶手被关进牢里，如今也一命呜呼。张老七若不亲手了结一两个，如何彰显他在'三不管'的霸道？如何震慑其他'锅伙'？也幸亏他出手，姓陈的杀害三个人，可连他自己在内赔进去四个人，这样的买卖才划算。但经此一案，张老七更威风了，逼死陈督军有他一份力，一个混混儿头子竟然也上了报纸头条。"

"那也没你威风呀！这两天报纸广播都在猜测揭开真相的神秘人物是谁，报上还有你戴着面具、趴在窗户上的照片呢。有人给你起了一个外号，叫'小丑神探'，有人评论你是中国的罗平。"

"罗平是谁？也是'荣点'[1]？"

"亚森·罗平，小说里的怪盗侦探，跟福尔摩斯是对手。"

"没听说过……管他那么多呢！反正这事儿结束了，以后小丑再也不会出现了。"苦瓜信誓旦旦。

"我看未必。"海青微微一笑，"或许哪里有不平之事，他还会再冒出来，这谁说得准？其实最倒霉的是我。托你的福，我也跟着上报了，却成了真正的小丑。报上说我贪图卖茶姑娘美貌，色欲熏心花钱买放，还说我被小丑吓破了胆，仓皇逃跑撞上警车。简直把我说成了一无

---

1 荣点，江湖春点，指小偷。

是处的花花公子。"

"难道你不是吗？"

"嘿！得便宜卖乖，我那是给你'量活'呀！不撞那一下，把众人的注意力引过去，你怎么逃跑？"

"哈哈哈，我知道……这个给你。"苦瓜从怀里掏出个小袋子。

海青接过一看，里面装着钱，连钞票带银圆足有三十块："哪儿来的这些钱？"

"你以为那天我就偷了两张茯苓霜的纸？我还在陈督军书房里转了一圈，翻了几个抽屉搜刮来的，这钱算是我还你的。甭管多少，你就收着吧，这下咱就两清了。"

"嘿！偷钱还账。"

苦瓜嘻嘻一笑："这怎么叫偷呢？是我应该拿的。他是元凶正犯，调查费当然得从他身上出。"

两人正说笑，忽见前面观展的人群中挤出一个中年人，身材魁伟，方额广颐，宝蓝色大褂，礼服呢布鞋——不是张寿爷吗？想起前几天那顿训斥，苦瓜扭头就跑。

"站住！"寿爷早看见他了。

"嘿嘿嘿，师叔……"苦瓜怯生生地转过身来。

寿爷走到近前，又看见海青，便道："你也来了？"

海青也有点儿紧张，连忙鞠了一躬道："您千万别责怪苦瓜，他本来想好好'撂地'的，是我非要拉他看这个展览。"

出乎二人意料，寿爷竟然夸奖道："很好！年轻人爱学习、关心时事，这很难得。"

苦瓜不敢相信自己的耳朵："您、您不责骂我？"

"我为什么要骂你？"寿爷笑了，"艺人在外面胡混的多了，吃喝嫖赌，谁到这种地方来？看来我以前错怪你了，你们不是胡闹，是知道上进的好孩子。"还特意指着海青道，"能交到这样一位有文化的朋友，是你的幸运，要珍惜呀！"

苦瓜还是第一次被寿爷当面夸奖，连脖子都红了，一向口齿伶俐的他竟不知说什么好，只是笑嘻嘻挠着头皮。海青却显得从容不迫："您也是特意来看这个展览的？"

　　"是。"

　　海青心里冒出个异想天开的念头，试探道："难道您想把这桩案子改编成相声？"

　　"没错。"

　　"可这是一场悲剧呀，艺术的不幸。"

　　"悲剧就不能变成喜剧吗？"寿爷回头望着白宗巍那篇字字泣血的控诉书，"这世上有许多不幸，正义未必能伸张，但是公道自在人心。现实中遗憾的事情，我们用相声来让他圆满，伸张大家心中的正义，给大家一个盼头，为大家出气，这不也是一桩美事吗？"

　　海青连连点头，不禁思绪万千——或许我把相声看得太浅了。这宗技艺固然以逗乐为本，但在开怀一笑之间若能有所思、有所得，岂不更好？寿爷无愧当今相声第一人。

　　"你们听说没有？'三不管'连环命案告破了。"

　　苦瓜和海青相视一笑——岂止是听说？

　　寿爷一脸欣慰道："那个小丑不知是何方高人，替咱们艺人出了一口恶气，真痛快！"

　　"是啊。"苦瓜心中得意，不禁眉飞色舞，"更重要的是陈督军鲸吞'三不管'的阴谋破产，大伙的饭碗保住了。"

　　"那倒未必。"

　　"嗯？"苦瓜一怔。

　　"姓陈的是完了，还有姓赵的、姓钱的、姓孙的、姓李的，觊觎'三不管'的何止一人？这块地迟早会被人买去。"

　　苦瓜得意不起来了："难道无论如何都保不住？"

　　"哈哈，小家伙，何必太悲观？"寿爷拍拍他肩膀，"'三不管'改造也未必是坏事，抛开其中的利益纠葛，那地方实在太脏太乱，也太不安全了。凡事也要往好的一面看……"说着他抬手漫指校园，"你知道这座中学的来历吗？这片地区原本也是租界，庚子赔款后割让给奥匈帝国。这个大院是奥地利军营，直到世界大战奥匈帝国解体才归还咱们。孙洪伊[1]先生把它买下来开办中学，倡导文明推广教育，为国家培养人才，这不就是沧海桑田变害为利吗？改造'三不管'也一样，昔日整个南市都是臭水坑，若不填坑改造，哪儿来的地？现在又该变了，平地起高楼，茶摊变剧场，露天'撂地'的饭碗固然砸了，却也促使大伙更加勤奋，只有磨炼技艺才能到更有档次的茶楼、剧场演出，才能迎合更有品位的观众。苟日新，日日新，时代的脚步不等人呀！"

苦瓜愁眉稍展，又感觉到一丝希望："我从小没了师父，会的东西太少，您多教教我吧！"

"可以，但我只能给你念段子，并不能教你别的。拜名师也只是扯虎皮做大旗，最好的师父不是某个人，而是生活，要有一颗热爱生活、发现趣味、乐观向上的心。你小子记住，努力未必成功，但不努力肯定不会天上掉馅饼。"

苦瓜郑重抱拳道："我一定会努力的。"

海青竟也颇有所悟，笑道："我也一定牢记您的话。"

"好，你们都是有出息的好小子。"寿爷低头看了看表，"时候不早了，我还得赶一个堂会，咱们改天再聊吧。"走出几步突然回头，望着苦瓜道，"对啦！我考虑再三，还是觉得该给你一次机会。我已经应了歌舞楼、新世界等几处剧场，将来等中原公司、劝业场开张，邀我演出的地方还会更多，肯定赶不过来。所以我打算推荐你到几处茶馆、剧场演出，你可得好好干，别给我丢脸。"

"是！"苦瓜欣喜若狂，待寿爷走远后兴奋得蹦起来——到剧场演出跟"撂地"大不一样，证明自己的艺术得到认可，观众愿意买账，这是扬名立万的机会。

"恭喜恭喜。"海青也很高兴，"今后我也不必再遮遮掩掩往'三不管'跑了，可以光明正大地去剧场找你。"

1　孙洪伊，民国时期教育家、政治家，曾担任民国政府的教育总长。

"好啊！多来捧场。"

"那当然，到时候我一定揣着银钱去。但现在你可以教我说相声了吧？连寿爷都说了，要珍惜我这样的好朋友。"

"不行不行，交情是交情，买卖是买卖。"

"小气鬼……"话虽这么说，海青心里有数，这些日子苦瓜已给他讲了许多江湖内幕，解析了许多段子，说了许多笑话。师父领进门修行在个人，其实苦瓜一直在教他！

二人心情畅快，这才兴致勃勃地观看字画，在展会上浏览一圈，将近傍晚才离开这所中学。刚一出大门就有个拉洋车的迎上来道："两位先生坐车吗？"

海青听了发笑："你一辆车怎么拉我们俩？不坐，散散步。"说着便走开了。

哪知拉车的竟不走，就在屁股后面跟着他们道："您还是坐车吧。我知道，您家在英租界，这趟可不近。是不是，郑家少爷？"

海青闻听"郑家少爷"四字顿时一惊："你、你认识我？"回过头仔细打量这车夫。

此人身材不高，而且很瘦，戴着一顶草帽，头压得很低，瞧不见他的容貌。只见他又把头扭向另一边道："这位是'三不管'说相声的苦老板吧？或者该叫您另一个名字……小丑侦探？"

苦瓜后退两步，倒抽一口凉气——除了海青、甜姐儿，这世上怎么还有第三人知道小丑的秘密？但他脑筋转得很快，眼珠一转立刻想道："你就是三天前在饭馆对面监视我们的那个人！"

"借一步讲话，有东西给你们。"

二人没办法，跟着他走进一条僻静的胡同，车夫这才摘掉草帽——竟是个十三四岁的男孩，小鼻子小眼，稚气未脱。他从车座下面取出个灰布包裹，递到海青面前："这是您的。"

海青解开包裹，见里面是一只棕白相间的镶拼皮鞋，立时想起来："你是……"

"对，我是十天前在银行门口拉您的那个车夫，用您的话说……怯拉车的。那天摔您一跤，还弄丢您一只鞋，真不好意思……"说到这儿他还有些羞涩，"其实鞋没丢，后来找着了，一直想给您送去，又不知道您在哪儿住。后来有一天，我在官银号附近瞧见您，还没来得及凑上前说话，您就上了别人的车，而且那天我没带这只鞋，也不好贸然交谈，就拉着空车在后面跟着，想看看您住哪儿，改日给您送去。可您好像发现有人跟踪，特意去法租界绕了一圈，弄得我更不敢轻易接近您了，而且……而且……"他越发不好意思，"我发现您一直和这位说相声的苦老板在一起，神神秘秘的，好像在调查什么事情。我实在是好奇，想知道你们干什么，后来就……就……"

　　"唉！"苦瓜猜到了，"就总到'三不管'跟踪我们？"

　　"也不是有意的……"

　　"不是有意的？"海青苦笑，"那天早晨跑到我家门口听打我情况的也是你吧？"

　　"是……"这位跟踪者出奇地老实，赶紧道歉，"对不起。"

　　"你究竟知道多少关于我们的秘密？"

　　"我知道得也不多，只知道苦老板装扮小丑去陈督军的宅子，郑少爷乔装打扮到处送信，好像是你们破解了'三不管'的命案，在登瀛楼演了一场戏，而且……"

　　"这还不多？"苦瓜气得鼻子都歪了，"你可真够无聊的，不好好拉车，天天盯着我们干吗？你吃饱了溜大圈——撑得难受啊？"

　　哪知此言一出，拉车的"扑通"跪下道："我不是穷极无聊，也绝无歹意，其实是有事相求。"

　　这一下倒把海青、苦瓜吓一跳，他俩忙伸手相搀。

　　"我不起来！实不相瞒，我姓刘，叫刘大栓，是从滦县来的。我爹在开滦煤矿做工，两年前因为一件公事来天津，就没了下落，活不见人死不见尸的。我娘忧郁成疾，半年前病死了，我还有个不懂事的弟弟呢！活不下去就来天津投奔拉洋车的二叔，也为查我爹的下落。可不巧二叔也病了，只能由我拉车养家，可是……我真的很想找到爹。这些日子我看出来了，你们是有本事的人，而且乐于助人，能不能帮我找到爹爹？求求你们。"

海青拽着他的胳膊道："起来，有话慢慢说。"

"不！"刘大栓很倔，"你们不答应，我就不起来。你们是好人，就可怜可怜我们兄弟吧，爹没了，娘也死了，我们现在简直就是无父无母的孤儿啊！"

无父无母的孤儿……

这轻轻一句话钻入苦瓜和海青耳中，牵动二人的心。这小子死活不起来，而且已经知道小丑的秘密，这事儿怎么办？两人四目相视，沉默片刻竟同时说出四个字："'把点开活'。"

尾　声
返　场

　　短短几天工夫，逊德堂已被拆除，旁边的顺义斋也转卖他人，沙二爸已经带着伙计们迁往别处。果如寿爷所料，陈督军虽死，另有其他富商买下"三不管"靠南的那片地，据说要改建成旅馆和影院，包括苦瓜和甜姐儿在内的许多人都不能在原先的地点做买卖了。

　　好在苦瓜有了新的表演场所，到陈大头的相声场子帮忙，而且寿爷也推荐他到一家茶楼献艺。田家父女索性也把茶摊搬到相声场子对面，他们的生意比原先更热闹了。其他变戏法、说评书、耍坛子、唱大鼓的艺人也都寻到了新地点，或者换了职业——人不会轻易被命运击败，为了生存下去总会找到出路。

　　今天是个特殊的日子，海青受邀到相声场子参与表演。虽然他已经"捣乱"好长时间了，但是第一次正式参与演出，心里既激动又紧张。上午一开场，大眼儿和山药就拿起玉子板，唱了段太平歌词《死要财》，这是个滑稽小段，两人又别出心裁，一人一句对着唱，很快引来十几名观众。

　　二人唱完并没打钱，陈大头隆重登场，站到桌子后面吟道："八月中秋白露，路上行人凄凉。小桥流水桂花香，日夜千思万想。心中不得宁静，清早览罢文章。十年寒苦在书房，方显才高……"说到这儿

"啪"地一拍醒木，才接着道，"志广！"

他直工直令、字正腔圆，虽是一首短短的定场诗，竟也引来两声喝彩。大头抱拳拱手略一客套，随即话归正题道："天儿不早了，人来的也不少了，蒙各位大驾光临，我卖卖力气，给大家说段笑话。为什么刚才要说个寒窗苦读的定场诗呢？因为今儿这段叫《解学士》。解学士何许人也？说出来您兴许有个耳闻，明朝洪武年间，在南京水西门大街有个豆腐房……"

刚说这么几句，突然从观众之中走出一人，笑呵呵朝大头打招呼："才来呀，先生？"出来的正是小苦瓜——当然是事先商量好的，明明常在一起卖艺却假装不太熟。

大头跟他一起做戏，忙中断表演，回答："是啊，我才来。"

"你买卖好？"苦瓜接着问。

大头呵呵一笑："好什么？还行吧。"

"发财？"

"发什么财呀？混口饭而已。"

"混得住？"

"凑合吧。"

"混着呗。"

"是啊！我不在这儿混营生，还能干什么？"

"混了一年还照旧，时光更改胜似先前。"

"倒是比过去强点儿。"

"不扰您了。咱闲时说话，晚上喝茶？"

"好好好，您太客气了。"

"我走啦！"苦瓜朝大头挥挥手，又走出人群。

"慢走……"大头抱拳作揖，待他走远却抱怨道，"这位真是白长眼睛！没瞧见我这儿说相声吗？唉，没办法，不搭理他显得我没礼貌。对不起各位，咱继续说《解学士》，话说明朝洪武年间，南京城水西门有个豆腐房……"

说到这儿又有人过来打招呼道："才来呀，先生？"这次是小麻子。

"嘿！又来一位。"大头只得中断表演，"是啊，我才来。"

小麻子说得跟苦瓜一样："您买卖好？"

"还行。"

"发财？"

"发什么财呀？混口饭吃。"

"混得住？"

"凑合。"

"混着呗。"

"是啊，我也不会干别的。"

"混了一年还照旧，时光更改胜似先前。"

"比原先强点儿。"

"闲时说话，晚上喝茶？"

同样的台词，同样的对话，围观之人都觉得好笑。这当然都是设计好的，为的是"圆粘儿"，用重复的对话使场面热闹起来，吸引更多观众来看。可相声的规律是"三翻四抖"，等到第三次对话就不同了，要故意说错逗乐，而这第三个搭讪的人正是海青。

苦瓜说完自己的词儿，立刻挤到他身边："怎么样？准备好了吗？"

海青擦了擦额头的汗："有点儿紧张。"

"咳！杀人犯都叫咱办了，这有什么好紧张的？其实说相声跟凶犯是异曲同工。"

"什么意思？"

"凶犯是胆大、不要命！说相声是胆大、不要脸！你越怕丢脸越演不好，放得开反倒出彩露脸。词儿你已经记熟，放开胆子肯定没问题，就算出了纰漏，还有大头托着你呢！"

这时小麻子的表演已结束，说了声"我走了"，回到人群中。

大头揣着手向观众抱怨道："奇怪，他俩怎么说一样的话？这玩意儿也批量生产呀！让各位久等，实在对不住，咱接着说这段相声。话说在南京水西门有个豆腐房……"

海青还有些踌躇，苦瓜在他背后狠狠一推，竟将他推出人群。眼见众人都以诧异的目光盯着自己，海青双腿发软，舌头都硬了，可是事到临头不能不演，磕磕巴巴道："才、才来呀，先生？"

"哼！"大头瞟了他一眼，气哼哼地把扇子往桌上一摔，"我今天困在豆腐房里出不来啦！怎么又来一位？这不是成心捣乱嘛！"

观众一阵大笑，也不知怎么回事，听到笑声，海青倏然轻松了，沉住气往前凑了凑，继续表演："你奶奶……"

"什么？！"大头一瞪眼。

"哦哦哦，我说错了。"海青忙改口，"你买卖好？"

观众一阵大笑，大头不耐烦地撇撇嘴道："我还以为你骂我呢……好好好，买卖还行。"

"你发了吧？"

"嘿！我犯什么罪你就要把我发了。"

"我是说，你发财了吧？"

"你倒是把那个'财'字带出来呀！我还以为发配呢。"

海青继续："你还混吗？"

"就冲你，我也没法混。"

海青连忙摆手："又说错了，你还混得住？"

"凑合。"

"你就混账吧。"

"什么？！你才混账呢！"

"我是说，混着呗，你没听清楚。"

大头指着他的鼻子："是我没听清楚，还是你没说清楚？"观众早已笑成一片。

海青继续逗乐："混了一年……我是你大舅。"

"你是谁大舅？怎么还占我便宜呢？"

"混了一年还照旧，时光更改……你欠我钱。"

"谁欠你钱？说清楚！"

海青假模假式地扇了自己一个耳光道："我这嘴太笨……时光更改胜似先前。"

"哎哟我的妈呀！"大头叹口气，"要都照你这样跟我聊天，还胜似先前？一天不如一天。"

"好了，不打扰你。贤侄说话……"

"贤侄？嘿，你这嘴可一点儿也不笨，又是我舅舅又是我叔。"

"欸！"

"你还答应！"大头抄起扇子作势要打，观众都笑得直不起腰来。

海青赶紧摆手道："对不起，对不起。咱晚上喝茶……"

"不去！"

"我走了……"海青说走却不走，绕个弯儿又回到桌前，重复一句，"我走了……"大头装作赌气，翻着白眼不搭理他，海青磨磨蹭蹭又说，"我走了……您别送。"

"谁送你了？"大头吼道，"没羞没臊，滚滚滚！"

这时早已吸引了数十名观众，海青在大伙的哄笑声中钻进人群，回到苦瓜身边问："我演得怎么样？"

旁人看着或许不错，但在苦瓜看来他浑身上下都是毛病，一言也说不清，又不愿泼冷水，便道："还不错，就是语速有点儿快，以后说慢点儿，要让大家听清楚，另外表演还可以再放些。"

海青怯意尽消，反倒跃跃欲试："一会儿还得让我说个大段吧？"

"呃……你想说什么？"

"《八扇屏》，我练了许久啦。"

苦瓜一咬牙："行！我给你捧，等快中午时你最后一个登场。"

"嚯！让我攒底？"海青喜不自胜，"这么重视我？"

"不是，中午观众都急着回家吃饭，本来也是要散的，你登场即便说得不好，不影响我们收入。"

"咳……扫兴。"

"你还想怎么？所有学徒都是这么熬过来的，我当初……"苦瓜话说一半忽觉背后有人拍自己，回头一看，原来是顺子。

此时的顺子身穿短褂、头戴草帽，挑着一对箩筐，筐里是韭菜、芹菜、黄瓜，他的脸膛比过去黑了，正咧着嘴笑道："苦瓜哥，好久不见。"

"哟！你改行卖菜啦？"

"是呀，沙二爸出的本钱，我以后慢慢还他。"

"好好好。二爸搬到哪儿去了？宝子呢？"

"沙二爸在'鸟市'附近赁了新门面，比这边更大，依旧是顺义斋的老字号。宝子经他介绍去了另一家汉民饭馆，跟一位姓牛的大师傅学徒。他们这两家馆子都常买我的菜，没少照顾我呀！苦瓜哥，你哪天有空，我带你去看看宝子，今后我们还免不了麻烦你。"

苦瓜暗忖——这话不吉利，逊德堂的乱子闹得还不小！说什么以后免不了还要麻烦我，怎么总觉得这俩小子还会出事儿呢！忙转移话题道："你卖菜会吆喝吗？"

"咳！瞎嚷。"

"我会，教教你吧。"

"好啊。你教我吆喝，我请你吃黄瓜……"

"苦瓜！"又有个人直眉瞪眼走过来——张老七手下的二龙。

光棍儿不斗势力，苦瓜赶紧赔笑道："二龙哥哥，有事儿吗？"

二龙表情严肃，说话却很客气："七爷派我来的，让我问你句话，戴面具的究竟是谁？他想结交这位朋友。"

苦瓜皮笑肉不笑道："既戴着面具，自然不愿意见人，何必多打听？反正都是江湖人呗。我惹不起七爷，也同样惹不起那人，莫说我不知道底细，即便知道也不敢说。"

"唉……"二龙摇摇头，"早料到你会这么搪塞。也罢，七爷领你这次的情，不说就不说吧。另外七爷还有个想法，想邀你入伙。"

"哎哟哟！"苦瓜诚惶诚恐连连作揖，"我算什么玩意儿？不过是说相声的，给七爷提鞋都不配，哪敢与你们这些英雄好汉为伍？恕我这块烂泥扶不上墙，容我嘻嘻哈哈过自己的日子吧。"

二龙岂会听不出弦外之音？笑道："瞧你这张利口，也不知是骂人还是捧人。"

"咳！我这是自惭形秽，哪敢说您们不是？"

"算了算了，我回去跟七爷说吧。"

"还请哥哥美言。"

"知道。"二龙规规矩矩地向苦瓜深施一礼，"不管怎么样，这次真的很感谢你。"说罢扬长而去。

待他走出很远，苦瓜感叹："这是一条好汉，多亏他那天救了宝子一命，可惜错跟了张老七。"

顺子冷笑道："我看张老七的好日子快到头了，'三不管'的地少了一半，以后他嚣张不起来了。"

"不。"苦瓜无可奈何道，"他收的地钱少了，却因这一案成为新闻人物，还结交了警察厅长，由此便可攀附到更多上层人物，可能还会有新地盘。猫有猫道，狗有狗道，要想根除这帮流氓混混儿，除非结束这乱世……"

而在另一边，海青已被田大叔拉到茶摊上。田大叔尚不了解破案的真相，但报纸嚷嚷得满城风雨，他已经听说海青的身份，再也不骂什么"臭说相声的"，而是满脸堆笑殷勤至极。也不知他从哪儿弄来个白瓷青花的盖碗，推到海青面前道："快喝！上等龙井，除了您别人花多少钱我也不给。"

甜姐儿觉得她爹太诌媚，很不好意思："爹！人家什么好茶没喝过，谁稀罕你这个？"

"再不好也是我特意蒐来的，是份人心。"田大叔依旧讪笑，"沈少爷，你不知道，甜姐儿天天盼着你来……"

"爹！"甜姐儿脸都红了，"你胡说什么？也不怕人笑话。"

"有什么可笑话的？又没有外人。"

其实桌边还真坐着个外人——刘大栓。海青和苦瓜已答应帮他寻找父亲的下落，但是这件事要慢慢查访，所以海青说动老吴，雇用大栓给郑家拉包月车，自此经常陪在海青身边。

刘大栓见田大叔这副拍马屁的丑态，捂嘴窃笑。甜姐儿越发不好意思地道："爹，你千万别乱说，救我的是苦瓜。"

"我知道！苦瓜不也是找沈少爷帮忙？你也不想想，没有鸡蛋做得了蛋糕吗？哎呀，沈少爷！我绝不是拿你比鸡蛋，我的意思是说您对甜姐儿挺好的，报纸上都说……"

　　海青一直苦笑，没说话。他有什么不明白的呢！田大叔嫌贫爱富，想招他当金龟婿，要把甜姐儿嫁给他这个阔少爷，以后就不用辛苦了。平心而论他挺喜欢甜姐儿，也曾偷偷动心，连许多无聊的小报都说他对甜姐儿情有独钟，但是门第相差太大，何况甜姐儿早已对苦瓜一往情深——唉，他们三个人恐怕纠缠不清啦！

　　想到这儿忽听到"咯吱咯吱"的声音，海青扭头一看，苦瓜正站在他身后，手里攥着一根黄瓜，塞在嘴里用力嚼着。他那目光冷飕飕的，哪是吃黄瓜，简直像是要吃人。

　　"你干吗呢？"

　　苦瓜显然已经听到田大叔的话，却不便点破，憋着暗气敷衍道："没什么，我磨磨牙。"

　　海青呵呵一笑，揶揄道："你这办法好，想吃拌黄瓜不用买醋，在我身边一站就吃出醋味儿了。"

　　"呸！"苦瓜哭笑不得，"你别挨骂啦！"

（第一部完）

附　录

读《相声神探》，学最地道的江湖话

相声篇

圆粘儿：指相声艺人招揽观众，用各种办法把人引过来。"圆粘儿"是艺人每到一块地儿后，必须掌握的最基本的一种本领。

把点开活：表演前看看来的是什么观众，投其所好，根据不同情况选择不同的段子。

海青：相声界十分看重演员的辈份和师承关系，一般把没有正式拜师入门的相声演员称为"海青"，属于业余玩票。

贯口：对口相声中常见的表现形式，也叫"背口"。"贯口"的"贯"字，是一气呵成。一贯到底的意思。贯口分为大贯儿和小贯儿两种。大贯儿一般上百句，常见的《报菜名》《地理图》（并称"两大贯儿"）中就有。小贯儿一般十几句到几十句不等，常见如《白事会》中就有一些小贯儿。

刨底：把悬念或是包袱提前告诉观众或者听众，从而大大削弱作品的感染力或效果，通常叫"刨底"。

吃栗子：指说话结巴、遗漏台词。

泥了：指表演温吞，观众没反应。

现挂：指相声中临场发挥的笑料。

· 江湖篇 ·

春点：江湖黑话，艺人之间的暗语。亦称隐语、行话等。

压点：镇住全场。

撂地：艺人在茶馆或是露天卖艺。

画锅：用白沙在地上画个圈，圈定演出地点。

裂穴：原本在一起表演的艺人分开，不再合作演出。

置杵：挣钱。

污杵：指偷钱，把卖艺挣来的钱瞒着同伴私藏一部分。

迎门杵：门票钱。

掰杵：分钱。

早儿：江湖艺人上午"撂地"的场。

正地：江湖艺人下午"撂地"的场。

板凳头：上午和下午两场"撂地"中间的时段。

摞叶子：偷学技艺。

落活：从身上变出大物件。

火穴大转：指生意红火很能赚钱。

抿山：喝酒。

溜杵格念：兜里没钱。

腥夯：假装发怒。

空子：外行。

切：东。

俏：走。

围子蔓儿：姓罗的。

挑汉儿的犄角蔓儿：指贾姓。

虎头蔓儿：指王姓。

汪：指数字3。

色唐点：外国人。

果食：女人。

展点：男仆。

展果：女仆。

苍展：老仆。

马前俏：赶紧走。

顶瓜：紧张。

　　腥棚：属彩门，但不需要苦练技艺，完全靠一些稀奇古怪的道具进行表演，比如长着两个脑袋的马、六条腿的牛、人头蛇身的美女，艺人们把这些怪东西围在棚子里，谁想进去看得给门票钱。

　　灯晚儿：老北京平民百姓喜爱的一种表演形式。早年间每到掌灯之后，京城的各大茶馆、戏楼上演着多样杂耍、京评梆曲。

　　锅伙：天津特有的流氓组织，指大伙在一口锅里混饭吃。

　　宝局：旧时赌场，主要以押宝为主。

　　荣点：指小偷。

　　打杠子：持棍抢劫。

　　寨主：流氓组织头目。

　　脚行：搬运工。

《相声神探2：报菜名》即将出版，精彩预告：

民国天津，不仅活跃着"三不管"的江湖艺人，也同样是洋人横行的天下。新兴商会的刘文卿会长是个传奇人物，他在家中举办了一场宴会，来赴宴的多是天津当地活跃的外国人。

海青因为也受到邀请，所以和苦瓜一起结伴而行参加宴会。

当天，刘文卿在自己的家中为来宾们放了一场电影，电影放映结束之后，来参加宴会的德国人米勒却意外身亡。前来侦办此案的曹副厅长居然邀请海青和苦瓜帮助他一起破案，于是，二人再次踏上了一场惊险刺激的破案之路。

敬请期待《相声神探2：报菜名》！

激发个人成长

多年以来，千千万万有经验的读者，都会定期查看熊猫君家的最新书目，挑选满足自己成长需求的新书。

读客图书以"激发个人成长"为使命，在以下三个方面为您精选优质图书：

1. 精神成长

熊猫君家精彩绝伦的小说文库和人文类图书，帮助你成为永远充满梦想、勇气和爱的人！

2. 知识结构成长

熊猫君家的历史类、社科类图书，帮助你了解从宇宙诞生、文明演变直至今日世界之形成的方方面面。

3. 工作技能成长

熊猫君家的经管类、家教类图书，指引你更好地工作、更有效率地生活，减少人生中的烦恼。

每一本读客图书都轻松好读，精彩绝伦，充满无穷阅读乐趣！

认准读客熊猫

读客所有图书，在书脊、腰封、封底和前勒口都有"**读客熊猫**"标志。

两步帮你快速找到读客图书

1. 找读客熊猫君

2. 找黑白格子

马上扫二维码，关注"**熊猫君**"

和千万读者一起成长吧！